KATRIN JÄGER

Schützenkönig

Buch

Schluss mit lustig, wenn in Westbevern plötzlich auch Frauen am Wettschießen teilnehmen wollen. Da verstehen die alteingesessenen Liebhaber des Schießsports keinen Spaß mehr. Erst recht nicht, als Elisabeth Upphoff ihrem Bedürfnis nach Geschlechtergleichheit mit einer Bombenattrappe Nachdruck verleiht, die fast buchstäblich eine Zusammenkunft des Schützenvereins sprengt. Immerhin: Die Story schafft es in die überregionale Presse und sorgt so für einigen Wirbel.
Auch Viktoria Latell, Starreporterin des *Berliner Express*, bekommt Wind von der Zänkerei und fährt wenige Wochen später in die tiefste deutsche Provinz, um ihre Nachforschungen aufzunehmen. Doch nicht die Upphoff'sche Initiative ist der Auslöser für ihre Reise, sondern das Pressefoto des Vereinslokals der Westbeverner Schützen. Denn darauf ist ein Tier zu erkennen, das Viktoria schon einmal gesehen hat: am Neujahrsmorgen am Müggelsee, direkt neben der Leiche der 18-jährigen Sarah. Als Wasserzeichen auf einem rätselhaften Brief, dem einzigen Hinweis auf den Täter. Und je tiefer Viktoria in Westbevern recherchiert, desto schockierter muss sie feststellen, dass sie nicht einer Provinzposse, sondern einer Tragödie aus ihrer eigenen Vergangenheit auf der Spur ist …

Autorin

Katrin Jäger wurde 1970 in Münster geboren und wuchs in dem nahe gelegenen Dorf Westbevern-Vadrup auf. Nach ihrem Publizistik-Studium volontierte sie an der Berliner Journalisten-Schule und arbeitete danach als Reporterin, Redakteurin und stellvertretende Ressortleiterin bei der *B.Z.*, Berlins größter Zeitung. Vor ein paar Jahren ging sie der Liebe wegen in ihr Heimatdorf zurück und lebt dort mit ihrer Familie in einem Haus mitten auf einer Wiese. Derzeit schreibt Katrin Jäger an der Fortsetzung zu *Schützenkönig*.

Katrin Jäger

Schützenkönig

Roman

blanvalet

Die Handlung und alle handelnden Personen sind frei erfunden.
Jegliche Ähnlichkeit mit lebenden oder realen Personen
wäre rein zufällig.

MIX
Papier aus verantwortungsvollen Quellen
FSC® C014496
FSC
www.fsc.org

Verlagsgruppe Random House FSC-DEU-0100
Das FSC®-zertifizierte Papier *Holmen Book Cream* für dieses Buch
liefert Holmen Paper, Hallstavik, Schweden.

1. Auflage
Originalausgabe November 2011 bei Blanvalet, einem Unternehmen
der Verlagsgruppe Random House GmbH, München.

Umschlagmotiv: bürosüd°, München.
Redaktion: Gerhard Seidl, text in form.
DF · Herstellung: sam
Satz: Uhl + Massopust, Aalen
Druck und Einband: GGP Media GmbH, Pößneck
Printed in Germany
ISBN 978-3-442-37766-4

www.blanvalet.de

Ich werd verrückt, ah, ich halt's kaum aus
Ich strauchel, fall hin, lieg im Staub
Das Grauen streckt seine Klauen aus
Und weckt mich aus diesem Albtraum auf.

(Kopf verloren, Peter Fox, Album: Stadtaffen)

Wer einmal der Schuld verfiel,
den lässt sie nimmer aus den Krallen.

(Paul von Heyse)

Prolog

Das Kreuz schmerzte, die rechte Hand brannte wie Zunder, genau an der Stelle zwischen Mittelfinger und Handfläche. Weil die Blase aufgegangen war.

Das Wasser floss durchsichtig heraus und versickerte im trockenen Spatenstiel.

Die größte Arbeit war getan.

Das Loch ausgehoben.

Lang genug, zwei Schritte vielleicht.

Tief genug war es auch.

Es war schwer gewesen, wegen der Steine und der Wurzeln. Doch dafür fiel er ganz leicht hinein. Wie ein Mehlsack plumpste er herab und saß schließlich aufrecht in seinem Totenbett. Er sah aus wie ein Betrunkener am Wegesrand. Ein kleiner Tritt mit der Fußspitze, und er kippte hintenüber. Lag da, die schönen blauen Augen in den Morgenhimmel gerichtet.

Doch dann fiel Erde auf die schönen blauen Augen, schwarze Erde, Muttererde.

Die Stauden vom Frauenmantel würden sich hier gut machen, sie würden das Unkraut fernhalten.

Das Glockenspiel und die Trommeln hämmerten in der Ferne.

Zack, zack, zack, links, zwo, drei, vier – sie marschierten zum Schützenfest.

Doch heute mussten sie ohne ihn feiern.

Heute war ihm nicht danach.

1. Kapitel

Wo fängt man an, wenn man anfängt? Welcher Moment ist der Moment? DER MOMENT. Wo stand der kleine Zeiger, wo der große, wo der Mond, die Sonne, die Sterne, wo stand Viktoria, als die Weichen ihres Lebens sich in eine andere Richtung verschoben?

Sie weiß es nicht sicher. Doch sie hat diese Ahnung, dass der Moment der Momente ziemlich erbärmlich war. Denn wenn sie all die Details betrachtet, von denen jedes kleinste zum nächsten kleinen und schließlich zum großen führen sollte, waren es zwei verbrauchte LR03-Batterien von Varta, die ihr Schicksal entscheidend beeinflussen sollten. Ohne die Batterien, die mindestens drei Jahre lang in einer Küchenschublade gelegen hatten, wäre sie heute eine andere.

Als sie an jenem Donnerstag eine gelblich braune Pampe in ihre Kloschüssel spuckte, ahnte sie von all dem natürlich nichts. Ihr war einfach nur zum Kotzen.

Ferdinand Upphoff ging es vierhundertachtundsechzig Kilometer entfernt – abgesehen von seinen chronischen Rückenschmerzen – gut. Er schlief. Vorher hatte er noch jene zwei saftlosen Batterien aus der Küchenschublade gekramt und sie in den neuen Wecker gesteckt. Der alte war ihm einfach zu laut gewesen. So hatte er sich im Quelle-Shop die kleine, viereckige Plastikuhr gekauft. »Sanfter Summton« stand darauf.

Ferdinand Upphoff hörte den sanften Summton am nächsten Morgen nicht. Die Batterien hatten ihre Lebenszeit beendet – sie lagen ohne jede Energie im Batteriefach des Weckers. Der Wecker schwieg, Ferdinand Upphoff verschlief und statt wie üblich um sechs, öffnete er erst um 7.17 Uhr die Augen – und das Einzige, was er dachte, war: »SCHEISSE!« Er sprach es jedoch nicht aus, denn Ferdinand Upphoff war im Großen und Ganzen ein anständiger Mann.

Aufstehen, Zähne putzen, Wasser ins Gesicht, ein bisschen Deo unter die Achseln, Haare kämmen, Pyjama ausziehen, Karohemd und Bundfaltenjeans anziehen, das verdammte Kreuz tat weh! Um 7.31 Uhr trank er im Stehen einen Kaffee, verbrannte sich, fluchte. Um 7.32 Uhr knallte er die Tür zu, der Motor heulte auf. Ferdinands Frau saß die ganze Zeit still im Wohnzimmer. Vor genau siebenundzwanzig Jahren hatte er ihr ewige Treue geschworen, und sie hatten sich das Jawort gegeben. Wer weiß: Hätte Ferdinand Upphoff nicht verschlafen, hätte er den Hochzeitstag nicht vergessen – und vielleicht wäre Viktoria dann immer noch Victory.

Victory kannte weder Ferdinand noch Elisabeth Upphoff, sie kannte nicht die Hochzeitskirche von Westbevern, nicht den Pastor, nicht die Taschenuhr vom Großvater. Für sie war einfach alles wie so oft.

Sie hatte erst viel gearbeitet und dann noch viel mehr getrunken.

Im Moment war Averna angesagt. Aber nach der Karussellfahrt der letzten Nacht erklärte sie diesen Trend für erledigt. Sie hatte mit Kollegen vom *Berliner Express* zusammengesessen. Sie waren gut drauf, wie immer.

Sie lachten laut, wie immer. Sie waren die Größten, wie immer. Und alles war gelogen, wie immer.

Viktoria Latell nannten sie Victory. Wohnhaft in Berlin-Kreuzberg, in der Oranienstraße gleich beim Inder Amrit und nicht weit vom Görlitzer Park entfernt.

Eine Dachgeschosswohnung mit Aufzug, Ahornparkett, Marmorbad, guter Isolierung. An jenem Abend vor ihrem Kater und Ferdinand Upphoffs Vergesslichkeit war sie gerade einen Monat lang zweiunddreißig Jahre alt. Sie kam damit klar, das Alter war ihr egal. Hauptsache, sie nahm nicht zu und die Haare saßen. Sie hatte sie inzwischen von dunkelbraun zu schwarzblau gefärbt. Das machte sie exotischer und passte zu ihren blaugrünen Augen – wenigstens dafür war sie ihrer Mutter dankbar. Sie aß nur noch ausnahmsweise. Zum Frühstück einen Apfel, mittags eine Banane und abends Salat. Anders ging es nicht. Sie hatte die Fünfundsechzig-Kilo-Grenze geknackt und wollte sie nicht wieder überschreiten. Gegen die Übelkeit trank sie jede Menge Cola light. Es funktionierte. Noch.

Komischerweise hatte sie an diesem Abend – entgegen ihrer Gewohnheit – tatsächlich gute Laune. Und das, obwohl Konstantin wieder mal nicht und ihre Mutter wieder mal angerufen hatte. Sie hatte genau dreiundzwanzig Minuten – Viktoria stoppte neuerdings mit – darüber gejammert, dass sie sich so alleine fühle und dass Viktoria sie viel zu selten besuchen würde, bevor sie mit den richtigen Vorwürfen begann. Sie habe es ja immer so schwer gehabt mit ihrer Tochter. Die alte Leier: Sie als alleinerziehende Mutter hätte sich nie einen Freundeskreis aufbauen können und die Männer, die Männer hätte so ein Kind wie Viktoria auch verschreckt. Sie kannte die Legende in- und auswendig – sie nervte trotzdem noch. Okay, sie war als Kind seltsam ernst gewesen. Selbst wenn sie gekitzelt wurde, hätte sie nur geschrien und nie gelacht, erzählte die Mutter gerne in großer Runde. Doch war das Viktorias Problem? Der letzte Mann im Leben ihrer Mutter wurde ganz alleine von ihr verschreckt. Er hieß Henry, war die Gutmütigkeit in Person und blieb fünf Jahre. Viktoria war vierzehn, als er ging, eigentlich gehen musste. Die Gefühlsschwankungen ihrer Mutter wären für jeden unerträglich gewesen. Immer wenn alles gut zu sein schien, wenn Henry und sie Abende lang gemütlich auf dem Sofa saßen, Scrabble spielten, fernsahen, wenn sie Urlaube planten, wenn alles so war, wie es sein sollte, dann drehte sie durch.

Beschimpfte ihn, weil er sich beim Scrabble verzählte, zerriss die Reisekataloge, betrank sich. Mediziner würden Tendenzen manisch-depressiven Verhaltens diagnostizieren – das Mädchen nannte es durchgeknallt, überdreht und ätzend. Sie wusste nicht, wie sie es hinbekam, aber Viktoria ertrug die schwankenden Launen ihrer Mutter mit ihrer immer gleich bleibenden schlechten Laune. Mit achtzehn zog sie aus und begann als freie Reporterin beim *Express*, der Zeitung, die ihre Mutter niemals las, weil sie ihr zu reißerisch, zu kommerziell, zu oberflächlich war. Mit neunzehn volontierte sie, mit einundzwanzig unterschrieb sie einen Redakteursvertrag. Weil sie wenig lachte, galt sie als tough. Weil sie – wenn sie doch lachte – umwerfend aussah, bekam sie viele Informationen. Weil sie lange Beine hatte, galt sie als sexy, und weil sie viel arbeitete, kam sie schnell weiter. Sie gehörte dazu. Wozu auch immer.

Elisabeth Upphoff hatte noch nie einen Averna getrunken. Sie schlief in der Nacht vor ihrem Hochzeitstag in ihrem blitzblanken, kühlen Schlafzimmer mit Moskito-Netz vor dem Fenster ein. Auf dem Nachttisch lag *Die Wanderhure*, ein leichtes Lächeln – ihre Zähne waren selbstverständlich geputzt! – zeigte sich auf ihrem Gesicht. Ferdi wird morgen staunen. Die Uhr, damit rechnet er nicht. Und dann das schöne Frühstück ...

Sie rutschte ein wenig näher an den Rücken ihres Mannes, der gleichmäßig atmete.

Nach dem fünften Averna stieg Viktoria in ein Taxi. »Oranienstraße, beim Amrit«, sagte sie. Zum Glück ersparte der Taxifahrer ihr den sonst immer gleich ablaufenden Dialog.

»Ah, Amrit. Sie sind aber sicher, Oranienstraße? Das Restaurant gibt's nämlich auch in der Oranienburger Straße.«

»Ja, ich bin sicher.«

»Man kann das nämlich sehr leicht verwechseln. Das ist ja hier so schlimm in Berlin. Alles gibt es doppelt.«

»Mmmh.«

Aber hier saß ein guter Taxifahrer am Steuer. Er schwieg, fuhr, fand den Weg und kassierte ohne viele Worte. Dass er zum Abschied noch ein freundliches »Tschüssi!« flötete, war eine Fata Morgana der betrunkenen Viktoria. Denn das passiert nicht im wahren Leben in Berlin. Beim Schlüsselsuchen grinste sie vor sich hin, noch berauscht von den Avernas. Wozu den Aufzug nehmen? Treppe hoch, fünfter Stock. Na und? Sie stieß die Tür auf. Der Anrufbeantworter auf der Flurkommode blinkte. Konstantin?! Sie drückte auf die Starttaste.

»Ja, guten Tag! Konstantin hier. Jetzt bist du nicht da, Frau Latell. Schade eigentlich. Aber nun gut, dann bis denn…«

Keine Erklärung! Kein: »Hey, Viktoria, ich konnte dich die letzen zwei Wochen nicht zurückrufen, weil ich mit einer lebensgefährlichen und total ansteckenden Virusinfektion in der Charité liege und die Quarantäne-Vorschriften es mir verboten haben, jemanden zu informieren!« Kein: »Es tut mir leid.«

Sie musste vom Averna aufstoßen. »Arschloch!«

Als sie ihre Stiefel – knallrot und sehr teuer – auszog, stolperte sie gegen den Türrahmen und stieß sich den rechten Ellenbogen. »Wichser!«

»Jetzt bist du nicht da, Frau Latell«, äffte sie den Tonfall von Konstantin nach. Konstantins Masche mit der förmlichen Anrede, sie hatte bei ihr voll funktioniert. Es klang so schön elitär und ironisch, so klug, so überlegen. »Frau Latell, wie sieht es mit Ihrem Zeitfenster aus? Könnten Sie vielleicht morgen Abend?« Natürlich konnte sie. Sie konnte immer, wenn Konstantin anrief. Er merkte nicht, dass sie andere Termine absagte, verschob, sich abhetzte. Es sollte ja lässig aussehen und cool. Sie war ja die großartige Viktoria Latell, die so großartige Geschichten in der großartigen Zeitung schrieb.

Konstantin arbeitete beim Radio. Er hatte eine tiefe Stimme, die er je nach seiner Zielsetzung warm und wohlig oder hart und zynisch klingen lassen konnte. Ihr war sie zuerst verfallen.

Er selbst kam später dazu.

Viktoria legte sich aufs Bett, das mal wieder bezogen werden musste. Ausziehen, Zähne putzen – vielleicht morgen? Das Licht ließ sie an, das half manchmal. Wenn der Gleichgewichtssinn vom Alkohol gerüttelt wurde, suchte sie sich immer einen Punkt an der Wand, starrte darauf wie eine Seekranke und hoffte auf Besserung. Der Punkt, den sie sich dieses Mal gesucht hatte, war nicht geeignet.

Sie hatte ihn die Nacht zuvor selber kreiert, weil sie eine Mücke mit *Narziss und Goldmund* erschlagen hatte. Das Buch hatte ihr Konstantin mal geschenkt und gesagt, er sei wie einer der beiden Hermann-Hesse-Helden. Sie mit ihrer gigantischen Menschenkenntnis wüsste sicher gleich, welcher. Und sie hatte es natürlich gelesen, das Buch. Tatsächlich kam sie nur schleppend voran, und am Ende wusste sie überhaupt nichts mehr. Entweder war Konstantin ein Flachleger, der durch die Gegend zog, Frauen erst glücklich, dann unglücklich machte und sein Leben in Einsamkeit verbringen musste, oder ein fanatischer Gläubiger, der sein Kloster nicht verließ und schwule Tendenzen hatte. Aber wahrscheinlich war die

Botschaft viel einfacher: Lass die Finger von Konstantin!

Doch das tat sie nicht. Denn sie fühlte sich verwegen intellektuell, dass sie mit jemandem Sex hatte, der der Held eines Buchs war, das sie nicht einmal verstand.

Der Fleck, den die zerquetschte Mücke hinterlassen hatte, war relativ groß. Sie hatte sich offensichtlich vor dem Totschlag schon bei Viktoria bedient und so verteilte sich rund um den zerborstenen Mückenkörper ihr eigenes Blut an der Wand. Sie rülpste und hatte das Gefühl, jemand packte sie an den Füßen und schleuderte sie durch den Raum.

»KONZENTRIEREN TORI!«, lallte sie und starrte wieder auf den Fleck an der Wand. »Tief atmen! Starren!«

Dabei hatte sie doch eigentlich kein Problem mit Blut. Zumindest nicht mit ihrem eigenen. Mehrere Jahre hatte sie sich damit sogar ein kleines Zusatzgeld verschafft. Einmal im Monat rief die Charité an, weil sie weiße Blutkörperchen brauchten. Fünfundsiebzig Euro gab es pro Spende, und weil Viktorias Rhesusfaktor negativ und damit relativ selten war, brauchten sie ihr Blut oft. Irgendwie genoss sie es, wenn sie ihr in den linken Arm stachen, das Blut über einen langen Schlauch durch eine Maschine leiteten und es ihr dann in den rechten Arm zurückpumpten. Bin ich etwa eine Masochistin? Viktoria grinste, und ihre Augen fielen zu. Sofort startete das Karussell. »Leute, Leute, Leute, anschnallen, anschnallen, anschnallen – und es geeeeeht los!«

Sie riss die Augen wieder auf, und ihr Blick fiel auf *Narziss und Goldmund*.

Doch bevor sie ihr übliches Repertoire von Schimpfwörtern ausgestoßen hatte, musste sie doch eingeschlafen sein.

Elisabeth Upphoff stand im Wohnzimmer und betrachtete das schwarz-weiße Foto auf der Eichenanrichte. Ihr Mann Ferdinand war darauf noch zwanzig Kilo leichter, und er sah ein bisschen wie James Dean aus. Aber das fand nur sie.

Es war eine traditionelle Trauung gewesen, wenn auch nicht ohne kleine Extravaganzen, die Elisabeth – damals noch Baumkötter – still und leise durchgesetzt hatte. So hatte sie ihr Kleid in einer schlichten geraden Form schneidern lassen und dafür gesorgt, dass man ihre zarten Knie sehen konnte, die der wortkarge Ferdinand immer so gerne kitzelte.

Das Bild von Ferdinand mit der Tolle verschwamm, Elisabeth weinte. Ferdinand hatte verschlafen. Er hatte nicht gesehen, dass weiße Rosen auf dem Tisch standen. Er hatte nicht die reparierte Taschenuhr seines Großvaters gesehen, die in blauem Geschenkpapier neben dem hart gekochten Ei lag, nicht die aufgebackenen Brötchen gerochen, den geräucherten Schinken probiert – alles hatte sie vorbereitet. Alles zum Hochzeitstag.

Viktorias Wecker brummte, als sie gerade den Kampf gegen den Kater aufgab und sich im Badezimmer erleichterte. Als sie blass ins Schlafzimmer zurückwankte, war aus dem leisen Brummen ein schrilles Schreien geworden. Sie schlug auf die Aus-Taste. Was für ein beschissener, beschissener Tag.

Aber wenigstens ging es ihr ohne ihren Mageninhalt erheblich besser. Die Lösung für den Abend konnte nur lauten: Badewanne, Relaxing-Öl, Beine rasieren und eine Drei-Fragezeichen-Kassette. Ihre Laune stieg bei der Vorstellung an beinahe vierzig Grad heißes Wasser und die Stimme vom neunmalklugen Justus Jonas sofort.

Elisabeth Upphoffs Laune befand sich zur gleichen Zeit im deutlichen Abwärtstrend. Sie aß gerade geräucherten Schinken, zwei gekochte Eier und vier Brötchen – alleine. Es schmeckte ihr nicht.

Während Viktorias Tag in einem trägen Dämmerzustand vorüberging – zum Glück musste sie nur ein paar Polizeimeldungen umschreiben –, wurde Elisabeth Upphoff immer wacher. Wie einer der trommelnden Hasen von Duracel trippelte sie in ihrem roten Klinkerhaus vom Wohnzimmer mit dem noch gedeckten Frühstückstisch in die Küche, von der Küche auf die Terrasse und wieder zurück. Sie wusste nicht, wohin mit ihrer Wut, und so lief sie. Hin und her und hin. Ihre Gedanken überschlugen sich. Dreißig Jahre lang waren Ferdinand und sie nun zusammen. Sie hatten dieses Haus zusammen gebaut, sie hatten die Kinder groß gekriegt – Nicole hatte eine gute Position bei der Stadt und Frank eine sichere Stelle bei der Post. Sie und Ferdinand führten ein Leben, wie es in Westbevern, mitten im ruhigen Westfalen, üblich ist: gemächlich, beständig, ehrlich und möglichst ohne Aufregungen. Und so fand es Elisabeth normal, dass Ferdinand ein paar Jahre nach ihrer Hochzeit und ein paar Monate nach der

Geburt von Nicole aufgehört hatte, ihre Knie zu kitzeln. Sie waren ja auch nicht mehr so zart: Wassereinlagerungen durch die Schwangerschaft.

Sie vermisste es zwar, aber wozu aufregen? Ferdinand war ein guter Mann. Auch wenn er ihr keine Komplimente mehr ins Ohr flüsterte wie früher und sein jungenhafter Charme zusammen mit seinen Haaren verschwunden war. Sie waren ein gut eingespieltes Team, eine Familien-AG. Jeder hatte seine Aufgabe: Wäsche waschen, Rasen mähen, Aldi, Neukauf, an warmen Wochenenden auch mal Grillen. Routine, ja. Aber sicher und klar und ohne Schnörkel. Und einmal im Jahr war es ja sogar noch da. Das Kribbeln, das Herzklopfen. An ihrem Hochzeitstag, da war Zeit für die Erinnerungen. Dann kicherte Elisabeth beim Gedanken an ihre verliebten Treffen vor ihrer Verlobung. Im Wäldchen neben dem Schützenplatz hatten sie sich geküsst, und es war viel aufregender gewesen, als sie es gedacht hätte. Und Ferdinand hatte zum ersten Mal die Knie seiner Frau gekitzelt. Ganz zart und mit Erfolg. Denn Elisabeth wehrte sich danach auch nicht mehr, als er mit zitternden Händen ihre Bluse aufknöpfte. Ach damals! Sie schauten sich an ihrem Hochzeitstag immer die alten Fotos an, und Ferdinand sagte jedes Jahr: »Wie Jackie Kennedy sahst du aus. Mann, Elli, war ich stolz!« Elisabeth wurde immer noch rot, und auch wenn er es ihr schon lange nicht mehr sagte, so wusste sie genau in diesem einen Moment, an genau diesem Tag, an jedem 15. Mai, dass ihr Mann sie liebte.

Doch jetzt, an diesem 15. Mai wusste sie es nicht mehr. Und während sie das Gefühl hatte, den Boden unter ihren

Füßen zu verlieren und in den Abgrund zu stürzen – machte Ferdinand Mittagspause. Er hatte Hunger, weil er morgens nichts gefrühstückt hatte, weil der neue Wecker nicht funktioniert und er verschlafen hatte.

Wer weiß, vielleicht wäre auch da noch Viktorias Lebenslinie geradlinig geblieben wie bisher, wenn Ferdinand am Abend nach dem Verschlafen nicht direkt nach der Arbeit – er war Fliesenleger – zur Versammlung des Schützenvereins Westbevern e.V. gegangen und mit etwa drei Liter Bier und fünf Korn in seinem Blutkreislauf nach Hause gewankt wäre. Vielleicht wäre Viktorias Leben vierhundertachtundsechzig Kilometer entfernt auch weiter so verlaufen, wie es die letzten zweiunddreißig Jahre verlaufen war, wenn Ferdinand, als er neben Elisabeth im Bett lag, gesagt hätte: »Tut mir leid, Schatz.« Doch er schnarchte, als sie flüsterte: »Du hast unseren Tag vergessen.«

»Sehr geehrte Frau Latell. Heute ein paar Minütchen Zeit für den Herrn? Er wird um zwanzig Uhr da sein. Sie werden ihn an der Flasche Rotwein erkennen.«

Es war Konstantin, der Viktorias AB und sie selbst zum Leuchten brachte, als sie am Abend die Wohnungstür aufstieß.

»Sorry, Badewanne und Justus Jonas! Wir treffen uns ein anderes Mal.« Sie hatte noch zehn Minuten, bevor er klingeln würde. Obwohl sie ja eigentlich wusste, dass sie noch dreißig hatte, denn er kam immer zu spät. Sie rieb die Dusche trocken, packte den Rasierer weg, die Haare hatte sie nicht gewaschen. Auf keinen Fall sollte er merken, dass sie seinetwegen Körperpflege betrieben hatte. Schnell noch ein T-Shirt anziehen, das nachlässig genug, aber trotzdem taillenbetont saß, dazu die weite schwarze Cargohose, *Gefährliche Geliebte* locker aufschlagen und die Socken aus, damit er die tiefroten Fußnägel sah.

Er sah sie nicht. Stattdessen schauten sie fern, er schlief auf dem Sofa ein, und sie saß daneben. Müde, restverkatert und ratlos. Was ist das? Was mache ich hier?, fragte Viktoria sich im Stillen – Justus Jonas hätte sicher eine Antwort gehabt.

Vier Wochen später, als Viktoria im Zug nach Westbevern saß, hatte sie immer noch keine gefunden.

Nach seinem Sofaschlaf hatte sie Konstantin noch zweimal getroffen. Einmal kam er spät nachts, und sie hatten großartigen Sex. Beim zweiten Mal nahm er sie mit auf die Premierenfeier des neuen, zuckersüßen und mal wieder durch schicke Brauntöne klug scheinenden Film von Til Schweiger. Er kannte jeden zweiten Gast, sie jeden fünften, und so hatten sie jeder für sich eine Menge Lästereien zum Besten zu geben, Witzchen zu reißen und Champagner zu trinken. Es war nett. Sie waren hübsch. Konstantin hatte ein weißes Hemd und den braunen Leinenanzug an, sie trug das schwarze Kleid, das sie zusammen in einer noch unbekannten Boutique namens Yai in der Bleibtreustraße gekauft hatten. Viel zu teuer, fand sie, aber wozu hatte sie ihre Sonntagszuschläge und ihren Chefreportervertrag in der Polizeiredaktion?

Viel zu gewagt, fand sie auch, und viel zu – aber das durfte sie natürlich niemals aussprechen – viel zu unpraktisch. Kein vernünftiger BH passte darunter, weil eine Schulter freilag!

Aber als sie es anprobierte, nickte Konstantin anerkennend. Inzwischen glaubte sie, dass er es nicht wegen ihrer nackten Schulter tat, sondern weil sie gerade etwas Positives über seine letzte Sendung gesagt hatte.

Trotzdem: Die Premieren-Party war okay gewesen. Doch seitdem hatte er keine Zeit mehr gehabt. »Zu viel Arbeit!«

Viktoria zerdrückte gerade ihre leere Cola-light-Dose. Irgendwie quetschte sie sie in das Netz des Vordersitzes, in das eigentlich gar nichts passte. Das Blech vibrierte leise im Rhythmus des ICE. Sie musste aufstoßen. Scheißkohlensäure, dachte sie und suchte in ihrer Tasche nach der Agenturmeldung. Da war sie. Deshalb war sie hier.

Westbevern (dpa) – Eine 55-jährige Hausfrau aus Westbevern bei Münster stürmte am Freitag schwer bewaffnet die Versammlung eines Schützenvereins. Die zweifache Mutter hatte sich eine Bombenattrappe um den Bauch gebunden und zwei Jagdgewehre geschultert. Bevor sie jedoch um sich feuern konnte, verlor sie das Bewusstsein. Laut Pressemitteilung der örtlichen Polizei wurde sie mit einer Alkoholvergiftung in ein Krankenhaus eingeliefert und danach auf freien Fuß gesetzt. Mögliches Motiv für den Amoklauf: übersteigerte Wut auf den Verein.

Dieser wollte der Westfälin nicht erlauben, beim diesjährigen Königsschießen teilzunehmen. Elisabeth U. empfand dies offensichtlich als frauenfeindlich. Hintergrund: Der Schützenverein Westbevern e.V. wurde im Jahr 1780 gegründet und ist damit einer der ältesten Schützenvereine Deutschlands. Bislang gab es nur männliche Schützenkönige.

Der Computerausdruck der Meldung war zerknittert. Mit Kugelschreiber war »Latell« mit ein paar Ausrufezeichen darüber geschrieben. Der Chefredakteur hatte es in dramatisch großen Buchstaben gekritzelt und sie kurz danach in sein Büro gerufen. Er lag in seinem Stuhl, auf dem er sich hin und her drehte, Schuppen sammelten sich auf den Schultern seines schwarzen Jacketts, und sein Blick traf, während er sprach, nicht ein einziges Mal den ihren.

»Das hier ist wieder eine typische Latell-Geschichte, Frau Latell. Da steckt alles drin. Wenn man nur will. Machen Sie mir aus dieser kleinen Meldung eine schöne Provinzposse, ja?!«

Sie starrte auf seinen Zeigefinger. Er fing doch tatsächlich an, damit in der Nase zu bohren.

»Sie wissen schon: Bekloppte Landdeppen streiten sich um noch beklopptere Schützenfest. Der Streit eskaliert, die brave Hausfrau wird zum Selbstmordattentäter, so was in der Richtung. Aber immer schön sachlich bleiben und dabei zwischen den Zeilen ganz ironisch und zynisch sein und so – aber das können Sie ja …«

Hoffentlich findet er keinen Popel, dachte sie und sagte: »Ja danke. Kann ich. Wann soll es denn losgehen?«

»Na ja, kriegen Sie erst mal raus, wann das nächste Schützenfest steigen soll – und da sind Sie dann die ganze Zeit dabei. Der Siewers kommt auch mit, sagen Sie ihm, ich will das volle Programm. Porträts von rotgesichtigen und fetten Uniformträgern, Porträts von der spießigen Amok-Hausfrauen-Emanze und natürlich die Bilder vom Fest selbst. Kotzende Schützenbrüder, kreischende Weiber, na ja, und ein paar extreme Militaristen wären auch nicht schlecht, Sie wissen schon. Diese Typen, die auf Marschieren und Schießen stehen.« Er hatte keinen Popel gefunden, sein Zeigefinger kratzte jetzt seinen gegelten Scheitel, und ein paar zusätzliche Schuppen rieselten auf seine Schultern.

»Kann ich machen. Aber interessiert das hier in Berlin eigentlich irgendjemanden?« Viktoria widerstand dem Reflex, die Schuppen von seiner Schulter zu wischen. »Ich meine, gibt es in Brandenburg nicht auch Schützenvereine oder so was? Müssen wir dafür extra nach Westdeutschland fahren?«

Der Chef antwortete nicht, sondern winkte sie mit seinem Zeigefinger heran. Dann tippte er auf den Papierausdruck eines Fotos. Viktoria stellte sich neben ihn und schaute erst auf seinen wurstigen Zeigefinger, dann auf das Bild. Sie zog die Luft scharf ein – und ihr Chef grinste wie ein kleiner Streber. »Erkennen Sie das da?«

Viktoria nickte. »Ich denke schon.«

»Na, dann haben Sie doch noch einen Grund mehr, mal aufs Land zu reisen. Finden Sie die Ratte!«, sagte er. Viktoria spürte ihren Magen. »Wenn es sie denn jemals gab.«

Damit war alles gesagt. Als sie ihm den Rücken zugedreht hatte, hustete er, zog danach laut Rotz inklusive Popel hoch und sagte: »Frau Latell, sagen Sie mal, sind Ihre Schuhe von Gucci?«

»Nein«, sagte sie und drehte sich nach ihm um. »Die sind von Deichmann.«

Das war eine glatte Lüge.

Die Ratte finden! Viktoria sank auf ihren Schreibtischstuhl und atmete tief durch. Ihre Finger bearbeiteten wie von selbst die Tastatur. Sie tippten »Rattenmörder« und »Müggelsee« in das Suchfenster des hauseigenen Online-Archivs. Neunundzwanzig Treffer verkündete die Schrift auf dem Bildschirm. Viktoria druckte das Archivmaterial aus. Während der Drucker seinen Dienst tat, wippte sie nervös mit ihren Beinen. Da sie dabei immer wieder mit ihren Knien von unten an die Schreibtischplatte stieß, vibrierte die Colaflasche.

»Hey, Langbein, hör auf mit dem Gewackel«, neckte sie ihr Kollege Charly.

Doch Viktoria hörte ihn nicht. Nachdem die Ausdrucke vor ihr lagen, öffnete sie die Fotoangebote der Agenturen. Sie tippte »Westbevern« ein, und auf dem Bildschirm erschienen zwei Bilder. Eines war das klassische HvA-Motiv. Haus von Außen. Für jeden Fotografen ein Muss – auch beim *Express*. Egal, worum es ging, ob Mord, Lottogewinn, Kindesmisshandlung, Promi-Rendezvous – ganz egal –, immer musste es ein Foto von dem Gebäude geben, wo das Ereignis stattgefunden hat. So zeigte das erste Motiv zum Stichwort Westbevern eine Gaststätte. »Gasthaus König« stand in altdeutscher Schrift über der schwarzen Eingangstür, das Mauerwerk war hell, das Fachwerk dunkelbraun. Die Bildunterschrift, die Caption, sagte: »Gasthaus von Telgte, Ortsteil Westbevern/55-Jährige plante Amoklauf/Versammlung des Schützenvereins gestürmt/Polizeieinsatz/Amokläuferin Alkoholvergiftung.« Am Bildrand sah man ein Polizeiauto, dahinter einen Krankenwagen. Das war's. Das zweite Bild war dasselbe, das ihr Chef vorhin mit seinem Zeigefinger bearbeitet hatte. Es zeigte den Raum, in dem die Schützenversammlung stattgefunden hatte. Tische, dunkelrot gepolsterte Stühle, Parkettboden. Kein Mensch war zu sehen. Stattdessen eine weiße Wand. Doch daran hing ein großes Stoffbanner. Nur das interessierte Viktoria. Darauf stand in goldener Schrift »Schützenverein Westbevern«. Daneben, ebenfalls in Gold auf Fahnenstoff gewebt, hockte ein Biber. Viktoria nahm den Stapel mit den Rattenmord-Artikeln. Sie kannte sie alle, denn sie hatte die meisten davon selbst geschrieben. Es dauerte nicht lange, und sie hatte, was sie suchte. Der Text war überschrieben mit: *Die feige Ratte vom Müggelsee.* Die Unterzeile lautete: *Sarahs Mörder hinterließ rätselhaftes Geständnis.* Es war der zweite oder dritte Artikel zu dem Neujahrsmord gewesen. Die Geschichte war groß aufgemacht, zwei Seiten, sieben Fotos, eine Grafik. Ein Foto zeigte ein Porträt von Sarah. Sie sah hübsch aus und älter als achtzehn. Sie hatte lange schwarze Haare, einen knallrot geschminkten Mund, dunkelbraune Augen, blasse Haut. Viktoria hatte das Bild von einer Schulfreundin bekommen, die zusammen mit Sarah in einer Foto-AG Porträtfotografieren geübt hatte. Was für ein Glück! So gute Opferfotos gab es wirklich selten. Die Freundin erklärte, dass sich Sarah eigentlich nie so geschminkt hätte wie auf dem Foto, das sei »halt nur zum Üben« gewesen. Viktoria nickte verständnisvoll und griff nach dem Bild. Schneewittchen, dachte sie, das Foto geht auf Seite eins. Sie hatte recht.

Ein anderes Bild zeigte den Tatort. Ein Gebüsch am Müggelsee, in dem Sarahs Mörder die Leiche notdürftig versteckt hatte. Der Fußgängertunnel, der von Friedrichshagen zum größten Berliner See führt, war auch zu sehen. Die Bildunterschrift lautete: »War der Mörder ihr schon hier auf den Fersen?« Wunderbar gruselig, fand Viktorias Chef. Andere Fotos zeigten die Spurensucher der Polizei im Einsatz, das Wohnhaus von Sarah, die mit ihren Eltern im Berliner Bezirk Friedrichshain gelebt hatte. Bilder von den Eltern gab es da noch nicht. Die hatten Viktoria und ihre Kollegen einen Tag später, blass und mit Tränen in den Augen, fotografiert. Viel gesagt hatten sie freilich nicht, sie standen schließlich unter Schock. Viel gefragt hatte Viktoria sie aber auch nicht. Doch das brauchte hier in der Redaktion niemand zu wissen. Neben dem Wohnhaus von Sarahs Eltern war eine Grafik zu sehen. Sie zeigte die seltsame Zeichnung einer hässlichen Ratte. Darunter stand: *Lange Zähne, hinterhältiger Blick: So sieht das Wasserzeichen auf dem Brief aus, den Sarahs Mörder am Tatort hinterließ. Ganz Berlin sucht jetzt die feige Ratte!*

Der Rattenmörder war die beste Geschichte des Jahres. Und das wusste Viktoria schon am frühen Abend des 1. Januar. Dabei hatte der Tag alles andere als vielversprechend begonnen. Sie hatte zwar frei, war aber trotzdem unausgeschlafen. Die Silvesterfeier hatte sich als lahmer Fondue-Abend mit Konstantins Freunden und deren Freundinnen herausgestellt. Man kannte sich zwar, aber nicht gut genug, um richtig abzufeiern. Um sich überhaupt bis zwölf Uhr wach zu halten, trank Viktoria jede Menge Prosecco. Das war eindeutig der falsche Plan gewesen. Um genau zehn Minuten nach zwölf verabschiedete sie sich betrunken und mit Sodbrennen im allgemeinen Silvester-Wünsche-Gebussel und ging zu Fuß nach Hause. Konstantin hatte nicht einmal so getan, als täte ihm ihr übereilter Abgang leid – und sein »Soll ich dich bringen?« klang so unaufrichtig, dass sie gar nicht darauf antwortete. So lahm der Abend auch war, wenigstens lag die Gastgeberwohnung nur ein paar Hundert Meter von ihrem Dachgeschoss entfernt. Sie starrte geradeaus und hoffte auf ein bisschen Glück. Denn das muss man in einer Silvesternacht in Berlin-Kreuzberg wahrlich haben. Doch alle Querschlägerraketen, Superpolen-Böllerbomber und Gaspistolen-Leuchtgeschosse zischten an ihr vorbei. Als sie im Bett lag, konnte sie nicht einschlafen. Der Prosecco kribbelte noch nach. Sie schlief erst ein, als es draußen bereits hell wurde, und erwachte, als ihre Mutter anrief. »Kannst du mich abholen?« Sie heulte fast. Viktoria fand es erbärmlich. Aber sie setzte sich in ihren Wagen und gabelte Marie Latell in der Lobby vom Westin Grand auf. Marie war blass, betrunken und still. Wenigstens hält sie die Klappe, dachte Viktoria. Schweigend fuhren sie nach Schöneberg, langsam gingen sie die fünfzig Treppenstufen hoch, und ohne jede Zärtlichkeit half

Viktoria ihrer Mutter, die Jacke abzulegen. Dann klingelte ihr Handy. Bestimmt Konstantin, dachte Viktoria und nuschelte genervt ins Telefon: »Ja?«

»Entschuldigung. Sind Sie Frau Latell?«

»Ja – und?«

»Äh. Ja, tut mir leid, dass ich störe, aber hier ist eine Leiche.«

Viktoria war plötzlich hellwach – und freundlich.

»Eine Leiche? Wie meinen Sie das? Mit wem spreche ich denn – bitte?«

»Kock. Robert Kock. Sie haben mir mal Ihre Karte gegeben.«

»Mmmh. Ja, ich erinnere mich, glaube ich.« Viktoria hatte keine Ahnung, wer Robert Kock war.

»Sie haben mich mal interviewt. Wegen der Loveparade. Weil ich eine ganze Tüte mit diesen bunten Pillen gefunden habe, die die jungen Leute da immer nehmen.«

»Ja, ja, ich glaube, ich weiß. Sie waren der aufmerksame Herr Kock.« Viktoria war jetzt nicht nach Small Talk zumute. Was ist mit der Leiche?

»Und jetzt haben Sie …«

»Sie liegt vor mir. Soll ich jetzt die Polizei anrufen?« Herr Kock klang etwas kläglich.

»Bleiben Sie ganz ruhig, Herr Kock. Sie haben also eine Leiche gefunden?«

»Genau. Beim Spaziergang mit meinem Hund Theo. Der will ja sogar bei diesem Mistwetter raus.«

»Ich verstehe.«

»Ja, und da schnüffelt er im Gebüsch herum, ich will ihn holen, und da liegt sie.«

»Sie? Also eine Frau?«

»Nein, eher ein Mädchen. O Mann, ich glaube, mir wird gerade schlecht.«

»Keine Panik, Herr Kock. Sie haben alles richtig gemacht. Sagen Sie mir, wo Sie sind, ich komme sofort, und dann regeln wir alles. Ja?«

»Ja.« Er atmete hörbar.

»Ich rufe die Polizei, und gleich sind wir da.« Robert Kock beschrieb ihr genau, wo er stand. Den Hund hatte er inzwischen an die Leine genommen.

Viktoria wollte aus der Wohnung stürmen, doch ihre Mutter hielt sie fest, klammerte sich hilflos an sie und griff nach ihrer dicken Winterjacke. »Mama, lass mich. Leg dich schlafen, ich muss arbeiten!«

Während sie zum Auto lief, telefonierte sie schon mit Mario Siewers. Sie wusste, dass der Fotograf heute Dienst hatte – und dass er immer zu schnell fuhr. Gut so! Sie dirigierte ihn zum Fundort am Müggelsee. Kock hatte ihn sehr genau beschrieben. »Mario, wir sind die Ersten. Die Polizei ist noch nicht informiert. Also beeil dich!«

Es war saukalt in Viktorias Lada-Geländewagen. Selbst schuld, dachte sie. Sie wollte ja unbedingt ein Auto, das so aussah, als sei ihr egal, was für ein Auto sie fahre. Und nun hatte sie also diese zugige Kiste. Doch die Kiste fuhr und rappelte Richtung Friedrichshagen. Viktoria kannte die Strecke in- und auswendig. Im vorletzten Sommer hatte sie sich öfter mit Paul – oder hieß er Peter? – am Ufer des Sees getroffen. Er fand das unglaublich romantisch und sehr angenehm, mal raus aus dem Kreuzberg-Rummel zu sein. Viktoria drückte das Gaspedal durch und lächelte. Sex unter freiem Himmel war einfach nicht ihr Ding. Und Liebesschwüre im Vollmondschein noch weniger. Also vergaß sie Paul – oder Peter – und erinnerte sich nur noch an den richtigen Weg. Die Stelle, die ihr Herr Kock beschrieben hatte, kannte sie auch. Am kleinen Badeufer mit Blick auf die alte Brauerei hatte sie mit ihrem verliebten Verehrer gelegen. Als er sie küsste, hatte sie sich geärgert, dass er die strahlende Sonne über ihr verdunkelt hatte. Strahlende Sonne – unvorstellbar an einem Tag wie diesem. Es war grau. Es war kalt, geschätzte minus zehn Grad. Der Berliner Wind wehte. Scharf und unerbittlich. Gerade als die Heizung den Lada aufzuwärmen begann, war Viktoria da. Sie parkte an dem Seitenstreifen mit den Parkverbotsschildern und knallte die Tür zu. Sie wusste, dass sie schon längst die Polizei hätte anrufen müssen, aber die Versuchung war einfach zu groß. Sie als Erste am Tatort, der Chef würde jubeln.

Im Stechschritt marschierte sie Richtung Müggelsee. Ein paar Äste schlugen ihr beinahe in die Augen, doch sie schüttelte nur den Kopf. Dann entdeckte sie einen Mann in beigefarbenem Mantel. Herr Kock, dachte sie und sah, wie dessen Hund Theo an der Leine zerrte. »Herr Kock«, rief sie und hob die Hand. Der Mann drehte sich in ihre Richtung. Sie erkannte ihn nicht wieder. Sein Hund bellte. Eifrig hob er seine Hand und winkte sie heran.

Als sie vor ihn trat, bemerkte sie auch Mario, der in einigem Abstand Fotos von der Leiche im Gebüsch machte. Er hatte das große Teleobjektiv auf die Kamera geschraubt. Schließlich wusste auch er, dass er nicht zu nah an den Tatort gehen sollte, um sich Ärger mit der Polizei zu ersparen. Viktoria widerstand ihrem Reflex, gleich neben ihn zu eilen, sondern gab Herrn Kock die Hand. Es fühlte sich an, als hätten sich zwei Eisklumpen berührt.

»Kalt, ganz schön kalt«, murmelte der Mann.

Sie nickte nur. Ihre Finger waren – obwohl sie so schnell gegangen war – ganz starr. Sie schaffte es kaum, das Handy aus ihrer Daunenjackentasche zu fummeln. Als sie es mit der klammen Hand umschloss und herauszog, fielen ein benutztes Tempo und eine leere Kaugummiverpackung zu Boden. Bevor sie sich bücken konnte, wehte der Wind den ganzen Müll durch die Luft. Ihre Haare peitschten ihr ins Gesicht und in die Augen. »Autsch!«, fluchte sie, strich sich die lange Ponysträhne aus dem Gesicht und wählte die Nummer der Polizei.

Ein paar Stunden später saßen sie an Marios Laptop in der Redaktion. Sie hatten Zeit, die Zeitung war schon fertig. Aus dem Mord an dem achtzehnjährigen Mädchen war erst einmal nur ein kleiner Text mit einem briefmarkengroßen Foto vom Tatort geworden. Für den Schub wurde alles umgebaut. Das hieß: Viktoria sollte einen großen Text von hundertdreißig Zeilen Länge schreiben, Marios Fotos gingen auf die Titelseite und füllten eine Doppelseite im Innern des *Express*. Das Ganze musste um

Mitternacht in den Druck gehen, damit die Leser morgen passend zur frischen Schrippe ihren Neujahrsmord bekamen.

Die meisten Bilder, die Mario gemacht hatte, konnten nicht veröffentlicht werden. Ein aufgeschlagener Kopf, Blut, Hirnmasse, bleiche Finger, tote Augen – das würde selbst den abgehärteten Lesern des *Express* den Appetit verderben. Mario scrollte schnell über die Leichenfotos. Er sagte nichts. Viktoria stellte ihre Cola beiseite. Sie druckten andere Fotos aus. Auf einem sah man die Beamten der Spurensicherung in ihren weißen Ganzkörperanzügen. Ein anderes zeigte die abgedeckte Leiche im Schatten des Gebüschs. Das nächste war ein Schuss in den dunklen Fußgängertunnel. Ein Bild vom Müggelsee, im Vordergrund Polizeibeamte, Hunde.

»Druck das mal«, Viktoria tippte auf den Bildschirm.

»Hey, nicht auf meinen Bildschirm tatschen, Victory!«

Doch Mario druckte.

»Was ist das?« Viktoria zog das Papier aus dem Drucker.

Mario zuckte mit den Schultern. »Weiß nicht. Müll oder so.«

Das Bild war eine Detailaufnahme von der Hand des toten Mädchens. Es war eines dieser Fotos, die man Mario überhaupt nicht zutraute, die er aber immer wieder machte. Kein Chef würde es je drucken, weil es einfach zu speziell war. Zu sehr Kunst statt Journalismus. Die Hand des Mädchens war ganz zart, die Fingernägel nicht zu lang, sie waren gepflegt, nur ein Hauch von pinkfarbenem Nagellack darauf. Am schlanken Handgelenk erkannte sie eines dieser Bettelarmbänder, die jetzt viele Teenager trugen. Es wird nie wieder klimpern, dachte Viktoria.

Mario räusperte sich. »Meinst du das?« Er zeigte auf etwas, das hinter der Hand zu erkennen war.

Viktoria nickte.

»Das habe ich noch größer.« Mario öffnete ein anderes Bild und druckte es aus. Im Gebüsch, nur ein paar Zentimeter von der zarten, toten Hand entfernt, lag ein Bogen Briefpapier mit schwarzer Schrift darauf. »Kannst du das lesen?«

»Noch nicht.« Mario zoomte auf die Schrift, und beide rückten ganz nah an den Bildschirm.

Viktoria las vor: »Es tut mir leid, kleiner schwarzer Engel.« Viktoria schaute Mario an, dann las sie weiter: »Manchmal laden wir so große Schuld auf uns – so groß. Doch zu sterben ist leichter, als damit zu leben. Ich weiß es jetzt.«

»Ach du Scheiße«, Mario lehnte sich in seinem Schreibtischstuhl zurück. »Ist das vom Mörder?«

»Wenn es von ihm ist, dann hat er komisches Briefpapier.«

Mario rückte wieder an den Monitor. Viktoria tatschte wieder auf den Bildschirm, doch Mario wies sie diesmal nicht zurecht. »Ein Wasserzeichen!«, sagte er.

Viktoria nickte. »Ganz genau. Das ist ein Briefbogen mit einem Wasserzeichen von einer hässlichen, großen Ratte.«

Mario pfiff durch die Zähne. Viktoria stand auf. »Druck das mal aus. Wir gehen zum Chef – ich glaube, wir müssen die Zeile mit Schneewittchen noch mal ändern. Rattenmörder ist irgendwie geiler, finde ich.«

Viktoria legte das Agenturfoto, das den Biber auf dem Schützenvereinsbanner zeigte, neben die Grafik von der Ratte. Sieben Monate lang hatten sie gerätselt, was es mit diesem Brief auf sich hatte. Sie hatten Firmenlogos in ganz Berlin und Brandenburg überprüft, hatten Symbolbücher studiert, Homepages gecheckt – doch nirgends fanden sie einen Hinweis, nirgends gab es eine Ratte, die so seltsam aussah wie die vom Tatort. Sie erinnerte sich noch an die fluchende Grafikerin, die mit dem Foto von Mario zum Chef lief. »Der Schwanz fehlt«, sagte sie. »Ich kann das nicht einfach nachzeichnen.«

»Na, dann machen Sie halt ein Schwänzchen dran«, sagte der Chef und grinste. »Ein hübsches kleines Rattenschwänzchen.«

Sie nahm das frisch ausgedruckte Agenturfoto und legte es auf den Kopierer. Sie vergrößerte das Bild, Stück für Stück. Dann nahm sie die letzte Vergrößerung und legte sie neben das Wasserzeichen der Ratte, das Mario damals fotografiert hatte. »Das gibt's nicht«, murmelte sie. »Die Ratte ist ein Biber!«

Fast zufrieden öffnete Viktoria ihre zweite Dose Cola light, die noch recht kühl war. Gut, dass sie hier saß – weit weg von der Redaktion. Gerade hatten sie einen Anschiss kassiert, weil die *BILD* angeblich mal wieder viel besser war. Es ging um die Ekelgeschichte mit dem toten alten Mann, der ein paar Tage in seiner Wohnung verwest war und dessen hungriger Schäferhund seinen Kopf aus lauter Verzweiflung angefressen hatte. Die Kollegen von der Konkurrenz hatten den Namen des Hundes, der *Express* nicht. Er hieß: REX!

Viktoria schmunzelte vor sich hin. Den Sitz hatte sie zurückgestellt, die Knie am Vordersitz angelehnt. Noch zweieinhalb Stunden im klimatisierten ICE, dann umsteigen in Münster, am späten Abend würde sie in diesem Schützenkaff ankommen. Im Ortsverzeichnis sämtlicher Städte und Gemeinden Deutschlands hatte sie folgenden Eintrag gefunden: »Telgte, Nordrhein-Westfalen, Regierungsbezirk Münster, bestehend aus den Ortsteilen Telgte, Westbevern und Westbevern-Vadrup, 17 800 Einwohner.«

Das sind weniger Menschen, als ins Olympiastadion passen, dachte Viktoria und nahm einen Schluck aus der Dose.

Noch etwa eine Stunde bis Münster. Die Digitalanzeige des ICE zeigte 22.18 Uhr, und Viktoria gähnte laut. Das Großraumabteil war leer. Sie versuchte, in die Dämmerung draußen zu schauen, doch sie sah nur ihr Spiegelbild im Fenster. Blödes Augenbrauenzupfen, dachte sie. Sieht man wegen der Haare sowieso nicht.

Es war kühl. Viktoria deckte sich mit ihrem grauen Trenchcoat zu und knüllte ihren pinkfarbenen Strickpulli zu einem Kissen. Den Kopf lehnte sie an die Scheibe, schloss die Augen und spürte den kühlen Klimaanlagenwindzug in ihrer Nase. Ihr Atem wurde so gleichmäßig wie das leise Rattern des Zuges. Sie zuckte noch einmal, dann schlief sie ein.

Elisabeth Upphoff schlief nicht. Mit geöffneten Augen lag sie allein und hellwach im Ehebett. Ihr Magen fühlte sich an, als sei eine Armee Ameisen dort eingezogen. Morgen begann das Schützenfest. Dieses verdammte Schützenfest. Und das ganze Dorf würde über sie reden. Sie würden lachen, tuscheln oder noch schlimmer: mitleidig die Augenbrauen heben. »Schaut mal, da ist die verrückte Elisabeth!« – »Durchgedreht ist sie, einfach durchgedreht.«

Und das alles nur, weil sie so verletzt war.

Ferdinand liebte seinen Schützenverein. Er war schon als Sechzehnjähriger eingetreten. Klar, dass er eines Tages König werden wollte. Schon seit sie denken konnte, hatte er davon gesprochen. »Im nächsten Jahr, da hol ich den Vogel runter. Da pack ich es.«

Im letzten Jahr hatte er es beinahe gepackt. Er hatte vorher schon eine kleine Summe gespart, um die königlichen Verpflichtungen erfüllen zu können. Er hatte keinen Tropfen Alkohol getrunken, als es ans Schießen ging, er zielte ganz genau. Am Ende trugen die Schützenbrüder seinen verhassten und arroganten Nachbarn auf ihren Schultern. »König Ludwig! Er lebe hoch!« Er hatte die ruhigere Hand gehabt.

Doch in diesem Jahr sollte es endlich klappen. Und es sah gut aus. Es gab keinen Konkurrenten, Ferdinand hatte heimlich schießen geübt und selbst sein Horoskop – er war Schütze! – prophezeite: »Sie gehen gerade auf Ihr Ziel zu und schaffen es!«

Morgen begann das Schützenfest, an dessen Ende er auf den Schultern seiner Kameraden jubeln wollte. Das Schützenfest, bei dem Ferdinand König Ferdinand werden wollte. Das Schützenfest seines Lebens sollte es werden. Doch seine eigene Frau hatte alles kaputt gemacht. Weil sie ihre verdammte Wut nicht zügeln konnte, darüber, dass er ihren Hochzeitstag vergessen hatte. Und darüber, dass er sich nicht einmal entschuldigte. Jetzt wusste sie es besser. Sie hätte ihn einfach anschreien sollen, ein paar Tassen gegen den Fliesenspiegel werfen sollen. Doch das war einfach nicht ihre Art. Sie mochte keinen Streit. Und so wuchs ihre Wut. Als sie nicht mehr wusste, wohin mit ihren Gefühlen, beschäftigte sie ihren Kopf. Sie schmiedete einen kleinen Racheplan. Sie kaufte sich eine grüne Jacke und eine schwarze Hose und hängte sie in den Schrank. Und natürlich fand Ferdinand die Kleidungsstücke.

»Sag mal, Elli!«, rief er die Treppe herunter.

»Was denn?!«, kam es genervt aus der Küche zurück.

»Was ist das für eine Schützenjacke? Die ist mir doch viel zu klein …« Ja, er hat angebissen, dachte sie und antwortete ganz kühl:

»Das ist meine.«

»Deine?«

»Ja, sagte ich es dir noch nicht? Ich werde auch schießen. Ich will Königin werden.« Stille.

Elisabeth horchte. Hätte er doch nur geflucht, getobt, geschrien. Sie hätte zurückgebrüllt, die Türen geknallt, die Tasse geworfen. Ihr Zorn, der Frust – alles wäre herausgekommen. Doch so fühlte sich der Triumph, dass ihr

Racheplan aufging, nur zartbitter an. Sie horchte weiter. Die Stille – sie dröhnte in ihrem Ohr. Und es hörte nicht mehr auf, das stille Dröhnen. Nicht am nächsten Tag, nicht in der nächsten Woche, nicht im nächsten Monat. Ferdinand sagte nichts mehr. Kein »Guten Morgen, Elli«, kein »Gute Nacht, Ferdi«, kein »Hast du an die Mülltonne gedacht? ... Sieh mal die Rosen blühen« oder »Wusstest du, das Meierichs Tochter heiratet?«

Er schlief im Gästezimmer, und sie lag wach im Schlafzimmer. Ferdinand und sie schwiegen. Vierundzwanzig Stunden am Tag, vierundzwanzig zähe, klebrige Stunden, die Bauchschmerzen verursachten.

Viktorias Kopf lehnte noch immer an der kühlen Fensterscheibe des Zuges. Ein Speichelfaden drohte gerade aus ihrem linken Mundwinkel zu tropfen, da starrte er sie aus dem Dunkel an.

Ein Mann. Sie konnte ihn ganz deutlich sehen. Er hatte wasserblaue Augen. Das Gesicht war grau und weiß und farblos zugleich. Seine Arme baumelten wie zwei Fremdkörper an seinen Schultern. Blonde Haare fielen in seine Stirn. Dann sah sie die Füße mit den braunen Socken, sie berührten die Wiese unter ihm nicht. Sie bewegten sich langsam hin und her. Wie der ganze Körper, der an einem knorrigen Baum hing. Dann, kaum zu sehen, Millimeter um Millimeter, hob der Mann seine Arme. Seine wasserblauen Augen füllten sich mit Tränen, während sie Viktoria ansahen. Nein, anstarrten, nein, in sie hineinglotzten. Die Arme, er hob sie weiter. Und plötzlich packte er zu.

Viktoria schrie. Der Schaffner, der sie wach rüttelte, blickte sie erschrocken an.

»Oh, äh. Entschuldigung. Ich wollte Sie doch nur wecken, wir sind in Münster.«

»Ach, du Kacke. Was für ein beschissener Traum«, fluchte Viktoria und nieste. »Von Ihrer blöden Klimaanlage holt man sich ja ’ne Grippe.«

2. Kapitel

Am nächsten Morgen wartete Mario Siewers schon an der Theke des Gasthofs König, als Viktoria mit Halsschmerzen, dem pinkfarbenen Pulli, der schwarzen Leinenhose und müden Augen die Treppe herunterkam. Er war der beste Fotograf, den der *Express* hatte. Vielleicht auch einfach nur der skrupelloseste.

»Morgen, Victory! Du siehst ja vielleicht fertig aus. Schlecht geschlafen?«

Ihr war nicht nach Morgenstund' hat Gold im Mund. »Ja, ich hab schlecht geschlafen«, knurrte sie.

Im gleichen Moment kam aus einer Schwingtür hinter der Theke eine Frau. Mitte fünfzig, rotes Gesicht, breiter Hintern und eine Kittelschürze mit rosa Blumenmuster am Leib, die bestenfalls in den Sechzigerjahren frei zum Verkauf stand.

»War was nicht in Ordnung mit dem Zimmer?!«, fragte die Frau ohne Regung im Gesicht, dafür aber mit leicht schnippischem Unterton.

»Nee, nee. Alles klar. Lag an mir selbst. Schlafe eben schlecht.« Viktoria nuschelte in Richtung rosa Kittelschürze.

»Ach, junge Frau, das ist übel. Mein Harry kann auch immer so schlecht einschlafen. Und wenn dann doch mal, dann schnarcht er ganz furchtbar, manchmal hört er sogar ganz auf zu atmen. Die Hölle ist das. Dabei liegt es oft nur an einer schlechten Verdauung. Passen Sie bloß auf, dass das nicht chronisch wird bei Ihnen. Und essen Sie nie zu viele Zwiebeln.«

»Ja, danke. Tu ich nicht.« Na prima, Viktoria war genervt. Blähungen am frühen Morgen. Muss das denn sein?

»Es geht mich ja eigentlich nichts an, aber was machen Sie eigentlich hier? Ich meine, dass so eine moderne, junge Dame aus Berlin ausgerechnet in unser Gasthaus kommt, ist ja schon was Besonderes. Aber mein Harry hat Sie wohl gestern Abend nicht gefragt, er traut sich immer nicht so recht. Sagte nur, dass Sie mit dem Zug angereist sind. Und dass Sie aus der Hauptstadt kommen. Ist ja eher so ein ruhiger Typ, mein Harry.«

»Ja, das ist er. Der Harry.« Schade, dass Harry nicht da ist und mich anschweigt, dachte Viktoria.

Mario verdrehte die Augen, er saß mit dem Rücken zur Rosa-Kittel-Frau. Doch auch vor ihm machte sie nicht halt.

»Ja, und jetzt sind Sie auch noch aus Berlin angekommen«, sagte sie und deutete mit ihrem Zeigefinger auf seinen Rücken. »Habe ich am Kennzeichen erkannt. Was ist das eigentlich da draußen, ein Porsche?«

»Das ist ein Fiat Barchetta«, murrte Mario, ohne sich umzudrehen.

Die Frau gab nicht auf. »Mit dem ist man ja schnell von Berlin hier bei uns. Wie lange fährt man da eigentlich?«

»Eine knappe halbe Stunde!«, sagte Mario, der genau vier Stunden und dreizehn Minuten gebraucht hatte. Viktoria blickte vorsichtig Richtung Kittelschürze. Ob sie jetzt sauer werden würde, weil Mario sie so offensichtlich aufzog?

Doch sie blieb ganz ruhig. »Ja, stimmt. Ist ja nicht weit«, sagte sie und putzte Biergläser. Sie grübelt bestimmt darüber nach, ob der Typ mit dem schnellen Auto ein Angeber, ein Dummkopf oder einfach nur ein arroganter Großstädter ist, dachte Viktoria und zog Mario am Ellbogen vom Barhocker zu dem derben Eichentisch, der in einer der von noch derberen Eichenbalken abgetrennten Nischen stand.

»Willkommen auf dem Lande«, sagte sie.

»Wohl eher in der Hölle«, erwiderte Mario und blinzelte Richtung Wirtin, die mit gesenktem Blick immer noch die Gläser putzte. »Haben die hier alle so rote Köpfe?«

»Mario!«

»Richtig trendy sind sie hier. Guck mal, der Kittel hat dieselbe Farbe wie dein Pulli. Okay, das Blumenmuster ist ein bisschen gewagter als dein lahmes Ding – aber rosa ist rosa – und das ist *en vogue*.«

»Eben nicht, du Penner. Mein Pulli ist pink, die Kittelfrau ist eindeutig rosa.«

»Ja, das stimmt. Sogar Ganzkörper-Rosa! Ob die Farbe in ihrem Gesicht von Douglas ist? Rosé de Province pour la Landpommeranzé.«

Viktoria lächelte mild. Mit Mario konnte man herrlich lästern.

»Aber jetzt mal ernsthaft, Victory. Was ist das wieder

für ein bescheuerter Auftrag, den uns der Alte da gegeben hat? Gestern sollte ich noch bis zur letzten Minute Tom Cruise vor dem Borchardts auflauern, statt nett mit dir im Zug zu sitzen. Ich hasse es, müde im Auto zu fahren. Und das nur, um dieses fucking Schützenfestamokding zu machen.«

Viktoria lächelte immer noch. »Ja, so isser, unser Chef. Gradlinig, vorhersehbar und ein Arsch. Willst du auch ein Frühstück?«

Nachdem Harrys rosa Frau wortlos helle Brötchen, zwei Scheiben Käse, ein kleines Töpfchen Erdbeermarmelade, ganz fein geschnittenen Schinken und eine große Kanne Kaffee gebracht hatte, wurde Viktoria langsam munterer und erzählte Mario von dem Amoklauf, der eigentlich gar keiner war. »Wir sollen so eine Provinzschmonzette machen«, sagte sie und blickte dabei versonnen auf die Kittelschürze von Harrys Gattin.

Mario las die zerknitterte Agenturmeldung. Er gähnte.

Sie senkte die Stimme. »Und es gibt noch etwas ...«

»Ich hoffe, das ist aufregender als das hier«, Mario ließ die Meldung auf den Tisch segeln.

»Der Chef denkt, dass wir hier die Ratte vom Müggelsee finden. Erinnerst du dich?«

»Du meinst den Neujahrsmord? Der seltsame Bekennerbrief mit dem Wasserzeichen, der neben Schneewittchens Leiche lag?«

»Genau den meine ich. Und jetzt kommt's ...«

»Victory, mach es nicht so spannend.«

»Die Ratte ist ein Biber, und der Biber ist im Vereinslogo von den Schützenbrüdern, die den Hausfrauenamoklauf überlebt haben.«

»Bist du sicher?«

»Japp!«

»Cool!«

»Genau!«

Dann sprachen sie über den Schützenfestablauf, damit sie keine wichtige Veranstaltung verpassen würden, und Viktoria jammerte über ihre miese Ankunft gestern Nacht in Westbevern.

Von dem Toten mit den wasserblauen Augen, den sie vom Zugfenster aus gesehen hatte, und davon, dass er ihr später, kurz vorm Schlafengehen, noch einmal begegnet war, davon erzählte sie nichts.

Um 23.18 hatte der Zug mit kreischenden Bremsen angehalten. Viktoria war die Einzige, die ausstieg. Ihre Schritte hallten in dem dunklen Fußgängertunnel, ein paar Neonfunzeln flackerten, und Heerscharen von Motten stürzten sich in Todeslust aufs Licht. Auf der anderen Seite der Gleise suchte sie nach gelb-schwarzen Taxischildern – doch alles, was sie sah, war eine gelb-schwarze Katze, die hinter einem leeren Fahrradständer verschwand.

Kein Taxi, kein Problem für Victory. Sie zog ihr Handy aus der Tasche, um über die Auskunft eines zu rufen. Keine Chance. In Westbevern, so erklärte es ihr ein Stammgast von Harry und der Rosafrau später, in Westbevern habe man mit E-Plus keinen Empfang. Das heißt, hinter dem Koppelkreuz bei Bauer Beuing und auch manchmal vor der Tür der Gaststätte, da ginge es. Aber ob das an der Windrichtung oder an der Luftfeuchtigkeit läge, das wusste er – also der Stammgast von Königs Gasthaus – auch nicht.

So stand sie da, mitten im Funkloch, mitten in der Nacht. Es war inzwischen 23.21 Uhr. Und es war still. Kein Autolärm, kein U-Bahn-Grummeln, keine besoffenen Teenager. Nur ein Vogel erhob seine helle Stimme. »Halt die Fresse und geh pennen!«, motzte Viktoria. Er flatterte hektisch davon. Sie blickte ihm nach. Wolkenberge türmten sich vor dem Halbmond am Himmel, und die ersten drei Tropfen platschten auf ihre rechte Hand, in ihr linkes Auge und auf das nutzlose Handy.

»Shit!«

Sie ging über den Parkplatz, auf dem nur ein einziges Auto stand, und kam auf eine etwas breitere Straße. Dort stand das gelbe Ortsschild, auf dem in schwarzer Schrift Westbevern-Vadrup stand. Geht doch!, dachte sie. Sie zählte ihre Schritte. Eine Reportergewohnheit. Denn, so hat es ihr Charly Berendsen, einer der ganz alten Hasen beim *Express,* einmal erklärt: »Haste kene Infos, Klene, dann zähl die Schritte von der Leiche bis zur Tür, oder schreib die Farbe des Futternapfes der Katze auf. Det hilft.«

Nach genau fünfhundertdreiundvierzig durchschnittlichen Schrittlängen sah sie das gelbe Ortsschild, auf dem mit roten Querbalken Westbevern-Vadrup durchgestrichen war. Darunter stand: Westbevern-Dorf 3 km. Vadrup, Dorf? Viktoria schnaufte vor Wut. Aus wie vielen Teilen besteht dieses Kaff eigentlich? Inzwischen waren es wohl an die fünfundvierzig Tropfen, die auf ihr gelandet waren. Der Halbmond war hinter den Wolkenbergen verschwunden, Viktoria war ratlos. Sie hatte also Westbevern-Vadrup durchlaufen und außer ein paar düsteren Einfamilienhäusern nichts gesehen. Sollte sie jetzt die drei Kilometer bis Westbevern-Dorf weitermarschieren, in der Hoffnung, dort ihren Gasthof zu finden?

Ein Blitz zuckte am Himmel. Ein astreiner Blitz. Eins, zwei, drei, vier, fünf Sekunden später grollte es. Viktoria drehte um, drei Kilometer waren einfach zu weit, die Füße hätten das ohne Blasen nicht überstanden. Und sie hasste Blasen.

Es war die richtige Entscheidung gewesen. Nach genau hundertzweiundzwanzig Schritten blieb sie stehen. Von rechts kam eine Gestalt. Ein Mann, um die sechzig, schwankend und wankend. Ein guter Wegweiser. Sie ging ihm entgegen, vermied die gleiche Straßenseite und damit seine Alkoholfahne und landete nach achtundsiebzig Schritten vor dem Gasthaus König. Ha, nennt mich Fährtenleserin!, dachte sie. Der Himmel leuchtete, es krachte, und die Wolken schickten ihre nasse Flut zur Erde. Viktoria grinste: Timing ist einfach alles!

Ein kleines beleuchtetes Schild in altdeutscher Schrift mit dem Namen »Gasthaus König« hing über der schweren Eingangstür aus dunklem Holz. Sie drückte die Klinke, betrat den Windfang, öffnete die nächste Tür zur Gaststube und fühlte sich wie Clint Eastwood. Drei Männer saßen mit gebeugtem Rücken an der Theke, alle drei drehten sich um, als sie den Raum betrat. Fette Tropfen schlugen gegen die Fenster, die Tür fiel laut ins Schloss! Es roch nach Rauch und Bierdunst. »Guten Abend! Wer ist denn hier für die Zimmer zuständig?«

»Kundschaft, Harry!«, rief einer der drei, ohne zu antworten. Langsam drehten sich alle wieder um und schauten auf ihre Schnapsgläser vor sich. Unglaublich, dachte sie. Der Wirt heißt Harry! Sie war wirklich in einem Clint-Eastwood-Film gelandet.

»Jaha! Komme gleich!« Dirty Harry war offensichtlich irgendwo im Keller und rief: »Ich dreh jetzt wieder zu, Kai!«

Der angesprochene, aber unsichtbare Kai antwortete von irgendwo unter der Theke: »Geht klar, Harry!«

Die drei Typen rührten sich immer noch nicht. Viktoria stand neben ihrem kleinen schwarzen Rollkoffer im Eingang und schaute sich um. Der Raum war groß, doch durch das Eichenfachwerk, durch die niedrige Decke und die dunklen Fliesen am Boden wirkte alles recht gemütlich – vorausgesetzt, man stand auf rustikale Ausstattung. Rechts an der Wand hingen Jagdtrophäen – bestimmt an die zwanzig kleine Schädel mit Hörnern. Viktoria musste an Bambi denken, mit weichem Fell und süßen Kulleraugen. In der linken Raumhälfte waren vier Nischen mit Tischen und Eckbänken, auf einem Tisch stand ein Klotz mit einem Metallschild, darauf »Stammtisch«. Willkommen im Provinzklischee, dachte Viktoria und lauschte auf Harry, der sich offensichtlich nur langsam die Kellertreppe hochbewegte.

»Na, wird's denn jetzt noch was?!« Der ganz rechts sitzende Mann an der Theke klang ungeduldig.

Der unsichtbare Kai antwortete: »Bier kannste heute vergessen«, ein kurzes Stöhnen, dann tauchte der Verkünder der schlechten Nachricht aus den Untiefen der Theke hervor und reckte sich. Währenddessen blickte er in Viktorias Richtung, nickte kurz, lächelte und sagte: »Tach!«

Sie nickte ebenfalls und gab ihm innerlich 'ne ordentliche Zwei. Er war groß, hatte einwandfreie Zähne, ein verwaschenes graues T-Shirt an, dunkelblonde Haare, vielleicht ein bisschen zu kurz im Nacken – wirklich, für hier eine echte Überraschung.

Dann sprach er zu den drei Männern vor ihm. »Ich muss Harry 'nen neuen Schlauch besorgen – sonst läuft nix mehr.«

O nein, bitte nicht!, dachte Viktoria. Sie wartete auf das dreckige Lachen der Typen. Nach dieser Vorlage von Kai, der plötzlich nur noch eine Drei minus war, kam der unvermeidbare Spruch: »Bei dem läuft doch schon lange nix mehr, oder warum ist seine Frau immer so zickig?« Har har har! Männer in Gruppen ab drei Exemplaren haben offensichtlich überall den gleichen flachen und versauten Schwachsinnshumor, dachte Viktoria. Alles dreht sich um ihr extrem überschätztes Gemächt! Was für Würste!

Dann kam Harry, der so ganz und gar nicht dirty war. Er lächelte und winkte Viktoria zu sich. »Sie müssen Frau Latell aus Berlin sein«, sagte er, und tiefer Respekt klang in seiner Stimme mit. Auf das dreckige Lachen vom Thekentrio hörte er gar nicht. »Ich hoffe, Sie haben gegessen, die Küche ist schon zu. Und ein frisches Bier kann ich Ihnen leider auch nicht anbieten – die Zapfanlage ist kaputt.«

»Ja, ich weiß, Kai muss erst noch einen neuen Schlauch besorgen«, Viktoria schenkte ihm ihr bezauberndes Siegeslächeln, das ihr schon so manche Tür geöffnet hatte.

Harry reagierte prompt, griff erst nach einem Schlüssel in der Schublade vor ihm und dann nach ihrem Rollkoffer. »Ich bring Sie mal nach oben.« Wieder dreckiges Lachen von der Theke.

»Oh, Harry. Nach oben bringst du sie ...«

Harry und Viktoria ignorierten den Spruch.

Der schmächtige, angegraute Wirt mit dem Seitenscheitel ging vorweg. Links neben der L-förmigen Theke war ein langer Flur. Von dort ab führte rechts eine Tür zur Küche. Gegenüber war erst die Herren-, daneben die Damentoilette – ein Mädchen auf einem Töpfchen und ein Manneken Piss aus Kupferimitat wiesen den rechten Weg. Dahinter kam noch eine Tür. Durch deren Glasscheiben sah man einen großen Raum. Mindestens fünfzig Stühle waren an die Wand gestapelt, alles stand voller Tische. Über der Tür hing eine grüne Fahne. In goldener Stickerei stand dort »Schützenverein Westbevern e.V. seit 1780«. Viktoria blieb stehen und las die Buchstaben. Der Biber schimmerte ebenfalls in Gold. Er saß auf seinen Hinterbeinen, die Vorderpfoten sahen aus, als würden sie einen Boxkampf mit der Luft machen, und zwei krumme Nagezähne schauten aus seinem Maul, das zu einem schrägen Grinsen verzogen war. Viktoria hatte keinen Zweifel mehr: Die Müggelsee-Ratte lächelte genauso dämlich wie dieser Provinzbiber.

Sie blickte auf das gewienerte Parkett und stellte sich vor, wie eine riesige Blutlache das Eichenholz dunkelrot einfärbte. Sähe bestimmt nicht ganz so eklig aus wie auf Auslegware, dachte sie. Doch der Geruch, der würde gleich sein. Er war immer gleich. Auf Fliesen, auf Teppich, auf Laminat – wenn Viktoria es mal wieder geschafft hatte, beinahe gleichzeitig mit der Polizei an einem Tatort zu sein, dann roch sie das Blut schon vor der Tür. Es duftete unendlich süß und unglaublich traurig und widerlich. Ein Urinstinkt, der tief in jedem Menschen verwurzelt sein muss, schrie einem geradezu ins Gehirn: »Mach, dass du wegkommst – hier findest du nur Tod und Verderben!«

»Man jewöhnt sich dran«, hatte Charly ihr gesagt. Doch sie gewöhnte sich nicht. Was für ein Glück die Putzfrau hatte, dass die durchgeknallte Hausfrau nicht geschossen hat, dachte sie. Harry drehte sich um: »Morgen ist Schützenfest«, sagte er. »Geh'n Se doch mal hin.«

»Tu ich«, sagte Viktoria. »Tu ich.«

Am Ende des Flurs führte die Treppe im rechten Winkel nach oben, Harry blieb kurz auf der ersten Stufe stehen und zeigte auf die gerahmten Fotos an der Wand. »Alles Majestäten«, sagte er. »Bis hier hoch hängen all unsere Schützenkönige.«

Er ging weiter, und Viktoria folgte ihm langsam. »Alle?«, fragte sie.

»Na ja, alle, von denen es Fotos gibt.«

Tatsächlich. Unter dem ersten Foto stand die Jahreszahl 1930. Darunter: Seine Majestät Hubert I. Der Mann nannte einen gewaltigen Zwirbelschnäuzer sein Eigen, er schaute ernst. Daneben eine Fotografie von August III., 1932. 1933, 1934. Immer wieder ernste Gesichter, immer wieder lachende Gesichter. Erst in Schwarz-Weiß, später in Farbe. Halbglatzen, Seitenscheitel, Pomade, Vollbart, frisch rasiert, jung, alt, mittelalt. Triumphierende Blicke, schüchterne Blicke, traurige Blicke, fröhliche Blicke, Viktoria lächelte – und plötzlich sah sie in wasserblaue Augen, die sie kannte.

In ihren Schläfen pochte ihr Puls wie eine Bongo-Trommel. Sie atmete tief durch. Da war er – der Mann aus dem Traum. Und wieder blickte er sie an. Mit seinen wasserblauen Augen. Die blonden Haare fielen ihm hübsch ins Gesicht, er grinste frech. Unter dem Foto die Jahreszahl und der Name: 1976, Seine Majestät Bernie I. Sie spürte, wie sich ihr Magen verkrampfte. Das konnte nicht sein!

»Frau Latell? Kommen Sie?«

Viktoria nahm die letzten Stufen. Harry stand schon vor ihrem Zimmer mit der Nummer 11 und sah besorgt aus.

»Sie sind ja ganz blass. Haben Sie gerade ein Gespenst gesehen?«

»Ja, irgendwie schon. Aber das war wohl eher ein Déjàvu«, sagte sie und lächelte schief.

Harry nickte ernst und gab ihr den Schlüssel. »Dann schlafen Sie mal gut.« Als er durch den Flur davonschlurfte, schüttelte er den Kopf und murmelte leise: »Deschawas!? Seltsame Krankheit. Na ja, Großstädter eben.«

Viktoria mochte Harry.

3. Kapitel

Marios kanarienvogelgelber Barchetta parkte, oder besser, leuchtete, auf dem kleinen Parkplatz vor dem Gasthaus. Rosa Kittelschürze hatte gar nicht so unrecht, das Auto sah schon ein bisschen nach Porsche aus. Sportlich, rundlich, ein Zweisitzer eben und ein echter Hingucker! Genau das richtige Auto also für Mario, der damit vor allem eines wollte – Frauen einsammeln. Und das mit möglichst wenig Aufwand. Sein Plan war simpel, aber erfolgreich: Autotür auf, Blondine rein, fertig! So hatte Viktoria schon so manch goldenes Haar vom Beifahrersitz gezupft.

Hier in Westbevern wirkte das Aufreißerauto allerdings etwas deplatziert. Einsam und verlassen stand es auf dem tristen Pflaster. Mario drückte den automatischen Öffner, als sich Hufgetrappel näherte. Kurz darauf fuhr eine kleine Ponykutsche vorbei. Sie war mit bunten Wimpeln und Birkenzweigen geschmückt. Auf dem Kutschbock saß ein alter Mann, hinter ihm lachten und winkten eine Handvoll Kinder. Viktoria rief mit übertrieben heller Stimme: »Guck mal, wie bei den Mädels vom Immenhof – süüüüüß.« Aus der anderen Richtung näherte sich ein großer grüner Trecker, der das liebliche Klockedicklock der kleinen Ponyhufen überdröhnte. Er fuhr bestimmt sechzig, seine riesigen Räder donnerten über den Asphalt und wühlten sich durch die große Pfütze, die sich am unbefestigten Parkplatzrand gebildet hatte. In wabbeligen Klumpen schoss der schwarze Matsch durch die Luft und landete mit einem nassen »Klatsch« auf dem knallgelben Lack des Fiat Barchetta.

»Von wegen süß! Scheiße!« Mario knallte wütend die Autotür zu, die er schon zum Einsteigen geöffnet hatte, und rannte Richtung Straße: »Du Bauer, du dämlicher Bauerntölpel – kannst du nicht aufpassen?« Doch der Bauerntölpel war längst außer Hörweite.

»Es tut mir leid, Mario, aber dein Auto sieht aus wie eine dieser beschissenen Tigerenten von Janosch.« Viktoria kicherte. Tigerenten waren ihr erklärtes Hassobjekt. Sie konnte einfach nicht verstehen, wie sich sogar erwachsene Frauen die süßlichen Dinger aus Holz an ihre Rucksäcke hängen und das auch noch hübsch finden konnten. Getoppt wurde das nur noch vom Hype um den kleinen Prinzen. Irgendwann beschloss nämlich Viktorias gesamter Freundeskreis, alle Zitate aus dem Buch für alle möglichen Anlässe zu nutzen. So verfolgten sie die naiv-romantischen Sätze des Prinzen zu Hochzeiten, Taufen, runden Geburtstagen – kurz zu jenen Veranstaltungen, bei denen es vor Kitsch und Schleimerei ohnehin schon nur so triefte. Und wenn dann der Bräutigam zur Braut sagte: »Man sieht nur mit dem Herzen gut« – und alle heulten, dann hustete sie Bröckchen. Denn eigentlich – das konnte sie mit ihrem Herzen ganz deutlich sehen – liebten sie den Prinzen nur, weil der Autor so einen schwierig-schönen Namen hatte. Und wer fehlerfrei Antoine de Saint-Exupéry aussprechen konnte, wer diese Namenszeile in seinem Bücherregal stehen hatte, wer ihn in sein Hochzeitsalbum schrieb, der fühlte sich mindestens so gut, wie wenn er mit guten Freunden einen guten Rotwein von einem kleinen, aber sehr guten Winzer aus Frankreich trank. So französisch, so klug, so kreativ, so chic – voilà und merci, petit prince! Zum Heulen, diese Heuchelei.

Jetzt und hier konnte sie wenigstens lachen. Denn Marios gelbes Angeberauto sah durch die Matschschlieren wirklich genauso dämlich aus wie die Streifenente von Janosch. Mario war sauer über den Dreck und über Viktorias dreckiges Lachen.

»Pass bloß auf, Pink-Pulli! Noch so ein üppiges Frühstück wie gerade und du siehst bald aus wie Miss Piggy!« Das saß. Viktoria hörte auf zu lachen und funkelte wütend Richtung Mario. Da rettete Harry, der kleine graue Wirt mit dem artigen Seitenscheitel, die Situation. Mit einem Eimer Wasser brachte er den Barchetta und Mario wieder zum Strahlen. Die Berliner konnten endlich losfahren.

Viktoria wusste nicht, wie oft sie schon so oder so ähnlich zusammen in einem Auto gesessen hatten. Mario fuhr, und sie kramte in ihren Notizen, die sie selten in einen ordentlichen Block schrieb. War sie auf Recherche, kritzelte sie auf Rückseiten von Quittungen, in Reiseführer oder auf Parkscheine. Sie war Mario dankbar, dass er nicht ein einziges Mal einen dummen Spruch über ihre Zettelwirtschaft machte. Wenn sie mal wieder mit dem halben Kopf in ihrer Umhängetasche steckte, um im Dunkeln nach einer bestimmten Adresse, einem Zitat oder dem Namen des nächsten Interviewpartners zu suchen, schwieg er einfach. Im Gegenzug ließ auch sie ihm seine Macken. Bis heute begriff sie nicht, wie ein Mann, der, ohne mit der Wimper zu zucken, den Anführer eines indonesischen Rebellentrupps bat, die Handgranate noch ein bisschen weiter in die Höhe zu halten, damit das Foto besser wurde, wie so ein Mann das große Bibbern bekam, wenn er eine Mücke summen hörte. »MALARIA!«, rief er dann und tötete die kleine Feindin sofort. Doch auch ganz normale Menschen oder Hotelhandtücher versetzten ihn schon in Panik.

Mario Siewers, der härteste aller Fotoreporter, hatte immer ein Fläschchen Desinfektionsspray dabei. Regelmäßig dieselte er damit seinen gesamten Kofferraum und seine Kameraausrüstung ein. Als Viktoria einmal für eine Strichermordgeschichte mit Straßenkindern vom Bahnhof Zoo gesprochen und einem kleinen Punk-Mädchen zum Abschied die Hand gegeben hatte, reichte er ihr angewidert ein nach Arzt riechendes antiseptisches Feuchttuch. »Nimm das. Man weiß ja nie.« In einem Hotel in der Türkei – Viktoria und Mario mussten sich ein Zimmer teilen, da nach dem großen Erdbeben 1998 nur noch dieses eine Hotel stand – schrie er sie fast hysterisch an, als sie aus der Dusche kam. »Du hast doch nicht etwa die Handtücher dort benutzt.« Sie hatte. Natürlich. Denn sie vergaß grundsätzlich, in jedem Urlaub und bei jedem Auftrag und bei jedem Besuch ein eigenes Handtuch. Er schüttelte sich.

»Hast du denn nicht gesehen, wie dreckig das aussah? Das ist voller Bakterien!«

Einen Moment lang glaubte sie ihm. Doch als sie Tage

später keine Anzeichen von schlimmen bakteriellen Erkrankungen bei sich feststellte, glaubte sie ihm nicht mehr. Er hielt sie seitdem für ein bisschen ekelhaft. Gut, dass ich wenigstens meine Augenbrauen regelmäßig zupfe, dachte Viktoria.

Es war also wie immer. Viktoria kramte in ihrer Umhängetasche nach der Adresse des Lokalblatts von Telgte, der Kleinstadt, zu der auch Westbevern gehörte. Sie hatte den Straßennamen aus dem Internet ausgedruckt, doch wo war der Zettel? Sie fluchte leise vor sich hin, weil sie ihre Tasche von innen wirklich fies fand. Sie wusste nicht, woher die ganzen Krümel kamen – sie aß eigentlich keine Kekse –, aber sie waren da und klebten nach ihrer Suchaktion an ihren Händen.

Mario fuhr schweigend. Doch dann platzte es geradezu aus ihm heraus: »Hast du das gesehen, Victory? Das ist wirklich so unfassbar.« Er lachte. Sie tauchte aus ihrem versifften Taschendunkel auf, blickte sich um und erwartete mindestens eine Kuh mit zwei Köpfen. Doch sie sah nichts. »Was?«, fragte sie. »Was ist unfassbar?«

»Na, da drüben, diese total verspießten Vorgärten. Ich dachte immer, das wäre nur eines dieser Vorurteile, das ich habe. Aber es stimmt. Die Leute hier auf dem Land haben nichts Besseres zu tun, als Rasen zu mähen, Unkraut zu jäten und Vorhänge zu waschen. Guck mal der Typ da, der hält gerade eine Wasserwaage an seine Hecke. Nachher kniet der sich bestimmt auf seinen Rasen und zählt die Grashalme. O nein, der hat sogar einen Dackel! Siehst du den Köter?«

Viktoria lachte. »Ja, ja, Mario. Du und deine Liebe zum Großstadtchaos. Aber ich garantiere dir, wenn du bei den Leuten da aufs Klo gehst, ist da kein einziges Bakterium.«

»Ja, aber dafür gibt's da bestimmt eine umhäkelte Klorolle. Und die ist mindestens genauso schlimm für mein Immunsystem.«

Viktoria stieß einen Seufzer der Erleichterung aus und hielt einen zerknüllten Zettel in die Höhe. »Ha, hier ist die Adresse von den *Telgter Nachrichten.*«

»Und was genau wollen wir da?«

»Na, die Kollegen wissen bestimmt am besten über dieses ganze Schützenfestding Bescheid. Außerdem haben die hier vielleicht ein Archiv, da können wir ein bisschen wühlen und Repros von vergangenen Schützenfesten machen. Ein paar Hintergrundinfos über diese Emanzen-Frau, diese Upphoff, kriegen wir bestimmt auch da – und vielleicht haben die ja auch ein paar Amokfotos. Außerdem geht das Festprogramm ja erst heute Nachmittag richtig los, und jetzt ist es gerade mal zehn. Wir verpassen also nix.«

»Okay, Chefin. Guter Plan. Ich glaube, wir sind schon in Telgte.«

Sie fuhren über Kopfsteinpflaster Richtung Zentrum, bogen zweimal rechts ab, an der Backsteinkirche vorbei, folgten dem blauen Schild mit dem P und stellten den Wagen schließlich auf einem großen Parkplatz zwischen einem dunkelgrünen und einem dunkelblauen Golf ab.

Viktoria suchte gerade nach einem passenden Einheimischen – am besten waren Frauen um die sechzig mit Einkaufskorb geeignet: Die waren meistens redselig und informiert –, um nach der richtigen Straße zu fragen, da sah sie schon den Schriftzug der *Telgter Nachrichten*.

»Mein Gott, ist das easy hier«, sagte Mario, der ihn gleichzeitig entdeckt hatte. Sie steuerten auf die Glastür in dem kleinen unscheinbaren Siebzigerjahrebau zu und öffneten sie.

Eine rothaarige Frau mit großer Brille und Leggings saß hinter einem Tresen und schaute mürrisch auf.

»Guten Tach, was kann ich für Sie tun?«

»Mein Name ist Viktoria Latell, das ist mein Kollege Mario Siewers. Wir sind vom *Berliner Express* und würden gerne unsere Kollegen hier von der Telgter Zeitung …«

»Von den *Telgter Nachrichten*.«

»Ja, genau. Nachrichten. Also wir würden gerne mit den Kollegen sprechen. Sind sie da? Vielleicht jemand aus dem Ressort ›Lokales‹ oder ›Polizei‹ oder ›Vermischtes‹?«

»Momentchen.«

Mit ihren für Leggings eindeutig zu dicken Beinen stampfte die Frau durch eine weitere Glastür und rief in den Raum dahinter: »Hey Leute, da sind Reporter aus Berlin. Die wollen jemanden aus 'nem Ressort sprechen.«

Drinnen wurde laut gelacht.

Doch sie winkte den Besuch herein. »Gehen Se durch!«

Viktoria stieß Mario in die Seite, der wie in Hypnose auf die bräunlichen Rankenmusterleggings starrte, und sie traten durch die zweite Glastür.

An einem großen Doppelschreibtisch saßen sich zwei Männer gegenüber. Der eine, rechts, trug Vollbart, der andere, links, Glatze. Beide waren vielleicht Mitte vierzig, und beide grinsten, als hätten sie den besten Scherz … nein, als wären die Berliner Gäste der beste Scherz des Jahrhunderts. Der mit der Glatze polterte schließlich in jovialem Tonfall los: »Na, da kommen Se mal rein in unsere gute Stube. Äh, 'tschuldigung. Ich meine natürlich in unser Ressort! Also ich bin heute ›Lokales‹ und ›Vermischtes‹ und der da drüben, der Alex, der ist ›Vermischtes‹ und ›Lokales‹. Die Polizei ist ein paar Straßen weiter …« Beide lachten wieder. Ja, ja, Viktoria hatte es begriffen. Das hier war eine Zweimannklitsche. Jeder macht hier alles und überhaupt. Ihr fielen die unendlichen Kaninchenzüchtergeschichten ein, die beinahe jeder Chefredakteur einmal in seinem Leben mit feuchten Augen zum Besten gab. So konnten sie den kleinen Reportern zeigen, dass auch sie mal ganz unten angefangen, dass sie von Vereinsversammlung zu Vereinsversammlung getingelt waren, Kaninchenzüchter- und Taubenzüchtergeschichten geschrieben hatten – und nicht als die abgezockten Medienarschlöcher geboren wurden, die sie jetzt waren. Von der tiefen Provinz, vom kleinen Lokalblatt hatten sie sich alle zum *Express* durchgekämpft. Viktoria hatte ihnen höflich zugehört, aber es auch gleich wieder vergessen. Jetzt stand sie also mitten in der Wiege aller großen Chefredakteure und hatte sich mit ihren »Ressorts« lächerlich gemacht. Was soll's! Sie strahlte die beiden Männer mit ihrem Victory-Lächeln an, streckte energisch die rechte Hand raus, drückte beim Schütteln fest zu, und es klappte auch so – ohne Karnickelzuchtverein-Erfahrung.

Die Glatze ergriff wieder das Wort: »Also, mein Name ist Gregor Clausener. Der Vollbart da heißt Alex Ebelt. Was gibt's? Ist in Berlin nix mehr los, dass ihr schon hierherkommen müsst?«

»Auf jeden Fall sind die Frauen da nicht so hübsch«, sagte Mario und schaute zur Empfangssekretärin. Der Vollbart folgte seinem Blick, lächelte, und Viktoria wusste, die beiden Kaninchenzuchtverein-Experten würden den Stadtdeppen sicher helfen.

Anderthalb Stunden und fünf Tassen Kaffee später war der linierte Notizblock, den Mrs. Leggings Viktoria mit gönnerhaftem Lächeln gereicht hatte, voll.

Das Material der Kollegen hier war gar nicht mal so schlecht.

Viktoria hatte die Adresse, das Geburtsdatum und sogar die Haarfarbe von Elisabeth Upphoff – blond mit Strähnchen vom Friseur Scherenschnitt, har har. Sie wusste, dass sie in der Katholischen Frauengemeinschaft Schriftführerin war und ihr Mann im Männergesangsverein die Kasse führte. Sie wusste auch, welche Waffen Elisabeth sich an jenem Abend aus dem Jagdschrank ihres Mannes gegriffen hatte und dass die Bombenattrappe aus der Verkleidungskiste im Keller stammte. Ihre Ehe war seit dem Zwischenfall zerrüttet. Elisabeth habe sich in ihrem Haus verkrochen, der Mann wohne auch noch dort – wahrscheinlich im Gästezimmer, doch eine Stellungnahme hätte man gar nicht haben wollen, weil man hier in Telgte und Westbevern noch die Privatsphäre achte, so Glatze Gregor nicht ganz ohne Vorwurf im Ton. Dann legte er ein paar Seiten Schützenvereins-Material auf den Kopierer.

Viktoria zog ein Blatt aus dem Auswurffach und las laut vor. »Hör mal, Mario!«

Mario gähnte.

»Auszüge aus der Vereinschronik des Westbeverner Schützenverein e.V. von 1780: Das Schützenwesen geht bis zur Urzeit der Menschheit zurück. So wie jeder Jagdzauber und Fruchtbarkeitsmythen in jeder steinzeitlichen Höhle.«

Mario sah auf. »Ja, steinzeitlich, das passt.«

Sie las weiter, leise für sich. Und sie staunte. So viel Historie hatte sie nicht erwartet. »Ursprung der Schützenvereinigungen ist eine echte Not- und Wehrgemeinschaft, die sich aus dem Zwang des täglichen Lebenskampfs zusammenschloss. Feinde: unter anderem Großwild. Außerdem mussten die wehrfähigen Bewohner erfasst werden, bei den jährlichen Treffen, die dafür abgehalten wurden, kam es zu Opfergelagen, bei denen das sogenannte Gildebier getrunken wurde. Und bei denen seit dem 16. Jahrhundert vielerorts auf einen Vogel – damals lebte er noch – geschossen wurde.« Als im 18. Jahrhundert ein Berufsheer herangebildet wurde, brauchte man die Schützenbrüder nicht mehr. »Und so wandte man seine Aufmerksamkeit dem Schützengelage, also deftigem Trinken und Schmausen, zu.« Na, dann Prost und genug Geschichte. Viktoria wollte ja wissen, was es heute mit dem Fest auf sich hatte.

Warum drehte eine Frau durch, weil sie nicht Königin der Trink- und Schießgesellschaft werden durfte?

»Ich will jetzt mal die Emanze raushängen lassen«, sagte sie zu ihren Kollegen vom Lokalblatt. »Warum darf denn bei diesem ganzen Königsding keine Frau mitschießen? Das lese ich hier nicht. Und warum haben die Brüder diese Elisabeth nicht einfach gelassen, vielleicht hätte sie ja gar nicht getroffen. So eine tolle Schützin scheint sie ja gar nicht zu sein – wie ihr Pseudoamoklauf ja offensichtlich gezeigt hat.«

Vollbart Alex schüttelte den Kopf. »So einfach ist das nicht. Das Königsschießen ist schon immer Kernstück und ältester Bestandteil des Schützenbrauchtums. Die Kirche mischt da sogar mit. Erst wenn der Pfarrer seinen Segen und der alte König einen Schuss abgegeben hat, geht es los. Es ist also extrem wichtig – und heilig.«

»Und weil es wichtig und heilig ist, dürfen Frauen nicht auf Spielzeugadler ballern, oder was?« Viktorias Stimme wurde etwas schrill.

Mario rieb sich die Ohren. »Ruhig, ruhig – oder läufst du auch gleich Amok?«

Gregor redete weiter: »Was heißt schon: dürfen nicht? Das ist ja das Problem. Es gab im Münsterland vor hundertfünfzig Jahren vereinzelt Königinnen, aber im traditionsbewussten Westbevern waren Schützenfeste immer schon reine Männersache. Die Herren haben nur eben nicht daran gedacht, es in ihre Satzung aufzunehmen.« Alex nickte: »Bei ihren Kollegen von der Antoniusbruderschaft in Coesfeld steht's drin – und alle müssen sich dran halten.«

»Was«, fragte Viktoria in leicht säuerlichem Ton, »steht da drin? ›Frauen müssen draußen bleiben‹!?«

»Nö.« Glatzkopf grinste: »De Huesfrowen to Huse to laoten.«

Vollbart wollte helfen und übersetzte: »Die Hausfrauen zu Hause lassen.«

Viktoria nickte eisig, ohne brav zu lächeln. »Und Frau Upphoff hat das wohl nicht mehr gepasst mit dem Zuhausebleiben. Ist ja auch ganz schön machomäßig hier!« Die Männer im Raum grinsten. Sie redete weiter: »Ist sie eigentlich bekannt als kämpferische und aggressive Emanze?«

Alex schüttelte den Kopf und kraulte sich im Vollbart. »Eben überhaupt nicht. Die Frau war bis vor ein paar Wochen total unauffällig. Eine brave Hausfrau um die fünfzig. Eine gar nicht mal hässliche dazu, hat sich gut gehalten. Muss früher so eine kleine Dorfschönheit gewesen sein, drüben in Westbevern. Dass ausgerechnet sie ihren Mann erst mit ihrem komischen Schießwunsch so lächerlich macht und dann noch durchdreht, damit hätte hier keiner gerechnet.«

»Ich dachte, das größte Problem sei der Beinahe-Amoklauf – was ist denn dagegen schon ein bisschen Lächerlichkeit?«

»Doch, doch, das war auch schon hart. Denn der gute Ferdinand, also ihr Mann, wollte doch selber unbedingt König werden. Im letzten Jahr hätte es beinahe geklappt, aber da gab es einen Konkurrenten. Dass ihm jetzt ausgerechnet seine eigene Frau in die Quere kommen wollte, war schon fies.«

»Wollte sie ihn denn vorführen, hatten die beiden Streit?«

»Keine Ahnung, das ist …«

»Privatsache«, ergänzte Viktoria und lächelte sanftmütig. »Also ihr Reporter hier seid wirklich anständig.«

Eine gut erhaltene Hausfrau, die ihren Mann demütigte und dann durchknallte: Die Geschichte wurde immer spannender, und Viktoria freute sich schon fast auf ihr Treffen mit Elisabeth Upphoff.

»Und was hat das mit dem Vereinslogo auf sich?«

Der kahlköpfige Kollege zuckte mit den Schultern. »Was denn für ein Logo?«

»Na, der Biber. Was bedeutet der?« Viktoria tat so, als interessiere die Antwort kaum.

»Nix. Ist halt der Biber von der Bever. Dem Fluss, der durch Westbevern fließt. Aus Bever wurde Biber …«

»Ach und deshalb auch WestBEVERN.«

»Bingo! Und: Ostbevern.«

Mario schaute auf und lachte. »Ich fass es nicht. Ist ja wie in Berlin hier. Westbevern, Ostbevern. Wo war denn eure Mauer?«

»Nur in den Köpfen«, erwiderte Vollbart. Und alle vier Reporter lächelten.

4. Kapitel

Viktoria schlug ihr Notizbuch zu und steckte mal wieder einen geliehenen Kuli ein. Jetzt interessierte sie etwas anderes. Der Zeitpunkt war günstig. Mario war draußen zum Zigarettenholen, Kollege Clausener plauderte im Empfangsbereich mit dem Postboten, und Alex Ebelt nuschelte am Telefon offensichtlich mit einem Fußballtrainer, es ging um Aufstellungen, Namen wurden genannt, kleine Wertungen abgegeben, gelacht. Sie ließ ihren Blick über die Jahreszahlen auf den archivierten Zeitungsbänden schweifen, die fein säuberlich sortiert in einem XXL-Regal standen.

»Kann ich mal?«, fragte sie Richtung Alex. Der nickte kurz und sprach weiter in den Telefonhörer. Viktoria griff nach dem graubraunen großen Band mit der Jahreszahl 1976.

Es dauerte nur ein paar Minuten, und sie hatte den Artikel schon gefunden. Die Hauptzeile war: *Bernie I. ist neuer König*. Unterzeile: *Bernhard Lütkehaus traf am besten*. Wahnsinns-Headline, dachte sie und schrieb den Namen auf. Es folgten endlose hundertzwanzig Zeilen über den genauen Ablauf des Festes. Uhrzeiten, Programmpunkte, Danksagungen. Beim dreihundertsechsundvierzigsten Schuss hatte der gute Bernhard, so stand es gleich im Einstieg des Textes, den Adler von der Stange geholt, der Rest war Blabla. Keine dramatische Schilderung des Schießwettstreits, keine Zitate, keine privaten Details. Langweilig. Das Foto zeigte Lütkehaus breit grinsend neben einer schmalen, blassen Frau, die offensichtlich ein paar Jährchen älter war als er. Ihn schätzte sie auf Ende zwanzig, sie auf glatte vierzig.

Unter dem Bild stand: »Freut sich: Das neue Königspaar Bernhard Lütkehaus und seine Gattin Martha.«

Viktoria umkringelte mit dem Kugelschreiber »Lütkehaus« und legte das schwere Archivbuch auf den Kopierer. Vollbart bekam nichts mit, und ihr war es nur recht. Sie nahm die Kopie vom Artikel und schrieb so leserlich wie es ging darunter: »Charly! Kriegste was über diesen Typen raus? Wäre toll, Victory.« Dann schob sie das Blatt unauffällig in das Faxgerät, das auf der Fensterbank neben der Kaffeemaschine stand. Mmm, lecker! Farbtoner neben Kaffeepulver, dachte Viktoria und tippte die Nummer des *Express* ins Gerät. Axel schaute kurz auf, schrieb dann aber weiter Fußballergebnisse mit.

Viktoria wollte gerade das durchgelaufene Papier zerreißen, da legte Alex mit einem »Bis die Tage« den Hörer auf und nuschelte: »Lütkehaus?« Viktoria fühlte sich ertappt, sie nickte nur.

»Welcher?«, fragte Alex. »Hier in dieser Gegend gibt's mindestens fünf davon.«

»Bernhard Lütkehaus, der 1976 Schützenkönig geworden ist«, sagte sie. Und der mir in dem schlimmsten Albtraum meines Lebens erschienen ist, dachte sie.

»1976. Da war ich noch ein Kind. Aber ich erinnere

mich an einen Lütkehaus oder besser daran, was die Leute immer erzählt haben. Er soll ausgewandert sein. Nach Kanada oder Australien. Ich habe mir das wahrscheinlich nur gemerkt, weil das so spannend klang für einen Jungen wie mich, der immer gedacht hat, eigentlich ein Indianer zu sein. Das mit dem Auswandern muss aber ein paar Jahre nach dem Schützenfest gewesen sein, bei dem er König wurde. Ich kam da nämlich gerade aufs Gymnasium.«

»Lebt er denn noch?«

»Gute Frage, seit der weg ist, habe ich nie wieder was von ihm gehört. Ist ja jetzt schon 'ne Weile her. Vielleicht hat ihn längst ein Krokodil gefressen …« Oder er hat sich an einem Baum aufgeknüpft, dachte Viktoria.

Vollbarts Blick fiel auf den Archivband. »Weshalb interessieren dich diese alten Geschichten?«

Viktoria blinzelte ihm zu. »Privatsache!«

Die Tür schwang auf, und ein atemloser Mario stand im Rahmen. »Was ist denn das schon wieder für eine Kacke hier bei euch? Hier ist ja Markt!«

»Ja, hier ist Markt. Ein sehr schöner übrigens«, sagte Gregor freundlich.

»Aber vorhin war da, wo jetzt ein Blumenstand steht, noch ein dicker, fetter Parkplatz. Und auf diesem dicken, fetten Parkplatz steht mein Wagen. Und da, wo vorhin noch ein dunkelgrüner Golf parkte, direkt neben meinem Wagen, stehen jetzt Sonnenblumen!«

Den Anblick wollte sich keiner im Raum entgehen lassen. Alex, Gregor, Leggings-Lady und Viktoria marschierten an Mario vorbei durch die Tür und hatten fast Mühe, den im gelben Blütenmeer perfekt getarnten Barchetta zu entdecken. Viktoria kicherte, die Kollegen aus Telgte versuchten wenigstens noch, ernst zu bleiben.

»Sei doch froh«, sagte Viktoria. »Wenigstens haben sie dich nicht abgeschleppt.«

»Na super!« Mario war wütend und wollte damit offensichtlich nicht aufhören. »Zwei Stunden haben die hier jetzt noch mein Auto als Geisel, dann bauen sie bestimmt noch eine Stunde ihr Grünzeug ab, so wie ich das lahme Tempo hier kenne. Mir reicht's. Ich such mir 'ne Kneipe.«

»Mann, Mario! Reg dich nicht so auf! Außerdem müssen wir nachher noch …«

»Ist mir im Moment scheißegal. Ich vertrinke jetzt das Geld, das ich gespart habe, weil die hier so nett sind und mich nicht abgeschleppt haben. Bis dann!« Mit wehendem Haar – Mario trug halblang – stapfte er quer über den Platz.

Gregor lachte laut los. »Ist der immer so drauf?«

»Fast immer, aber heute kriegt er es auch wirklich dicke«, sagte Viktoria und erzählte von der morgendlichen Matschattacke. Mario steuerte im Stechschritt auf die Kneipe an der Ecke neben der Schlachterei zu. Viktoria und die Reporter von den *Telgter Nachrichten* blickten ihm nach. Als die Tür hinter ihm zuschlug, verabschiedete sich Viktoria.

Glatze und Vollbart nickten anerkennend.

Es war genau zwölf. Die Sonne stand steil über dem Marktplatz, der einmal ein Parkplatz war. Es roch nach

Backfisch, Viktorias Magen knurrte. Sie schlenderte über das Kopfsteinpflaster, Richtung Obst- und Gemüsehändler, fünfzehn Meter rechts vom Blumen-Barchetta-Stand. Ein Apfel musste für den ersten Hunger reichen. Sie legte der dicken Gemüsefrau zwanzig Cent in ihre rissigen Hände, und die bot ihr ein Schälmesser an, damit sie den »lecker Apfel« gleich essen konnte. Viktoria begann, die Schale in einem großen girlandenartigen Stück von der Frucht zu schälen. Nebenan am Wurststand bekam ein kleiner Junge in einem dieser Kinderwagen, die aussahen wie kleine Rennmaschinen, mit einem »Na, junger Mann, eine Kinderwurst?« eine eingerollte Scheibe Mortadella gereicht und biss hinein. Viktoria schaute sich um. Alte Fachwerkhäuschen rahmten den Marktplatz ein, von oben strahlten bunte Mittelaltergiebel herunter. Eine Frau stellte ihr geputztes Hollandrad vor einem alten Brunnen mit schmiedeeiserner Pumpe ab, ein kleiner Opa, der vorhin ein »Pfund Kartöffelken« gekauft hatte, packte es in einen Bollerwagen. Als Viktoria all das sah, dachte sie für eine Sekunde, gleich käme der Bulle von Tölz um die Ecke. Er würde ihr die Schulter tätscheln und sagen: »So, meine Liebe, sieht die heile Welt aus.« Der Duft des Apfels stieg in ihre Nase, sie biss hinein, schloss die Augen, spürte die Sonne auf den Lidern – und wurde angerempelt. Die Remplerin hatte eine furchtbar blonde Dauerwelle und meckerte: »Können Sie nicht aufpassen?« Komisch, dass sie nicht berlinerte.

Viktoria blickte auf die Uhr und auf den Barchetta im Blumenmeer. Ob man hier shoppen konnte? Sie musste ja irgendwie die autolose Zeit überbrücken. Also ging sie Richtung Boutique Ariane, vielleicht wäre es ja nicht so schlimm dort, wie es der Name vermuten ließ. Als sie vor der Tür stand, wusste sie, dass es dahinter schlimmer war. Die Besitzerin des Ladens hieß wahrscheinlich tatsächlich Ariane und hatte eindeutig eine Vorliebe für Walle-Walle-Kleider und apricotfarbene Kostüme.

Viktoria schaute durchs Schaufenster und sah, dass eine schlanke Mittfünfzigerin gerade eines der Kostüme anprobierte. Es stand ihr sogar ganz gut. Die Verkäuferin klatschte in die Hände. Der eng geschnittene Rock ließ die Knie hervorblitzen, die Bluse versteckte das bisschen Bauchspeck. Viktoria drückte die Nase am Schaufenster platt. Sie konnte nicht wissen, dass die Kundin Elisabeth Upphoff hieß und der Grund war, weshalb sie hier war. Also ließ sie Boutique Ariane links liegen, blickte gelangweilt nach rechts und entdeckte ein Haushaltswarengeschäft. Viktoria steuerte auf die Glastür zu, die bimmelte, als sie eintrat. Viktoria kam sich vor, als hätte sie eine andere Zeitzone betreten. Es sah hier so aus wie in den Fünfzigerjahren oder so, wie sie sich diese Zeit vorstellte. Die ganze Wand hinter dem Verkaufstresen war voll kleiner Schubladen, in denen Schrauben, Nägel, Beschläge und Türklinken lagerten. Im Schaufenster und in den Regalen, die bis zur Decke reichten, stapelten sich Spargeltöpfe neben Plastiktraktoren neben Blumentöpfen neben Messbechern neben Biergläsern. Viktoria steuerte gerade auf einen Einkaufsbeutel mit schwarzem Schmetterlingsmuster zu, der aussah wie aus einem dieser kleinen Prenzlauer-Berg-Individualisten-Lädchen, als er plötzlich vor ihr stand: Kai, der Zapfanlagen-Installateur aus dem Gasthaus.

»Tach, Berlinerin! Na, Shopping-Tour?« In seiner Hand hielt er einen Schlauch und ein Teil, das wahrscheinlich ein Dichtungsring war. Er hatte ein olivgrünes T-Shirt an und eine weite verwaschene Jeans, die locker auf seinen Hüften hing. Seine Oberarme hatten – Viktoria konnte es ganz deutlich sehen – erkennbare Muskeln, und er lächelte tatsächlich wie eine sehr gute Zwei.

»Na, Westbeverner!« Sie zeigte auf den Schlauch in seiner Hand. »Gibt's heute Abend endlich gezapftes Bier bei Harry?«

»Ich hoffe doch. Das Ganze ist aber nicht nur ein Schlauch-, sondern auch ein Druck- und ein Dichtungsproblem. Gar nicht so leicht, das Ding in Gang zu bringen.«

»Oje, dann ist mein Feierabendbier ja gar nicht sicher?«

»Nein, leider nicht. Aber ich hab gerade Mittagspause, wollen Sie nicht jetzt schon mal ein Gezapftes probieren? Da drüben ist ein netter Laden mit Biergarten.«

Viktoria schaute wieder auf ihre Uhr, anderthalb Stunden, bis der Markt zu Ende war und Marios Auto befreit werden konnte. Was konnte sie also die ganze Zeit sonst tun?

»Okay. Aber nur kurz. Ich bin übrigens Viktoria.«

»Kai«, sagte er knapp, gab ihr die Hand und schaute ihr direkt in die Augen. Sie senkte den Blick.

Im Biergarten vom Bäumken, so hieß die Gaststätte, war kaum was los. Von den zehn Tischen waren nur drei besetzt. An einem saßen zwei junge Mütter, die ihre Kinderwagen mit schlafendem Inhalt neben sich platziert hatten, am anderen ein Ehepaar, das von einer Radtour ausruhte, die Fahrräder lehnten am Gitterzaun, der den Garten abgrenzte. Viktoria und Kai setzten sich auf einfache Holzstühle, die im Schatten einer Kastanie standen. Kai bestellte zwei Pils. Die Bedienung, eine kleine gebückte Dame mit weißer Schürze, schaute betrübt: »Gerade ist das Fass leer. Aber das neue wird gerade angeschlossen, dauert nur ein paar Minuten.« Viktoria lächelte: »Macht nix. Ich nehme eine Cola light.«

»Dazu noch 'ne richtige Cola. Und die Karte.« Kai hielt Viktoria die geöffnete Marlboro-Packung hin. Sie schüttelte den Kopf. Er zündete sich eine Zigarette an, inhalierte tief, lehnte sich zurück. Sie dachte gerade darüber nach, ob es eine noch prolligere Zigarettenmarke gäbe, da schaute sie der Marlboro-Mann neugierig an.

»Was ist?«, fragte sie. »Ist es hier so ungewöhnlich, wenn man nicht raucht?«

»Nö. Aber es ist ungewöhnlich, dass Berlinerinnen mit knallpinken Pullis hier rumlaufen. Ich frage mich, was du hier machst? Doch wohl keinen Urlaub, oder?« Oh, er ist clever, dachte sie. Der Cowboy hat 'nen Schulabschluss!

Sie erzählte ihm – etwas geschönt –, warum sie da war. Es klang richtig seriös. Besonders wichtig seien ihr die Beweggründe der Amokläuferin und natürlich die Historie des Schützenfestes von Westbevern. Es soll in ihrer

Reportage um Traditionen auf dem Lande gehen und um das Schicksal einer braven Hausfrau, erklärte sie. Wie sich ihr Chef die Geschichte wirklich vorstellte und wie sie sie schreiben würde, sagte sie nicht.

Kai nickte interessiert. »Tja, ich hätte ja eher gedacht, du machst so einen witzig-ironischen Artikel über die etwas dämlichen Leute vom Lande«, sagte er und blinzelte ihr zu.

»Ich finde euch nicht dämlich«, verteidigte sich Viktoria. »Ich kann nur nicht recht verstehen, was an einem Schützenfest so besonders ist, dass eine brave Hausfrau sogar zur Selbstmordattentäterin wird.«

»Na, na – sie hat doch niemandem etwas getan.«

»Schon klar. Aber sie hätte ein Blutbad anrichten können – und das alles nur, weil sie nicht Schützenkönigin werden durfte.«

Kai lächelte, räusperte sich dann. »Als ich klein war, habe ich tagelang nach dem perfekten Ast gesucht.«

»Aha«, sagte Viktoria und schaute ratlos drein.

»Er musste lang genug und fest genug und gerade genug sein, damit er aussah wie ein Gewehr.«

»Aha.« Viktoria lächelte.

»Es gab nichts Aufregenderes für uns, als den Stock zu schultern und mit den Großen mitzumarschieren.«

»Und ich dachte, Kinder auf dem Lande sind friedfertig.«

Kai grinste. »Sind wir ja auch, wenn wir mitmarschieren dürfen. Aber im Ernst. Schützenfest, das ist hier Kindheit, Erwachsenwerden, Tradition. Und für viele ist es wohl das halbe Leben. Es gibt hier einen Typen, der in seinem Leben nur Mist erlebt hat. Traurige Kindheit mit einem versoffenen Vater, keine Frau, keine Freunde. Der arbeitet jeden Tag auf seinem Hof – und das war's. Aber vor ein paar Jahren war er Schützenkönig. Sein Foto stand in der Zeitung, sein Name. Die Frauen haben mit ihm getanzt, die Männer haben mit ihm getrunken. Der zehrt immer noch davon.«

Viktoria schüttelte den Kopf. »Das Schützenfest als soziales Netz oder wie?«

Kai nickte. »Irgendwie schon.«

Viktoria schaute immer noch skeptisch. »Und, hast du deine Uniform denn schon gebügelt?« Sie wollte ihn ärgern.

Kai blieb ruhig. »Nö«, sagte er. »Ich hab damit nix am Hut.«

»Hast du mal von einem Schützenkönig gehört, der Bernie heißt?« Viktoria tat so, als sei ihr die Frage ganz spontan eingefallen und die Antwort halb so wichtig.

»Wieso?«

»Nur so.«

»Ne, hab ich nicht.«

»Mmmh.«

Dann kam sein Essen. Ein Jägerschnitzel mit Pommes. Viktoria lief das Wasser im Mund zusammen. »Bist du sicher, dass du nichts willst?«, fragte er und zerschnitt sein Schnitzel.

»Nein, ganz und gar nicht. Ich will. Aber ich will auch nicht dicker werden.«

»O ja klar, stimmt. Als Frau muss man da ja immer so ungemein aufpassen. Und du vor allen Dingen.«

Er drehte den Teller so, dass die Pommes vor ihr standen, schob ihn weiter in ihre Richtung und bestellte eine zweite Gabel. Sie schenkte ihm ein dankbares Lächeln, fragte nicht, ob es hier auch Sushi gäbe, und aß brav und mit großem Appetit die fettigen Pommes.

Nico hatte es dreieinhalb Minuten lang vergessen. Drei Minuten und dreißig Sekunden Gnade wurden ihm gewährt. Dann war ihr Lied vorbei. Sarahs Lied. Sie hatte es ihm geschenkt, zu seinem achtzehnten Geburtstag. Ihm war es peinlich gewesen. Sie hatte selbst gesungen, hatte selber Gitarre gespielt, alles auf CD gebrannt – und auf seiner Party abgespielt. Er war froh, als es vorbei war. Nico mochte es nicht, wenn er rot wurde, und er mochte es nicht, wenn seine Freunde ihn komisch angrinsten. Sarah wollte so klingen wie die Sängerin von Silbermond, doch das war ihr nicht gelungen. Ihre Stimme war sehr leise, und der Text war irgendwie kitschig, fand Nico. Damals. Was war er doch für ein Arschloch gewesen. Er hätte in die Knie gehen sollen vor Dankbarkeit über so ein Geschenk. Er hätte sie vor allen Freunden umarmen sollen, er hätte mitsingen sollen, weinen, tanzen. Jetzt sang er mit ihr, dreieinhalb Minuten lang. Er im Duett mit Sarah. Sarah, die jetzt schon sieben Monate lang tot war. Erschlagen, vergraben und nicht wieder auferstanden. Nico drückte die Repeat-Taste. Er hörte ihr Kichern aus den Lautsprechern. Dann die Gitarre. Dann ihre Stimme.

»Heute ist die Welt verdreht, unten ist oben, wer läuft, der geht. Wer schreit, der flüstert leise, komm mit auf meine Reise. Sie führt mich weit und bringt mich heim, ich wachse daran und werde klein. Will immer bei dir sein. Dein schwarzes Engelein …«

Nicos Mutter wartete, bis es wieder still in seinem Zimmer war. »Essen ist fertig!«, rief sie dann. Sie wusste, dass er nichts anrühren würde. Nico drückte wieder auf die Starttaste.

5. Kapitel

»Sag mal«, sagte Viktoria. »Dieser Harry vom Gasthaus König, der ist in Ordnung, finde ich.«

Kai sah sie fragend an. »Ja?«

»Aber seine Frau, mal ehrlich, die ist ja furchtbar.«

»Du meinst Plaudertasche Rosa?«

Viktoria konnte es nicht glauben. »Die heißt jetzt nicht wirklich Rosa, oder? Mario, also der Fotograf und ich, wir haben sie immer so genannt, weil sie … Na, egal. Auf jeden Fall heißt sie jetzt wirklich Rosa?«

»Ich glaube nicht. Wir nennen sie aber alle so. Weil sie immer diesen furchtbaren rosa Kittel anhat.«

»Ach so«, sie merkte, wie sie langsam rot wurde.

»Oder dachtest du, wir finden hier rosa Blumenkittelschürzen aus den Fünfzigerjahren normal?«

Viktoria war ertappt und hustete. Zum Glück kam gerade die Bedienungsfrau, um zu fragen, ob sie noch etwas wollten. Viktoria bestellte eine Apfelschorle. Es war immer noch sehr warm, keine Wolke ließ sich am blauen Himmel blicken. Das Ehepaar samt Rädern war inzwischen verschwunden, die Mütter mit den Kindern zahlten gerade.

»Musst du nicht wieder zur Arbeit?«, fragte Viktoria.

Kai schüttelte den Kopf und steckte sich noch eine Zigarette an. Komischer Installateur, dachte sie. Still schaute Kai ihr zu, wie sie ihr Glas leerte. Er blinzelte in die Sonne und kramte dann in seiner Tasche. Er strich einen zerknüllten Zwanzigeuroschein glatt, legte ihn auf den Tisch und stand langsam auf. Er ging auf Viktoria zu, schaute sie wieder direkt an, reichte ihr die Hand und sagte die dämlichste aller Abschiedsfloskeln: »Man sieht sich.«

Dann ging er.

Viktoria schaute ihm nach. Er fuhr sich mit seiner Linken durch seine blonden Haare und drehte sich nicht mehr um. Viktoria dachte: Coole Turnschuhe.

Sie blieb noch zwei Minuten sitzen. Dann schlenderte sie zur Kneipe am Markt, in die Mario verschwunden war. Sie hieß sinnigerweise »Am Markt«, und als sie die Tür aufstieß, sah sie erst einmal gar nichts. Ihre Augen mussten sich an die Dunkelheit gewöhnen. Dann erkannte sie Mario. Er saß mit drei Männern an einem Tisch, vor jedem stand ein großes Weizenbierglas – halb gefüllt – und ein Knobelbecher aus Leder. Als Mario Viktoria erblickte, strahlte er übers ganze Gesicht. »Hey, Victory, wir schocken gerade. Geiles Spiel!«

»Geile Braut«, lallte der junge Kerl neben Mario und zeigte mit dem Glas in der Hand auf Viktoria. Die anderen lachten.

»Geile Begrüßung«, antwortete sie kalt und setzte ihren fiesesten Blick auf. Mario nahm keine Notiz davon. Er strahlte immer noch. »Victory, das hier ist Ludger«, er deutete auf den geilen Begrüßer, der höchstens fünfundzwanzig war und ziemlich scheel grinste. »Das ist

Alfred.« Der graue Mann neben Mario lächelte freundlich und nickte zur Begrüßung. »Und hier würfelt gerade King Lui.«

»Geiler Spitzname«, sagte Viktoria ironisch.

»Mann, Victory«, Mario redete mit ihr, als sei sie betrunken und nicht er. »King Lui ist echt eine Majestät. Der war mal Schützenkönig.«

»Nicht ›war mal‹«, sagte King Lui. »Ich bin es noch, zumindest bis übermorgen. Im letzten Jahr hab ich den Vogel abgeschossen.«

»O ja, da haste Ferdinand ganz schön bloßgestellt«, schaltete sich Alfred ein.

Ferdinand, Ferdinand? Viktorias Hirn arbeitete. Woher kannte sie den Namen? Na klar. Der Mann von Elisabeth Amok-Upphoff hieß Ferdinand.

So langsam wurde die Sache wirklich geil. Sie setzte ein freundlicheres Gesicht auf und schob sich auf den Bankplatz neben Mario. Sie lächelte King Lui an. »Wieso haben Sie Ferdinand bloßgestellt? Wollte der auch König werden?«

»Und wie. Eigentlich will der das schon immer. Aber letztes Jahr hatte er es wohl richtig vor. Hatte extra Geld gespart, neue Uniform gekauft, 'n Kleidchen für die Frau und so weiter. Aber der Dummkopf hatte es niemandem gesagt. Wir wussten nix davon. Und so dachte ich – wie alle anderen im Verein auch –, ich wäre der einzige Kandidat.«

»Ist das denn normal mit nur einem Kandidaten? Wollen denn nicht immer alle gewinnen?«, fragte Viktoria.

»Nö, das ist normal, junge Frau. Das ist viel zu teuer

für viele. Und man geht ja auch ein paar Verpflichtungen ein, so als König. Meistens ist das vorher schon abgeklärt, und die Kameraden schießen dann ein bisschen daneben.«

»Und wie war das jetzt mit Ferdinand?«

»Na ja, der hat nicht daneben geschossen im letzten Jahr. Da dachte ich mir ja schon, oh, der will auch. Aber dass er sich die Sache so zu Herzen nimmt. Er hat fast geheult, als ich schließlich gewonnen hatte. Und jetzt noch das mit seiner Frau.«

»Elisabeth …«, ergänzte Viktoria, um ihn weiter zum Reden zu bringen.

»Ja, die Elli. War sonst immer 'ne ganz nette …«

»… und adrette …«, alberte Ludger.

Doch King Lui blieb ernst. »Wir sind natürlich alle davon ausgegangen, dass Ferdinand es in diesem Jahr wird. Er selbst wahrscheinlich auch. Und da wollte auf einmal seine Frau mitschießen und erzählt auch noch überall rum, dass sie Königin werden will.«

»Das ist hart.« Viktoria heuchelte Mitleid. »Warum hat sie das denn gemacht?«

»Wenn Sie mich fragen, sind das einfach ihre Wechseljahre. Sie wissen schon, die Hormone haben ihr Hirn ein bisschen aufgeweicht.«

Viktoria atmete tief durch. Bloß ruhig bleiben, dachte sie. »Und da ist nix anderes vorgefallen? Vielleicht war sie ja sauer auf Ferdinand. Oder sie wollte einfach die Gleichberechtigung nach Westbevern bringen.«

»Gleichberechtigung? Doch nicht Elli. Die ist ein richtiges Hausweib, glauben Sie mir. Die Wechseljahre sind's, ganz bestimmt. Sonst wäre die auch nie so ausgerastet. Hormonschub! Schlimmer Hormonschub!«

Schöne Zitate für meinen Text, dachte Viktoria. Sie kritzelte King Luis richtigen Namen und sein Alter – Ludwig Bössing, vierundfünfzig – auf einen Bierdeckel und ließ ihn in ihre Tasche fallen.

Mario schaute auf die Uhr und erschrak richtiggehend. »Oh, Victory. Tut mir leid, wir müssen ja los. Ich geh nur noch mal kurz um die Ecke.« Er erhob sich und fiel beinahe um. Er konnte sich gerade noch am Tisch auffangen, wackelig ging er Richtung Toiletten.

Viktoria rutschte auf seinen Platz und saß so neben Alfred, dem ältesten der drei. Er war auch angetrunken, doch offensichtlich noch der vernünftigste von allen. »Sie kennen sich auch aus mit dem Schützenfest?«, fragte sie.

»Das tun in Westbevern irgendwie alle ein bisschen«, sagte er.

»Ich hab im Gasthaus König die Fotos von den Schützenkönigen gesehen, und da ist mir einer aufgefallen, den Sie vielleicht kennen könnten.« Ludger und King Lui diskutierten gerade über ihre Würfel-Würfe. Gut so, dachte Viktoria, muss ja nicht jeder mitkriegen, dass sie einem Phantom hinterherjagte.

Deshalb sprach sie leise und hoffte, dass Alfred nicht schwerhörig war.

»Ich habe das Bild von Bernhard Lütkehaus gesehen. Der ist 1976 König gewesen, und irgendwie erinnert er mich an jemanden.«

Alfred betrachtete Viktoria und nickte. »Ach, der schöne Bernie«, stieß er vielsagend aus. »Ich kann mir vorstellen, dass er Ihnen aufgefallen ist. Frauen in Ihrem Alter mochten ihn schon immer.«

»Er war ein Frauenheld?«

»Ein Frauentyp würde ich eher sagen«, erwiderte Alfred. »Er hatte etwas an sich, was einige Damen nervös machte. Selbst meine Luise, Gott hab sie selig, die war immer ganz hibbelig, wenn Bernie in der Nähe war. Sie dachte, ich merke das nicht.«

»Und, waren Sie eifersüchtig?«

»Klar, aber ich hätte nie was gesagt. Ich wusste ja, dass er diese Wirkung hatte.«

»Ja und jetzt?«

»Wie, und jetzt? Er ist weg, abgehauen mit einer schönen Ausländerin.«

»Ist er nicht nach Australien ausgewandert?«

»Ach, das erzählt Martha, seine Frau, überall. Die Schmach, wegen einer anderen verlassen worden zu sein, war ihr wohl zu groß.«

»Und was macht Martha jetzt?«

»Sie hockt verbittert in ihrem Haus und redet mit niemandem mehr. Kümmert sich nur noch um ihren Kräutergarten und sonst nix. Vielleicht haben Sie ihn gesehen, Sie sind doch mit dem Zug gekommen?«

»Wen gesehen?« Viktoria war geschockt. Meinte er etwa den Toten am Baum?

»Den Garten. Liegt direkt an den Gleisen.«

Sie räusperte sich: »Ach, sie wohnt direkt an den Bahngleisen?« Sie notierte: »Adresse rausfinden«, und der Kugelschreiber zitterte ein wenig. Es konnte ja auch Zufall sein, dass seine Frau am Bahndamm wohnte.

»Sind Sie eigentlich sicher, dass Bernhard noch lebt?«

»Sicher? Was ist schon sicher? Er hat sich ja nie wieder gemeldet. Dreißig Jahre lang kein Wort. Aber das passt zu ihm.«

»Sie mochten ihn wohl nicht besonders?«

Alfred schüttelte heftig den Kopf. »Doch, natürlich mochte ich ihn. Jeder mochte ihn.«

»Aber warum?« Viktoria ließ nicht locker. »Er flirtete mit den Frauen anderer Männer, er verschwand einfach, ohne sich zu verabschieden …«

Alfred schaute sie voll Nachsicht an. »Ja, aber Kleines. Sie haben nur sein Foto gesehen und verwickeln betrunkene alte Männer in Gespräche, um mehr von ihm zu erfahren. Muss ich Ihnen das wirklich noch erklären? Er hatte diese Wirkung – auf alle. Sogar auf Sie.«

Darauf hatte Viktoria nichts mehr zu erwidern.

Mario wankte heran und zerrte an seiner Jacke, die am Kleiderständer hing. Als er sie endlich hatte, hielt er sie fest vor seinem Bauch und lallte: »Fährst du, Victory?«

Viktoria hatte gerade in den dritten Gang geschaltet, als sie auf die Bremse trat. Mario stöhnte auf, sank aber sofort wieder in seinen Sitz zurück. »Ich muss noch was erledigen«, sagte sie. Mario nickte mit halb geschlossenen Augen.

Die Türen des grauen Betonklotzes öffneten sich automatisch und so schnell, dass Viktoria beinahe mit ihrer Stirn gegen den Rathaus-Schriftzug geknallt wäre. »Mann!« – Viktoria sprang zur Seite und schüttelte genervt den Kopf. Drinnen war alles in einem typischen Siebzigerjahreton gehalten: braun, beige und grün. Vielleicht kann ich mir ja Marios Nachtsichtgerät leihen, dachte sie und versuchte, im Halbdunkel des düsteren Innenraums Hinweisschilder zu finden. Das Meldeamt lag gleich neben der Kamikaze-Eingangstür. Ich bin im Paradies, dachte Viktoria, als sie eintrat. Hier arbeiteten drei Mitarbeiter an geräumigen Schreibtischen, und vor ihnen saß jeweils ein Bürger. Das entsprach einer glatten Eins-zu-eins-Betreuung. In Berlin lag das Verhältnis eher bei eins zu hundertfünfzig. Als Viktoria in ihre Kreuzberger Wohnung zog, brauchte sie drei Tage und Anläufe, um sich ordnungsgemäß anzumelden. Beim ersten Versuch hatte sie bereits anderthalb Stunden mit ihrer Wartemarke im Flur gesessen, dann musste sie zur Arbeit. Beim zweiten Mal zog sie die Nummer sechshunderteinundfünfzig. Als sie auf der Aufruftafel sah, dass die Dreihundertzwei blinkte, verschwand sie. Beim nächsten Mal opferte sie ihren freien Tag und versetzte sich in eine Art Trancezustand. Nur so überstand sie die Wartezeit und die anschließende Ruppigkeit der Behördenmitarbeiterin.

Jetzt stand sie also inmitten der Service-Oase und wartete genau fünfeinhalb Sekunden, bevor sie mit einem netten »Wie kann ich Ihnen helfen?« an die Reihe kam. Viktoria verfluchte zum x-ten Mal ihre Chaostasche und kramte nach dem Portemonnaie. Dabei lächelte sie die junge Frau vor sich an und zählte deren Piercings im Gesicht. Sie musste zugeben, dass sie hier nicht mit einer durchlöcherten Zunge gerechnet hatte. »Guten Tag, ich bin Viktoria Latell«, sagte Viktoria. Endlich fand sie das

Portemonnaie, öffnete es und zog ihren Presseausweis aus einem der Lederschlitze. Mindestens fünf Kundenkarten mit Stempelfeldern oder Punktesammelfunktionen fielen gleich mit heraus.

Piercing-Lady lächelte geduldig und blickte kurz auf den Ausweis. »Ja?«

»Ich brauche eine Auskunft über einen Bürger von Westbevern«, sagte Viktoria und klang dabei sehr geschäftsmäßig. »Er heißt Bernhard Lütkehaus.«

»Ja?«

Sie hatte Ja gesagt, also dürfte es nicht schwer sein, herauszufinden, was sie herausfinden wollte.

»Ist Bernhard Lütkehaus vor dreißig Jahren nach Australien ausgewandert?«

»Ja.«

»Ja?« Viktoria konnte es kaum glauben.

»Nein.«

»Na, was denn nun?«

»Ja, also. Ich weiß nicht. Ich kann Ihnen das nicht einfach so sagen. Haben Sie denn das Geburtsdatum und den Geburtsort?«

Viktoria schüttelte den Kopf.

»Ja, dann also nein.«

»Wie, nein?«

»Dann kann ich Ihnen leider nicht helfen. Tut mir leid.«

»Ich bin Journalistin – ich habe ein Recht auf Information.«

»Ja.«

»Hören Sie doch mal auf, jeden Satz mit Ja anzufangen.«

Das Piercing-Mädel schwieg und blickte hilfesuchend zu einer älteren Kollegin am Schreibtisch neben ihr. Doch die wollte sich offensichtlich nicht mit dem Problem beschäftigen und sortierte ihre Schubladen. Viktoria ließ nicht locker.

»Ich weiß ja, dass es Vorschriften gibt. Ich will auch wirklich nicht viel wissen. Nur, ob der Mann ausgewandert ist. Hat er sich hier abgemeldet?«

Das junge Mädchen schaute in ihren Computer, dann über ihren Schreibtisch, und sie schwieg immer noch. Leise sagte sie: »Ich darf das nicht sagen.«

Viktoria wiederholte – auch leise – die Frage: »Hat er sich hier vor dreißig Jahren abgemeldet?« Das Mädchen tippte fast lautlos auf der Tastatur. Ein Nicken war die Antwort.

»Du bist echt total besoffen«, schimpfte Viktoria und bugsierte Mario ins Bett, nachdem er seinen Mund auf ihren Hals gepresst hatte.

Ihn aus dem Auto zu hieven und dann die Treppen im Gasthaus hochzuschieben, war eine echte Tortur gewesen. Sie schwitzte in ihrem pinkfarbenen Pulli und verfluchte das Deo, das gerade den Kampf gegen Schweißgeruch und Pfützenbildung aufgab. Salzige Perlen hatten sich auf ihrer Oberlippe gebildet, als sie mit Mario Arm in Arm vor seinem Zimmer gestanden hatte. Aber dass er jetzt an ihr rumzerrte und versuchte, sie zu küssen, war wirklich das Allerletzte.

6. Kapitel

»Einfach der Straße vor unserem Eingang nach rechts folgen, ungefähr fünfhundert Meter. Dann sehen Sie eine große Wiese, meistens sind da Pferde. Hinter der Wiese rechts auf den Feldweg, nach etwa zweihundert Metern wieder links und bei dem Jesus-Kreuz ist dann schon die Einfahrt«, beschrieb Harry ihr den Weg.

Sie war froh, dass er nicht fragte, warum sie zu Martha Lütkehaus wollte. Sie wusste es ja selbst nicht genau.

Okay, sie hatte einen Albtraum im Zug gehabt und abends ein Déjà-vu im Treppenhaus. Die Ähnlichkeit zwischen dem Erhängten aus ihrem Traum und dem Foto vom Schützenkönig 1976 war sicher nur Einbildung. Dass Bernhard Lütkehaus vor etwa dreißig Jahren unter rätselhaften Umständen verschwand – war reiner Zufall.

Doch eines ließ ihr keine Ruhe: Warum hatten die Kollegen von den *Telgter Nachrichten* von Auswandern nach Australien gesprochen, Alfred aber hatte gesagt, Bernhard sei mit einer schönen Frau durchgebrannt? Dass er sich bei der Meldebehörde abgemeldet hatte, passte auf beide Theorien. Beruhigend, dass sie mit ihrem Traum also komplett danebenlag. Nix mit Lynchmord durch Aufknüpfen oder einem Selbstmord durch Erhängen.

So wie es aussah, hatte der charmante, allseits beliebte

Bernhard auch gar keinen Grund gehabt, sich umzubringen. Und wie es aussah, hatten hier in diesem Kaff entweder alle keine Ahnung oder sie wollten sie einfach nur mal ordentlich hochnehmen.

Sie wählte die Nummer von Charly Berendsen. Das dunkelgrüne Telefon in der Kneipe sah aus wie aus einem alten Sketch mit Harald Juhnke und Grit Böttcher. Ein Freizeichen, dann hörte sie seine knochentrockene Stimme.

»Berendsen, *Berliner Express.*«

»Ich bin's.«

»Hey, Victory. Na, wie sind die Ferien auf dem Land?«

»Beschissene Kuhscheiße.«

»Ha, war ja klar.«

»Und?«

»Du willst wissen, ob ich was über diesen Schützenkönig herausgefunden hab?«

»Yes!«

»Was krieg ich denn dafür?«

»'nen Tritt in den Arsch?« Victoria liebte es, mit Charly zu telefonieren.

»Aber bitte nur mit den spitzen Stiefeln, Baby.«

»Nun sag schon, du Spinner.«

»Also...« Er ließ sie warten. Viktoria hörte, wie er inhalierte, und hatte das Gefühl, den Rauch seiner Zigarette durch den Hörer zu riechen.

»Also, ich habe ihn gefunden, deinen Herrn Lütkehaus.«

»Mach schon, du Folterknecht.«

»War gar nicht so leicht, ist ja 'ne olle Geschichte.«

»Ich weiß, deshalb habe ich dich ja auch gefragt.«

»Okay – und ich sage dir: Der Typ hat sich aufgelöst.«

»Hä?«

»Dein Bernhard Lütkehaus hat sich in seinem Wohnort abgemeldet.«

Weiß ich doch, dachte Viktoria, sagte es aber nicht.

»Und dann isser weg.« Charly genoss es, ihr die Neuigkeiten zu präsentieren.

»Er ist tot?«

»Keine Ahnung, Süße. Aber er hat sich am 14. Juli 1980 ordnungsgemäß in Westbevern abgemeldet.«

»Wo hat er danach gewohnt?«

»Nirgends.«

»Wie, nirgends?«

»Der ordentliche Herr hat sich zwar ab-, aber nirgends wieder angemeldet.«

»Aha.«

»Alles klar, Victory?«

»Klar.«

»Na, dann polier mal deine spitzen Stiefelchen.«

»Mach ich. Danke, Charly. Kannste dem Chef gegenüber nix davon erzählen?«

»Yes.«

Viktoria legte auf. Ratlos, sprachlos.

Vier Zahlen. So eine kurze Telefonnummer hatte Viktoria noch nie gewählt. Doch so stand es im Telefonbuch neben dem Grit-Böttcher-Telefon, das gerade mal so dick war wie die Speisekarte vom Schwarzen Raben. Upphoff, Ferdinand und Elisabeth, Weidenweg 12, dann die vier

Nummern. Die Leitung war frei, es tutete und tutete, niemand nahm ab. Dann würde sie wohl später einen Überraschungsbesuch machen müssen. Meist war das sowieso die bessere Reportertaktik. Klingeln, mit Freundlichkeiten überrumpeln, weichklopfen. Viktoria wusste nicht mehr, wie oft sie auf diese Weise von Verwandten und Freunden ermordeter Berliner herzergreifende Geschichten geliefert bekommen hatte.

Sie und ihre Kollegen vom *Express* mussten nie den Fuß in die Tür stellen. Sie waren einfach lieb und mitfühlend und wenn sie das Wort »Polizeiredaktion« etwas vernuschelt aussprachen, dachten die trauernden Witwen, sie hätten es mit Kommissaren zu tun. Warum das Missverständnis aufklären, wenn es doch allen damit gut ging?

Die traurigen Opfer wurden ihre traurige Geschichte los, und die anderen schrieben sie einfach nur auf. That's it, oder?

Viktoria wusste, dass es nicht so einfach war. Charly Berendsen hatte immer gesagt: »Moral ist doch scheiße, nimm das M weg, da steh ick drauf.«

Als das Freizeichen zum zwanzigsten Mal ertönte, legte sie auf.

Elisabeth Upphoff war ganz offensichtlich nicht zu Hause, also konnte sie sich reinen Gewissens der verbitterten Martha und ihrem verschwundenen Mann widmen. Die Emanze, die den Schützenverein niederschießen wollte, würde eben warten müssen.

Mario lag immer noch in seinem Bett, stank nach schalem Weizenbier und bekam nicht mit, dass Viktoria sich auf den Weg machte. Sie folgte Harrys Beschreibung: fünfhundert Meter Richtung Pferdewiese, zweihundert Meter Richtung Jesus-Kreuz und ein kleines Stückchen Richtung Wahrheit. Nach den ersten paar Schritten klingelte ihr Handy. Ihr Chef war dran und meckerte sofort los. »Mann, Viktoria, erreicht man Sie auch mal?! Sie können doch nicht Ihr Handy einfach …«

»Ich habe hier kaum Empfang, Chef. Es ist reiner Zufall, dass Sie mich jetzt überhaupt erreichen.«

»Na, egal. Wie sieht's aus? Kriegen Sie alles hin? Die Geschichte ist in der nächsten Sonntagsausgabe!«

»Kein Problem.«

»Was?! Ich höre nichts …«

»Jetzt besser?«

»Nein!«

Sie schrie ins Telefon: »Ich sagte, kein Problem!«

»Okay.« Der Chef legte auf.

Nette Verabschiedung, dachte sie und sah dann das Briefsymbol auf dem Display. Ihre Mutter hatte ihr auf die Mailbox gesprochen. Ihr Ton war vorwurfsvoll, wie immer: »Viktoria, ich mache mir Sorgen. Habe so lange nichts von dir gehört.«

Sie rechnete nach. Es war weniger als achtundvierzig Stunden her, dass sie mit ihr Nichtigkeiten am Telefon ausgetauscht hatte. Obwohl sie genervt war, rief sie an.

»Mama?«

»Na endlich, Viktoria! Wo steckst du? Auf deinem Festnetz konnte ich dich mal wieder nicht erreichen.«

Sie merkte, dass die Funkwellen schon wieder schwächer wurden.

»Ich bin hier in irgendeinem Kaff und mache ’ne Schützenfestreportage.«

»Was machst du? Ich verstehe dich so schlecht.«

»Ich bin in einem Kaff, in Westbevern.«

»Wo?« Ihre Mutter wurde lauter.

»In Westbevern!« Sie sprach ganz langsam, laut und deutlich.

»Wo?«

Jetzt reichte es ihr. So konnte man nun wirklich nicht telefonieren. »Mama, ich ruf dich später wieder an. Ich hab hier total schlechten Empfang.«

»Tori, leg nicht auf!« Fast hysterisch klang das, doch Viktoria blieb hart. »Ich höre nichts mehr. Bis später.«

So ein Empfangsloch ist unberechenbar, dachte sie und steckte das Handy in ihre Tasche.

Ausschalten, wegdrücken. Das war die beste Methode, um mit ihrer Mutter klarzukommen. Jahrelanges Training hatten sie zu einer Virtuosin in Sachen »Ich hör einfach nicht hin« gemacht. Hätte sie immer hingehört, wäre sie wahnsinnig geworden – oder so wie sie. Viktoria wollte beides nicht.

Ihre Mutter war einmal eine Schönheit gewesen – und ist es eigentlich noch. Klein, zierlich, schlank. Als junge Frau hatte sie lange schwarze Haare, die in wunderbaren Wellen auf ihre zarten Schultern fielen. Viktoria hatte alte Fotos von ihr gesehen und fand, dass sie ein bisschen aussah wie

Uschi Obermaier aus der legendären Kommune 1. Inzwischen durchzogen graue Strähnen Maries Lockenpracht, doch das machte sie nur noch interessanter. Sie hatte einen kleinen roten Mund, den sie nicht einmal zu schminken brauchte, so rot strahlte er. Wenn sie einen Schmollmund aufsetzte, und das tat sie sehr oft, sah sie aus wie eine trotzige Lolita. Eigentlich ein Witz: eine fünfzigjährige Lolita. Doch die Männer standen schon immer drauf. Auch heute noch.

Zurzeit küsste Joachim den schönen Schmollmund. Aber nicht mehr lange, das wusste Viktoria. Die ersten Anzeichen waren schon wieder erkennbar. Nicht für Joachim, aber für sie. Sie hatte es zu oft miterlebt.

Erst schien ihre Mutter den Männern unerreichbar. So perfekt war sie. Sie war schön und schien klug. Sie wetterte über den deutschen Afghanistaneinsatz, sprach über Steuersenkungen und Solidaritätspakte, als habe sie Politologie studiert. Sie mimte die Selbstständige, die Powerfrau, die Intelligente.

Sie, die großartige Marie Latell, hatte ihre Ziele steht's nur durch Können, durch sich selbst erreicht, dachten die Männer. Dass das alles nur Fassade war, dass sie ihre Ziele immer nur durch die Hilfe von anderen – vor allem Männern – erreicht hatte, die sie vorher mit den viel zu knappen Röcken und zu großen Ausschnitten um den Finger gewickelt hatte, das sah keiner. Wie auch? Sie starrten alle auf ihre zarten Beine und ihre festen Brüste, während sie fasziniert ihren flachen Frauen-Power-Floskeln lauschten, die aus diesem unglaublichen Kirschmund irgendwie sexy klangen.

Wenn sie sie dann hatten, diese süße und kluge Frau, war es auch schnell wieder vorbei. Denn irgendwann merkte auch der Blödeste, dass ihre politischen Sprüche und ihr Emanzen-Getue nur Schall und Rauch waren. Sie war ein Frauchen. Ihr Äußeres war ihr am wichtigsten.

Sie brauchte Stunden im Bad, um am Ende so auszusehen, als sei sie eine dieser Naturschönheiten, die gar keine Kosmetik nötig haben. Sie gab Unmengen an Geld für den richtigen Rock, den richtigen Ausschnitt, die richtige Nagellackfarbe aus. Am Ende sah sie zwar nicht aus wie eine dieser Hochglanz-Tussis – dafür war sie zu geschickt –, aber wie ein bildhübsches Hippiemädchen. Doch ihre Sprüche über die Umverteilung des Kapitals und die Übermacht der Amerikaner wirkten schon nicht mehr so überzeugend, wenn die Männer gerade ihr halbes Monatsgehalt für eine Anti-Falten-Creme von Elizabeth Arden ausgegeben hatten, ohne die sie »unmöglich das Wochenende überstehen« konnte. Wo war da die intelligente, unabhängige Marie?

Wenn die Männer begannen, sie kritischer zu sehen, wurde sie unsicher und begann das zu tun, was jeden Mann vertreibt. Sie klammerte. Im wahrsten Sinne des Wortes. Sie hing an den Typen, als wären sie Gasballons, die in den unendlichen Himmel aufstiegen, wenn sie sie nur für einen Moment loslassen würde. Alles an ihr, ihr Mund, ihre Körperhaltung, ihr Augenaufschlag schrie in dieser Klammerphase geradezu: »Bitte hab mich lieb!« Ihrer Tochter war es peinlich – und den Männern wohl auch. Sie riefen seltener an, hatten häufiger schon was vor, hörten ihren Phrasen nicht mehr zu.

An diesem Punkt folgte die hysterische Phase. Viktorias Mutter machte ihnen Vorwürfe und wurde ungerecht. Die Männer waren zuerst verwirrt, dann ratlos und am Ende weg. Dann ging der Kreislauf wieder von vorn los: Denn ganz plötzlich – das Aftershave des verschwundenen Mannes hing noch in der Luft – wurde Power-Marie wiedergeboren. »Scheißmänner! Chauvinisten, Machos, Arschlöcher«, fluchte sie und sah dabei wieder wunderschön aus.

Viktoria kannte die Sprüche zur Genüge. Auch wenn sie sie nicht glauben wollte, so hatten sie sich doch in ihr Mädchenhirn gebrannt. Und als ob ihr Hirn es nicht ertragen hätte, eine Lüge eingebrannt bekommen zu haben, machte sie sie zur Wahrheit. Und suchte sie ganz gezielt aus: die Chauvinisten, Machos, Arschlöcher.

All die Scheißmänner, die so waren wie Konstantin.

Viktorias Schuhe klapperten auf dem asphaltierten Feldweg. Sie sah die Wiese mit den Pferden. Sie grasten, ihr schwarzes Fell glänzte in der Nachmittagssonne. Ab und zu zuckten die Muskeln unter der Haut. So vertrieben die Tiere die Schmeißfliegen, die ihr Blut trinken wollten.

Viktoria ließ ihre Hand auf den Unterarm knallen. »Mistviecher!«, fluchte sie, und die Fliege surrte davon. Viktoria bog rechts ab. Der Feldweg verlief direkt neben der Koppel, eine dicke Hummel brummte am Straßenrand, die sattgelben Blumen dort hatten sie angelockt. Hübsche Farbe, dachte sie. Ob das Hahnenfuß war?

Sie entdeckte die Abzweigung links und überquerte die

Straße. An beiden Seiten des Weges warfen Bäume ihren Schatten auf den Asphalt. Kastanien.

Ihre Blätter raschelten, irgendwo bellte ein Hund.

Viktoria ging weiter, durch den kühlen Schattentunnel der mächtigen Bäume.

Sie musste ihre Designerbrille absetzen, um noch etwas zu erkennen. Da stand das Kreuz, das Harry beschrieben hatte. Es war aus dunkelbraunem Holz, darüber ein kleines Dach, darunter die Inschrift I.N.R.I. Die Jesusfigur war aus hellem Sandstein gemeißelt. Jesus war groß, mindestens so groß wie sie selbst. Er blickte mit halb geöffneten Augen auf sie herab, unendlich müde und traurig sah er aus.

Viktoria ging auf ihn zu.

Die Margeriten, die vor dem Sockel in einem Einmachglas mit Wasser standen, dufteten, einige waren schon braun.

Viktoria hob langsam eine Hand und berührte ganz vorsichtig den großen Zeh seines linken Fußes. Sie wusste, dass sie ein kleines Loch darunter fühlen würde.

Das Hundegebell war plötzlich ganz nah.

Es hallte aus dem Zwinger vor dem Haus von Martha Lütkehaus. Ein schwarzer Rottweiler rannte wie von Sinnen im Kreis, kläffte, knurrte und zeigte große, gelbe Zähne.

Schöner Empfang, dachte Viktoria und stellte sich aufrecht hin, nahm die Schultern nach hinten, streckte die Brust raus und war auf einmal mindestens zehn Zentimeter größer.

»Hey, bei uns laufen Viecher wie du auf Spielplätzen rum, du Töle!« Bloß keine Angst zeigen, dachte sie. So hatte sie es schon als Kind im Kampfhunde-Berlin lernen müssen. Und sie hatte es gehasst. Denn aus Angst, Angst zu zeigen, hatte sie mehr Angst vor der Angst als vor den Hunden selbst. So wie jetzt.

Mit feuchter Stirn ging sie zügig und dominant auf den Hund von Baskerville zu und fürchtete, dass er den feinen Schweißfilm wittern würde. Bloß cool bleiben, Viktoria! Immerhin war er gefangen und die Gitterstäbe sahen zwar rostig, aber kräftig genug aus. Ohne den wilden Wachhund anzuschauen, ging sie an ihm vorbei.

Das Bellen wurde lauter, die kreisenden Umdrehungen rasend schnell. Aber sie schaffte es und stand schließlich vor der Eingangstür des Hauses.

Links verliefen die Bahngleise auf einem aufgeschütteten Wall, am Ende des Grundstücks stand ein Baum. Knorrig und verwachsen. Die Härchen auf ihren Armen richteten sich auf.

Hatte der Baum in ihrem Traum so ausgesehen? Eine Eiche? Schwer zu sagen, es hing kein Blatt mehr an den Zweigen. Und das im Hochsommer! Gruselig. Fehlte nur noch, dass gleich ein paar Krähen angeflogen kommen, dachte sie. Da hörte sie das Gurren von Tauben und zuckte zusammen.

Was war denn auf einmal los mit ihr? Nur weil sie einen Traum gehabt hatte, musste sie doch nicht gleich durchdrehen!

Doch es half nichts, sie musste sich eingestehen, dass ihr der kahle Baum dort drüben sehr, sehr bekannt vorkam. Und wenn sie sich selbst und ihrer Erinnerung trauen konnte – und das konnte sie bisher immer –, hatte sie gesehen, dass genau an diesem Baum ein leichenblasser Mann gehangen hatte, der aussah wie der Mann, der einmal hier gewohnt hatte.

Psycho, dachte sie. Hat das Jenseits mit mir Kontakt aufgenommen? Hat ein Untoter mich gerufen? Bei der Vorstellung von ihr als Geisterseherin musste sie schon fast wieder lächeln. Viktoria und Übersinnliches – das passte noch mieser zusammen als Rosinen und Müsli. Viktoria stand einfach nicht auf Fantasy. *Harry Potter* war was für Kinder, *Akte X* interessierte sie nicht, und *Der Herr der Ringe* fand sie total überbewertet. Andere mochten es ja fantasievoll finden, wenn irgendwelche Geister, Monster, Ringe, Elfen oder Zauberer in ewige Gut-gegen-böse-Kämpfe verstrickt wurden – sie fand das immer nur unlogisch, unrealistisch und extrem uncool.

Doch im Moment war das Uncoolste weit und breit sie selbst. Der Schweißfilm klebte immer noch an ihrer Stirn und lockte blutgierige Stechmücken an.

Vielleicht bin ich ja einfach bescheuert geworden, Lady Gaga, bekloppt. Burn-out-Syndrom, dachte sie und empfand diese Erklärung fast als Trost. Sie atmete ruhiger. So, jetzt mal wieder sachlich, Victory, dachte sie, setzte ihren Profi-Reporter-Scanner-Blick auf und notierte in ein imaginäres Notizbuch, was sie sah.

Die Holztür, vor der sie stand, war alt. An einigen Stellen splitterte die Farbe ab, Wurmlöcher durchsiebten den Rahmen. Wo war eigentlich die Klingel? Das Gebäude war in einem ähnlichen Zustand wie die Tür. Die Ziegel waren mit Moos überzogen, die Fenster alles andere als frisch gestrichen und winddicht, die Dachpfannen krallten sich verzweifelt aneinander.

Vorwärts, dachte sie. Es gibt keine Zombies!

Sie klopfte. Einmal. Doch nichts rührte sich. Das Gekläffe des Hundes setzte aus. Sie klopfte lauter. Dreimal. Sie rief: »Hallo! Frau Lütkehaus, sind Sie da?« Ihre Stimme klang dünn wie Seidenpapier.

Instinktiv wusste sie, dass sie da war. Vielleicht hatte sie ihren Schatten wahrgenommen, vielleicht hatte sie etwas gehört. Als sie gerade ihre Faust hob, um noch einmal gegen die Tür zu wummern, blickte sie durch das Fenster rechts ein bleiches Gesicht an. Das Gesicht öffnete seinen Mund – entsetzt –, als wolle es schreien. Doch Viktoria hörte keinen Ton. Dann bekreuzigte sich die bleiche Frau, ging einen Schritt rückwärts und verschwand im Dunkel des Zimmers.

Viktoria klopfte noch einmal. Es blieb still. Auch als sie sich umdrehte und am Zwinger vorbeiging. Der Rottweiler stand einfach da und rührte sich nicht. Speichel tropfte von seinen Lefzen. In ihren Augen brannte salziger Schweiß.

Ich wusste, dass du kommen würdest. Irgendwann. Aber du bist spät dran. Viel zu spät. Du bist verdammt noch mal zu spät gekommen. Du, mit deinem kleinen Mund, mit deinen zarten Fingerchen. Durch deine süße Stupsnase wirst du nicht mehr lange atmen. Und fang bloß nicht an zu schreien. Du bist selbst schuld. Mit deinen langen Wimpern wirst du nicht klimpern. Ha, das reimt sich! Fang jetzt bloß nicht an zu lachen. Jetzt ist Schluss mit den Scherzen. Ich will meine Ruhe haben. Fang bloß nicht an zu strampeln. Still, still jetzt! Halt still, du Bastard!

7. Kapitel

Harry war nicht da. So musste Viktoria die Cola wohl oder übel bei Rosa bestellen. Die nutzte ihre Chance, während sie das Glas im Schneckentempo aus dem Regal holte, um genauso langsam die Flasche aus dem Kühlschrank unter dem Tresen zu nehmen, und redete auf ihr Gegenüber ein: »Sie sind Journalistin, nicht?«

Viktoria nickte.

»Das hat mir der Gregor von den *TN* erzählt, Sie wissen schon, von den *Telgter Nachrichten.*«

Viktoria versuchte ein höfliches Lächeln. Doch ihr seltsamer Ausflug zu Martha Lütkehaus hatte sie nicht gerade fröhlich gestimmt. Irgendetwas ging hier nicht mit rechten Dingen zu.

Aber sie riss sich zusammen. Sie hatte schließlich einen Auftrag, den galt es zu erfüllen. »Sagen Sie mal, Frau König …«

»Ach, nennen Sie mich einfach Rosa. So nennen mich alle hier, sogar Harry. Ich weiß zwar nicht, warum, aber ich bin die Rosa.«

Vielleicht ist sie ja farbenblind, dachte Viktoria gnädig und versuchte, nicht zu sehr auf das unglaubliche Blumenmuster ihrer Kittelschürze zu starren. »Sie haben ganz recht. Ich bin Journalistin und soll einen großen

Artikel über das Schützenfest schreiben, weil es ja hier noch so richtig ursprünglich und traditionell zugeht. So was kennen unsere Berliner Leser gar nicht.«

»O ja, das stimmt. Ist schon sehr traditionell. Und so ganz nebenbei sehr wichtig für unsereins. Ohne den Schützenverein könnten wir die Kneipe hier dichtmachen. Wir schenken in den drei Tagen Fest so viel Bier aus wie sonst in einem guten Monat. Wir stehen ja auch mit unserem Bierwagen den ganzen Tag beim Vogelschießen dabei. Da ist nix mit Spaß und selbst trinken, wir müssen da ganz wirtschaftlich denken.«

Viktoria nickte verständnisvoll.

»Gut, dass die alle noch leben…«, flüsterte Rosa verschwörerisch und blickte nach oben. »Gott sei Dank!«

Viktoria beschloss, sich dumm zu stellen. »Was meinen Sie? Wieso sollten die alle denn nicht mehr leben?«

Rosa kam mit ihrem rosa Gesicht ganz nah an Viktoria heran. »Wir hatten hier doch beinahe ein Blutbad. Wussten Sie das nicht? Die Elisabeth ist durchgedreht, wie in Bagdad wäre es hier beinahe zugegangen.«

»Ach was?« Viktoria fuhr mit ihrer Taktik extrem gut.

Und Rosa war glücklich, der arroganten Städterin endlich einmal eine spannende Geschichte erzählen zu können. Also erzählte sie. Von dem Abend, als Elisabeth wankend, aber dennoch sehr zielstrebig die Kneipentür aufstieß. »Zwei richtige Gewehre hatte sie über ihren Schultern und noch so ein Gedöns vor den Bauch gebunden, unheimlich sah das aus.« Die Bedienung hinter dem Tresen und auch sie selbst wären viel zu baff gewesen, um einschreiten zu können. Und so marschierte Elisabeth in den Versammlungssaal der Schützenbrüder. Dann sei alles blitzschnell gegangen. Keiner hätte geschrien oder um Hilfe gerufen, es wäre einfach nur mucksmäuschenstill gewesen. Dann habe sie ein dumpfes »Plong« gehört, und das war die Elisabeth. »Wie ein Sack Kartoffeln ist sie umgekippt. Total blau war sie.«

Viktoria hakte nach: Warum sei sie denn so wütend gewesen, die Elisabeth? Rosa antwortete eifrig und im Flüsterton der Verschwörung: »Na ja, ich habe da nur so was gehört. Bin ja nicht eine von diesen Klatschtanten, die überall ihre Nase reinstecken, aber man sagt, dass was mit der Ehe nicht in Ordnung ist. Er, also der Ferdinand, soll ihren Hochzeitstag vergessen haben. Und da sind wir Frauen ein bisschen empfindlich.« Sie blinzelte Viktoria zu. »Aber statt ihm einfach gehörig die Meinung zu sagen, wollte sie ihm wohl richtig eins auswischen. Alle wissen hier, dass für Ferdinand der Schützenverein heilig ist und dass er in diesem Jahr unbedingt König werden wollte. Wahrscheinlich hat ihr das nicht gepasst. War eifersüchtig auf die Schützenbrüder.«

»Und jetzt? Wird er dieses Jahr Schützenkönig, obwohl seine Frau ihn bis auf die Knochen blamiert hat?«

»Keine Ahnung, alle sprechen drüber, aber keiner weiß es, und keiner will ihn direkt fragen. Wird bestimmt nicht leicht für ihn, denn wenn er den Vogel runterholt, muss er ja auch eine Königin bestimmen. Was soll er denn dann machen? Und wenn er nicht mitschießt, denken alle, dass sie es geschafft hat mit ihrer irren Aktion.«

Die Cola war fertig. Viktoria nahm das Glas, bedankte sich brav bei Rosa und wollte schon gehen, als ihr Blick auf den Stapel mit den Speisekarten fiel. »Entschuldigung, eine Frage hätte ich noch.« Rosa schaute auf. »Der Biber da auf der Karte.«

»Ja? Was ist damit?«

»Der sieht so aus wie der Biber im Schützenvereinslogo.«

»Logo? Ach Sie meinen, der sieht so aus wie der Biber auf der Fahne.«

»Genau.«

»Stimmt. Er ist halt unser Wappentier. Aber besonders schön ist er nicht, oder?«

Viktoria lächelte. »Wahrlich nicht. Aber sagen Sie, haben Sie vielleicht auch Briefpapier, auf dem er zu sehen ist?«

Rosa schüttelte verständnislos den Kopf. »Wer schreibt denn heutzutage noch Briefe?« Dann verschwand sie durch die Schwingtür.

Viktoria ging Mario wecken. Er hörte nicht ihr Klopfen, erst als sie in seinem Zimmer stand, die Vorhänge aufriss und ihm die kalte Cola entgegenstreckte, rekelte er sich mit einem lauten Gähnen. Er stützte sich auf, nahm das Glas und trank es in einem Zug.

»Ah, das tut gut. Eine gute Idee, Victory. Ich hoffe, wir müssen jetzt nichts Wildes mehr machen. Das überlebe ich nicht.«

»Nee, es ist genau das Richtige für einen fetten Kater. Wir gehen jetzt zum Seniorennachmittag. Ist zwar fast schon zu Ende, aber einen Kaffee kriegen wir bestimmt noch.«

»Muss das sein?«

»Ja, muss. Diese Elisabeth Upphoff ist immer noch nicht zu Hause, und es ist der erste offizielle Fest-Termin. Also, aufstehen, anziehen, losfahren! Wir treffen uns in zehn Minuten vorm Eingang.«

Mario fuhr trotz Restkater und Viktorias Einspruch selbst. Bis zum Schützenzelt waren es bestimmt noch mal drei Kilometer. Es stand genau zwischen Westbevern und Telgte, sie hatten es schon vorher auf dem Weg zu den *Telgter Nachrichten* von der Straße aus gesehen. »Ich bin wieder topfit«, sagte Mario wenig überzeugend. »Komm, Victory, ich habe einfach keinen Bock zu laufen.« Sie stiegen ein, und er rülpste leise. Viktoria gab ihm wortlos einen Kaugummi. Er steckte ihn sich in den Mund und war plötzlich unverschämt gut gelaunt. Viktoria vermutete, dass er noch angeheitert war. Hämisch kommentierte er jeden, den sie auf dem Weg zum Festzelt sahen. Und das waren viele. Von überallher strömten grün-schwarz gekleidete Männer mit Hüten und Frauen in viel zu gemusterten Röcken, viele wankten heimwärts, sie hatten offensichtlich schon gefeiert, einige plauderten fröhlich miteinander, andere gingen ganz schnell, als drohte ihnen sonst, etwas Wichtiges zu verpassen. Mario lästerte: »Guck mal die Hochwasserhose da, Victory! … O Gott, o Gott, die Jacke spannt ja ganz schön, gleich springen die Knöpfe ab, Achtung! … Nee, guck mal schon wieder ’n roter Kopf. Hast du die Frau gesehen, ganz schön moppelig … Oh. Schau, wie wichtig der geht, der ist bestimmt im normalen Leben auch General oder mindestens Oberst, oder er wäre es gern.«

Viktoria hörte nicht zu. Das bleiche Gesicht von Martha Lütkehaus ging ihr nicht aus dem Kopf. Ihr stummer Schrei. Warum hatte sie Viktoria angesehen, als sei sie Mrs. Oberhorror? Klar, alle sagten, sie sei seltsam geworden, lebe sehr zurückgezogen, sie sei garstig, frustriert. Aber verrückt und total verängstig? Das hatte keiner gesagt.

Sie bogen rechts auf den Feldweg ab, der direkt zum großen Zelt führte. Eine Frau stand alleine am Abzweig und sah ihnen nach. Sie trug einen apricotfarbenen Rock, eng geschnitten und gerade kurz genug, dass man ihre Knie ein bisschen sehen konnte. Ihre Haare dufteten noch nach Friseur, ihre blonden Strähnchen lagen wohlgeordnet im geföhnten halblangen Haar, das ihr sanft auf die schmalen Schultern fiel. Leichtes Make-up bedeckte ihre Fältchen, ein Hauch von Rosa schimmerte auf ihren Lippen. Sie hatte gut aussehen wollen. Vielleicht würde Ferdinand dann wieder mit ihr reden, hatte sie gehofft. Doch er hatte weggeschaut. Als wäre sie Luft. Ach, weniger noch als Luft. Denn Luft braucht man zum Atmen. Ferdinand brauchte sie nicht. Sie drehte sich um, wollte nur nach Hause. Staub saugen werde ich, dachte sie und wischte sich eine Träne aus dem Augenwinkel.

Der Parkplatz, eine frisch gemähte Wiese, duftete wie das Meerschweinchen-Trockenheu einer Zoohandlung. Es waren viele Plätze frei, die meisten Leute waren zu Fuß oder mit dem Rad unterwegs. Ein Festzelt stand direkt vor einem kleinen Wäldchen, es war fast so groß wie ein

Fußballplatz. Als sie und Mario ausstiegen, blickten sie in viele neugierige Augenpaare. Kackauto, dachte sie. Es fällt wirklich auf, so knallgelb, wie es ist.

Obwohl es schon sechs Uhr am Nachmittag war, war es immer noch heiß, aus dem Zeltinnern drang eine Männerstimme, die so klang wie die eines Losverkäufers auf dem Deutsch-Französischen Volksfest.

Mario tauchte seinen Kopf in den kleinen Kofferraum, der eher den Namen Zigarrenkiste verdient hätte. Er kramte in seiner Fototasche, entschied sich dann für seine Nikon, ein Stativ und die passenden Objektive. Sie hatten sich geeinigt, dass er viele Porträts im Retrostil machen sollte. Das war gerade total angesagt. Ernst schauende Menschen in scheußlichen Klamotten vor kitschigen Sonnenuntergangstapeten messerscharf und optimal ausgeleuchtet aufs Bild gebannt. Retro war stylish, trashig war in. Genug Trash würde Mario hier finden, dachte Viktoria, als drei pummelige Mädchen in hellblauen Miniröcken und dunkelblauen Uniformjacken schwatzend und mit Eis in der Hand vorbeistapften. Später sah sie sie wieder, sie spielten im Musikzug Glockenspiel, Posaune und Schlagzeug – und ihre Gesichter waren ganz rot vor Freude. In Berlin existierten Dicke nur in der U-Bahn, beim Kaufhof am Alex oder am Wannsee – da versteckten sie sich in der Masse, in der Hektik des hellen Alltags. Nachts, in den Clubs, in den Kneipen, in den Kinos, ja sogar auf den Straßen – da sah man sie nie. Wahrscheinlich ist es bei den Berliner Übergewichtigen wie mit Vampiren. Nur umgekehrt. Die Moppeligen zerfallen im Dunkel der Nacht einfach zu Staub.

Mario hatte die Mädchen auch entdeckt und blinzelte Viktoria zu. »Hey, ihr drei. Bleibt doch mal stehen…« Ein Kicheranfall war die Folge, doch Mario blieb ruhig und machte seinen Job. Er postierte die Teenager, sie mochten um die vierzehn sein, genau vor dem Zelt. Als er im Sucher die knackigen Schenkel und die freundlichen Gesichter der Mädchen scharf gestellt hatte, wankte ein sechzigjähriger Uniformträger vorbei und guckte den Mädels auf den Po; Mario drückte ab. Viktoria würde später mit den Teenies sprechen, um ihre Namen aufzuschreiben. Jetzt hatte sie noch keine Lust auf pubertierende Kichererbsen.

Wegen der Hitze waren die Planen an den Eingängen des Festzeltes hochgeschlagen, Viktoria trat ein. Auf dem Fußboden lagen einfache Holzdielen, links befand sich eine Bühne mit Mikrofon und Musikanlage. Hinten rechts war eine Theke, bestimmt zwanzig Meter lang, und im ganzen Innenraum standen einfache Biertische mit einfachen Holzstühlen daran. Viele Plätze waren leer, das Kuchenbüfett, das gleich am Eingang platziert war, sah schon recht geplündert aus. Keine Torte, die mehr ganz war. Viktoria musste an die Tortendiagramme in den ARD-Wahlsendungen denken. An diesen Kuchenresten konnte sie genau erkennen, dass fünfundneunzig Prozent der Westbeverner Senioren Schwarzwälder Kirschtorte bevorzugten – es lag nur noch ein Stückchen auf dem runden Spitzenpapier –, der Rhabarberkuchen hatte nur so eben die Fünfprozenthürde geschafft.

Viktoria speicherte jedes Detail, das ihre Reportage

nachher ein bisschen bunter und lebendiger machen konnte. Jetzt war Zeit, zu arbeiten. Sie griff sich eine Papierserviette und kritzelte alles auf, was sie sah. Links die Bühne, etwa zwölf Schritte lang, der Mann hinter dem Mikrofon etwa ein Meter achtzig groß, schwarze Hose, grüne Uniformjacke, eine goldene Nadel am Revers, spielte nervös mit seiner rechten Hand an der Jackentasche, in der linken hielt er den Zettel, von dem er ablas. Kündigte den Musikzug an. Sie schritt zwischen Bänken und Tischen entlang, hielt sich in ihrem sandfarbenen engen T-Shirt gerade. Sie wusste, dass der braune Rock ihr gut stand, die Schuhe, Sandaletten mit Fünf-Zentimeter-Absatz, klackten auf den rustikalen Dielen. Sie tat so, als merkte sie nicht, dass einige sie anstarrten. Sie ging noch ein bisschen gerader. Es machte Spaß. Das Stolzieren.

»O là là, Püppi, Näschen wieder ganz oben, was?!« Viktoria fühlte sich ertappt. Sollte sie den blöden Spruch ignorieren? Oder sollte sie dem unverschämten Schützenbruder eine reinhauen? Sie entschied sich für eine Zwischenlösung, blieb stehen und drehte sich in die Richtung, aus der die Stimme gekommen war. An dem Tisch saßen drei Männer, alle älter als siebzig. Ihre leer gekratzten Kuchenteller standen vor ihnen, daneben ein paar ausgetrocknete Schnapsgläser. Sie trat auf sie zu. Der hagere Opa in der Mitte schaute sie mit glasigen Augen an und schüttelte den Kopf. »Tut mir leid, junge Frau. Ich habe Sie glatt verwechselt. Kannte mal 'ne Püppi.«

»Was für ein entzückender Name«, sagte Viktoria ironisch.

»Sie war vor allem eine entzückende Person. Hey, Josef…« Der Hagere stieß seinen rechten Nachbarn an, der gebannt auf den Minirock-Aufmarsch des Musikzuges starrte. »Sieht die Dame hier nicht aus wie Püppi?«

Der Sitznachbar schaute nur kurz in Viktorias Richtung. »Ich weiß nicht. Zwanzig Zentimeter kleiner und zehn Prozent hübscher – dann könnte es hinhauen.«

Das saß. Er hatte es nicht einmal böse gemeint, sondern ganz sachlich festgestellt. Beleidigen können die hier echt gut, fand Viktoria. Egal, sie hatte zu arbeiten. »Wie dem auch sei«, sagte sie gefasst. »Ich bin keine Puppe, sondern Viktoria Latell. Ich bin vom *Berliner Express* und mache eine Geschichte über Ihr erstes Schützenfest nach dem Amoklauf…«

»Ach, Sie meinen wegen des kleinen Ausrasters der ollen Upphoff-Emanze. Glauben Se mir, es wird so sein wie immer, das Schützenfest. Das lassen wir uns nicht kaputt machen. Und schon gar nicht von 'ner Frau!« Viktoria schrieb mit: »Alte Machos wollen sich Schützenfest nicht von einer Frau kaputt machen lassen.«

Sie ging zu den anderen Tischen. Der graue Alfred, der am Mittag noch mit Mario in der Kneipe gewürfelt hatte, winkte ihr und sah dabei erstaunlich fit aus. Sie steuerte auf ein paar ältere Damen zu. Vielleicht haben die Verständnis für Amok-Elisabeth, dachte sie. Doch die Golden Girls lächelten sie nur sanft an, als sie fragte, ob die es nicht gerechter fänden, wenn Frauen Schützenköniginnen werden dürften.

»Man merkt, dass Sie nicht von hier sind«, sagte die

eine, und es klang nett. So als könne Viktoria, das arme Ding, nichts dafür, dass sie so dämliche Fragen stellte.

Doch sie blieb dran, wollte die Emanze in den Damen aufwecken: »Frauen können doch genauso gut schießen wie Männer. Warum sollten sie also nicht auch Königinnen werden?«

»Weil sie bereits Königinnen sind. Von Geburt an«, sagte die Alte mit den weiß-lila Haaren und nahm einen sehr würdevollen und kräftigen Schluck aus ihrem Likörglas. Der Trommelwirbel des Musikzuges setzte ein.

Viktoria nickte den Damen zu und suchte bei ohrenbetäubender Marschmusik nach Mario.

Beinahe hätte sie ihn nicht erkannt, so klein und zierlich sah er zwischen den beiden großbusigen Frauen in den noch viel größeren Seidenblusen aus. Die Matronen hatten den schmächtigen Fotografen offenbar dafür auserkoren, die Tortenreste zu vertilgen, und fütterten ihn jetzt abwechselnd mit Rhabarberkuchen, Marzipantorte und Apfelstrudel. Mario saß zufrieden an einem Tisch in der hintersten Ecke und nickte anerkennend mal der einen, dann der anderen Frau zu. Pascha, dachte Viktoria. Sie trat vor das Zelt, die Marschmusik wurde erträglich leiser, und tippte die Nummer von Upphoffs in ihr Handy. Doch statt eines Freizeichens sah sie nur »Netzsuche« im Display.

»Probleme?« Der Glatzkopf von den *Telgter Nachrichten* stand plötzlich neben ihr, um seinen Hals baumelte eine Kamera.

»Scheißempfang…«, sagte sie.

Er reichte ihr sein Handy.

»Danke. Ich fasse mich auch kurz.«

Sie hatte Glück, es nahm jemand ab.

»Ja, Upphoff.« Ein lautes Rauschen war im Hintergrund zu hören. »Kleinen Moment noch.« Das Geräusch verstummte. »Entschuldigung – Staubsauger.«

»Kein Problem, Frau Upphoff. Mein Name ist Viktoria Latell. Ich komme vom *Berliner Express* und würde mich gerne mal mit Ihnen unterhalten.«

»Oh.« Es klang erschrocken. »Muss das sein?«

Sie merkte, dass die Hausfrau nicht wollte, aber zu höflich war, einfach aufzulegen. Viktorias Chance.

»Nur ganz kurz, Frau Upphoff. Ich wäre in ein paar Minütchen bei Ihnen und dann bin ich auch schon fast wieder weg…«

»Ich weiß nicht.« Sie wollte wirklich nicht. »Ich mache gerade sauber.«

Noch ein paar Sekunden mehr Zeit zum Nachdenken, und sie legt auf. Der nächste Telefonjoker musste her. »Wissen Sie, Frau Upphoff, jeder hier erzählt mir etwas anderes über Sie. Und Sie kommen gar nicht zu Wort, das möchte ich einfach nicht. Es wäre doch gut für Sie, wenn Sie Ihre Sicht der Dinge darstellen könnten – und nicht am Ende Sie die Böse sind.« Dieser Trick klappte häufig und hatte schon so manchem das Zitat entlockt, das später in großen Buchstaben auf der Titelseite stand. Praktisch war, dass es, wenn es zwei zerstrittene Parteien gab – wie zum Beispiel bei jeder Prominentenscheidung –, wie ein Pingpong-Spiel hin und her ging. Erst redete sie, dann er – das perfekte Dreckwäschen-Gemisch.

Doch Elisabeth Upphoff wollte offensichtlich keine Dreckwäsche, sie war wohl eher sauber veranlagt. Und so griff Viktoria in den Zauberkasten der Journalistinnen-Notlügen, den sie die »Erniedrigungs-Taktik« nannte. Als Elisabeth Upphoff sagte: »Es tut mir leid, Frau ähm, Frau Labelle? Also es tut mir ja leid, dass Sie den weiten Weg aus Berlin gemacht haben, aber ich denke, ich werde jetzt auflegen«, da legte Viktoria mit samtweicher Stimme los.

»Ja, ich weiß, was Sie meinen, Frau Upphoff. Sie haben ja auch recht, mich geht das alles nichts an. Ich würde Sie auch so gerne zufriedenlassen, aber wissen Sie, ich mache auch nur meinen Job. Und mein Chef – unter uns gesagt kein netter Mann –, der macht total Ärger, wenn ich nicht wenigstens mit Ihnen gesprochen habe. Sie müssen ja nicht viel sagen, nur so viel, dass ich später sagen kann, ich habe mit Ihnen geredet. Das würde mir schon reichen.«

Es klappte. Viktoria hatte sich zur kleinen Maus gemacht, und fünfzehn Minuten später konnte sie Elisabeth Upphoff treffen. Die beschrieb ihr den Weg zu ihrem Einfamilienhaus in der Siedlung, deren Straßen alle Baumnamen hatten, und legte auf.

Der Kollege von den *Telgter Nachrichten* grinste breit, als Viktoria ihm das Handy wiedergab. »Genauso habe ich mir das bei euch vorgestellt.«

Sie zuckte mit den Schultern. Eine Ethikdiskussion war das Letzte, worauf sie jetzt Lust hatte. Sie lenkte ab. »Ich schau mal, wie es Mario geht. Der ist gerade bei der Fütterung. Und ich habe den Verdacht, dass er gemästet werden soll – bevor die Kuchendamen ihm also das Bolzenschussgerät zur Schlachtung auf den Kopf setzen, werde ich mal nach dem Rechten sehen.«

Gregor lächelte und nickte. »Na, dann rette den Guten mal.« Sie wollte gerade gehen, da fiel ihm noch etwas ein: »Wegen dem Lütkehaus …«

»Ja?« Sie blieb stehen.

»Ich habe da noch mal mit einem ehemaligen Kollegen gesprochen, der inzwischen pensioniert ist. Der ist ungefähr genauso alt wie der Lütkehaus.«

Das klang gut.

»Und konnte er sich an sein Verschwinden erinnern?«

»O ja. Er sagte, es hätte ihn immer gejuckt, da genauer nachzuforschen. Denn er hat die Version mit dem Auswandern nie geglaubt.«

Viktoria kam einen Schritt näher. »Warum nicht? Hat er das Bernhard Lütkehaus nicht zugetraut?«

»Doch, doch, das haben ihm alle zugetraut. Und es liegt auch nahe, da Lütkehaus selber immer gesagt hat, dass er irgendwann mal wegwolle und Australien das Land seiner Träume sei.«

»Aber?«

»Mein Kollege ist selber Australienfan und hat sich oft mit Lütkehaus darüber unterhalten. Die beiden kegelten zusammen im gleichen Verein. Ja, und irgendwann hat sich mein Kollege richtig freistellen lassen vom Verlag, drei Monate lang reiste er durch Australien. Er wusste, wie gerne Lütkehaus an seiner Stelle gewesen wäre, doch er hatte nicht genug Geld für so eine Reise. Klar, dass mein Kollege dem Daheimgebliebenen eine Postkarte schrieb: ›Gräme Dich nicht! Auch Du kannst und wirst bald hier sein.‹ Eine Kängurufamilie war auf dem Bild zu sehen.«

»Nicht besonders originell, aber bis dahin finde ich das alles ganz normal.« Viktoria klang skeptisch.

»Das ist es auch. Aber irgendwann, es muss kurz nach Bernhard Lütkehaus' Abgang gewesen sein, unterhielt sich mein Kollege mit ein paar Leuten über das plötzliche Verschwinden des Kegelkameraden. Bernhards Frau Martha hatte ja jedem, der sie gefragt hat, erzählt, dass Bernd es nicht mehr in unserem Dorf ausgehalten hätte – und er nach Australien gegangen wäre. Er hätte sie unbedingt mitnehmen wollen, aber sie wollte in Westbevern bleiben.«

»Ich sehe immer noch nichts Verdächtiges«, sagte sie.

»Na ja, natürlich haben die Leute geredet. Und auch Zweifel an Marthas Australiengeschichte gehabt. Zwar war es wohl typisch für Bernd Lütkehaus, schnelle Entschlüsse zu fassen und sie genauso schnell durchzuführen. Aber dass er sich so gar nicht gemeldet hatte, erschien einigen doch sehr radikal. Auch meinem Kollegen.«

»Er glaubte Martha nicht?«

»Nein. Und nach der Geschichte mit der Postkarte schon gar nicht mehr.«

»Was war mit der Postkarte?« Viktoria hatte Mario, Elisabeth Upphoff und die Marschmusik längst vergessen.

»Martha hatte wohl einigen Nachbarn und Freunden drei Wochen nach dem Verschwinden ihres Mannes beiläufig eine Postkarte gezeigt, die er ihr geschickt hatte. Eine Kängurufamilie war drauf zu sehen.«

»Zufall?«, fragte Viktoria und wusste, dass es keiner war.

»Nein.« Gregor schüttelte den Kopf. »Hintendrauf stand: ›Gräme Dich nicht! Auch Du kannst und wirst bald hier sein.‹«

»Und alle glaubten, das seien die tröstenden Worte Bernhards an seine Frau gewesen, die er gerne bei sich gehabt hätte.«

»Genau. Dabei waren es exakt die Worte, die mein ehemaliger Kollege ihm geschrieben hatte.«

»Aber der Poststempel. Damit könnte man doch beweisen, dass die Karte schon älter ...«

»Was heißt hier beweisen? Wir wissen einfach, dass die alte Lütkehaus lügt. Nur warum, das wissen wir nicht. Und letztlich ist das ja wohl auch ...«

»Ihre Privatsache«, sagte Viktoria und lächelte. »Danke, dass du es mir trotzdem erzählt hast. Obwohl du gerade Ohrenzeuge meiner skrupellosen Journalistentricks geworden bist.«

»Vielleicht habe ich es dir ja genau deshalb erzählt«, sagte er und nickte ihr zum Abschied zu.

8. Kapitel

Elisabeth Upphoff saß ganz gerade. Auf dem schweren Eichenstuhl, an dem schweren Eichentisch, vor der schweren Eichenschrankwand sah sie klein und verletzlich aus. Sie erinnerte Viktoria an einen Rehpinscher. Nervös blickte sie abwechselnd sie, Mario und die Wohnzimmertür hinter ihm an. Mario verdrehte genervt die Augen. Was für ein beschissenes Wohnzimmer, was für ein beschissener Auftrag. Hier in diesem dunklen Raum würde sein Blitz ganze Arbeit leisten müssen. Die schweren Möbel, die langen Gardinen an dem großen Fenster zum Garten, die schwache Glühbirne in dem dunkelgrünen Lampenschirm, der über dem Esstisch hing – alles, aber auch alles hier, sperrte die Sonne und das Tageslicht aus. Hell waren nur die blonden Strähnchen in Elisabeth Upphoffs Haar und die überall verteilten weißen Spitzendeckchen, auf denen abwechselnd mal ein Gesteck, ein Zierteller oder eine Blumenvase stand. Viktoria saß der schüchternen Hausfrau gegenüber und rührte in der Zwiebelmusterkaffeetasse. Das Porzellan klirrte leise. Mario fummelte am Tischende an seiner Kamera herum.

»Haben Sie die alle selbst gehäkelt?«, fragte sie mit Blick auf eines der Deckchen vor ihr. Sie wollte nett sein.

Elisabeth Upphoff tat ihr fast schon leid, so nervös, wie sie war.

»Ja, ja. Das war ich.«

»Meine Güte, was für eine Arbeit. Und wie filigran.« Viktoria berührte die Handarbeit und tat so, als würde sie die Häkelei fachmännisch begutachten. Mario schüttelte den Kopf und atmete hörbar aus.

»Ist 'ne Menge Arbeit. Aber im Grunde genommen kann das jeder, der genug Zeit hat. Sie könnten das auch.«

»Nein, das glaube ich wirklich nicht. Ich habe viel zu wurstige Finger dafür.«

Mario lachte kurz auf. »Das stimmt.«

Danke, dachte Viktoria und hätte ihm am liebsten vors Schienenbein getreten. Sie blickte aber weiter – ganz Profi – in das Gesicht ihres Gegenübers, und tatsächlich: Elisabeth Upphoff entspannte sich etwas und lächelte beinahe. Wahrscheinlich weil sie ihre zarten schmalen Hände mit Viktorias Wurstfingern verglich.

»Also«, Viktoria konnte endlich anfangen, »jetzt erzählen Sie doch mal von Anfang an, Frau Upphoff. Wieso wollten Sie unbedingt Schützenkönigin werden? Wollten Sie beweisen, dass Sie genauso gut schießen wie häkeln?«

Sie schüttelte heftig den Kopf. »Um Gottes willen, nein. Ich habe noch nie geschossen. Ich mag keine Gewehre.«

»Ja, aber um Königin werden zu können, hätten Sie doch den Vogel treffen müssen.« Viktoria war ratlos.

»Ja, hätte ich.« Elisabeth war jetzt ganz kurz angebunden.

»Und?« Viktoria blickte sie aufmunternd an.

»Und was?« Ein wenig Trotz klang in ihrer Stimme mit.

»Na, wie hätten Sie Königin werden können, wenn Sie gar nicht schießen wollten?«

»Gar nicht«, sagte sie. Und dann noch einmal ganz leise: »Gar nicht.« Sie senkte den Blick. Dann schaute sie Viktoria plötzlich direkt an, ohne jede Scheu. Die Worte sprudelten nur so aus ihrem Inneren: »Vielleicht verstehen Sie mich, Sie sind auch eine Frau ...« Mario hob den Kopf neugierig, als sei das eine Neuigkeit für ihn. Elisabeth bemerkte nicht, dass er langsam die Kamera auf sie richtete. Gleich würde sie zusammenbrechen, das wusste er. Fotografeninstinkt.

»Was würde ich dafür geben, dass das alles ein Ende hat. Ich war doch nur so unendlich enttäuscht. Ferdi, also Ferdinand, mein Mann, er hat unseren Tag vergessen. UNSEREN TAG!«

»Den Hochzeitstag?«

»Ja, genau. Unseren Hochzeitstag. Den siebenundzwanzigsten. Sind Sie verheiratet?«

»Nein.«

»Haben Sie einen Freund?« Viktoria überlegte, Mario schaute sie neugierig an.

»Nun ja, sagen wir: Ich weiß nicht. Nein.« Mein Gott, ich stammele ja, dachte Viktoria und riss sich zusammen.

Elisabeth Upphoffs Stimme klang brüchig. »Dann wissen Sie nicht, wie das ist. Wenn man jemanden so sehr liebt, dass man ständig Angst hat, ihn zu verlieren. Wenn man sich für ihn verändert, aber ganz unauffällig, damit er es nicht so direkt merkt. Wenn man Dinge tut, die man sonst gar nicht tun würde – nur um ihm zu gefallen.«

»Ja, häkeln Sie denn nicht gerne?« Viktoria fiel nichts Besseres ein, Marios rechte Augenbraue hob sich tadelnd.

»Ich hasse Häkeln!«

»Was?!« Damit hatte Viktoria nicht gerechnet. »Sie hassen Häkeln? Aber warum liegen dann hier überall …«

»Ja, ich hasse Häkeln. Ich hasse weiße Spitzendeckchen. Sie sind kitschig und überflüssig, nichts als lästige Staubfänger.« Elisabeths Stimme war nun ganz klar und fest. »Trotzdem habe ich Stunde um Stunde daran gesessen. Und ich habe es getan, weil er es gern hatte. Er hat immer gesagt: ›Die Deckchen erinnern mich an früher, nur dass du sie noch viel schöner machst als meine Mutter.‹ Wenn Besuch da war, hat er stolz erzählt, dass alle Deckchen ›Made by Elli‹ seien – und ich wollte doch, dass er stolz auf mich ist. Und wenn wir abends vorm Fernseher saßen, hat er immer so schön zu mir rübergelächelt, wenn ich mit meiner Häkelnadel hantiert habe. Ich glaube, er liebte diese Gemütlichkeit – und ich habe sie ihm gegeben. Weil ich ihn …« Jetzt wurde ihre Stimme wieder brüchig. »Weil ich ihn wirklich liebe.«

Viktoria schämte sich für Elisabeths Ausbruch, oder war sie gerührt? Sie räusperte sich. »Ähm. Und die Sache mit der Schützenkönigin?«

Elisabeths Antwort kam blitzschnell: »Würde ich am liebsten rückgängig machen. Damit ging der ganze Horror ja erst richtig los, und am Ende habe ich mich zum Affen gemacht, ich bin doch keine Amokläuferin. Aber irgendwie kam eins zum anderen …«

»Was ist eigentlich genau passiert?«

»Ich war so unendlich enttäuscht, dass er unseren Hochzeitstag vergessen hatte. Ich hatte alles vorbereitet, die Uhr seines Großvaters reparieren lassen. Dann ist er auch noch mit einer Schnapsfahne nach Hause gekommen, weil die Schützenbrüder mal wieder wichtiger waren als ich, und dann hat er sich nicht mal entschuldigt.« Viktorias Blick fiel auf das Hochzeitsfoto, das in der Eichenschrankwand in einem silbernen Rahmen stand. Ein hübsches Paar, dachte sie. Erinnert mich an irgendwen.

»Sieht er nicht aus wie James Dean?«

Viktoria nickte, obwohl sie das nicht fand. Der Mann auf dem Foto sah aus wie ein hübscher Halbstarker, der sich Pomade ins Haar geklatscht hatte, um auszusehen wie James Dean. »Er hat also den Hochzeitstag vergessen, und Sie waren wütend…«

»Mehr als wütend. Es war irgendwie, als hätte sich etwas ganz Großes angestaut und der Staudamm brach. Auf einmal kam alles hoch, wie bei einer Flut, die einfach nicht aufhören will zu steigen. Jedes Spitzendeckchen, das ich ihm zuliebe gehäkelt hatte, jede Waschmaschine, die ich mit seiner Unterwäsche gefüllt habe, jede Windel unserer Kinder, die ich irgendwann einmal gewechselt hatte, meine Arbeit als Rechtsanwaltsgehilfin, die ich für die Kinder aufgegeben hatte – das war auf einmal alles in meinem Kopf. Fast dreißig Jahre lang habe ich alles getan, damit er mich liebt – und er vergaß UNSEREN Tag. Ein Tag im Jahr, an dem er mir zeigt, dass auch er mich liebt.«

»Und da hatten Sie die Idee…«

»Da hatte ich die Schnapsidee. Ich kaufte mir eine Schützenfestuniform und hängte sie in den Schrank. Ich wollte ihn provozieren.«

»Und das ist Ihnen gelungen.«

»Leider viel zu gut. Ich dachte, er würde sich aufregen, mit mir streiten oder schimpfen. Dann hätte ich Grund gehabt, ihm den vergessenen Hochzeitstag vorzuhalten. Stattdessen schwieg er. Er sagte nichts mehr, kein Sterbenswörtchen. So als existiere ich gar nicht. Das hat mir richtig Angst gemacht. Das Einzige, was ich noch hatte, war diese blöde Idee mit der Schützenkönigin. Ich hielt also daran fest. Irgendwann muss er sich doch mal aufregen, dachte ich. Irgendwann schreit er mich an. Immer noch besser als dieses Gefühl, unsichtbar zu sein.«

Elisabeth Upphoff begann zu weinen.

Viktoria reichte ihr ein Papiertaschentuch und kramte in ihrer Tasche nach einem Block. Mist, wieder nichts zu schreiben. Sie blickte sich um. »Frau Upphoff, hätten Sie vielleicht ein Blatt Papier für mich?«

Das Schluchzen stoppte für einen Moment. Elisabeth stand auf, ging zur Eichenanrichte. Dort stand ein Würfelbecher auf einem Blatt Papier. Kniffeltabellen waren darauf gemalt. Sie drehte es, zeigte auf die leere Seite. »Reicht das? Seitdem die Kinder aus dem Haus sind, habe ich gar kein Malpapier mehr.« Ihr Versuch zu lächeln scheiterte. Doch Viktoria lächelte und griff nach dem Blatt. Sie ließ den Kugelschreiber klicken. Sie schrieb: *Elisabeth* und machte einen großen Doppelpunkt dahinter. Dann hörte sie zu.

An jenem Abend war Ferdinand zur Schützenversammlung gegangen. Mal wieder hatten sie den Tag über kein Wort gewechselt, nicht mal verabschiedet hatte er sich. Elisabeth wusste, dass sie auf dem Treffen auch über sie sprechen würden und darüber, dass sie mitschießen wollte. Sie hatten es ihr verboten. Klaus, der Vereinsvorsitzende, war extra am Vormittag vorbeigekommen, um ihr mitzuteilen, dass sie am Schießstand nicht erwünscht sei. Er hatte dabei dümmlich gegrinst und ihr die Schultern getätschelt. Sie war wütend geworden und hatte ihm gesagt, dass der Verein es gar nicht verbieten dürfte, dass die Satzung nichts davon sagte, dass Frauen nicht schießen dürften. Sie war zwar keine Juristin, aber der Anwalt, bei dem sie als junge Frau gelernt hatte, hatte ihr immer wieder gesagt, dass sie mit ihrem Verstand locker das Jurastudium geschafft hätte. »Elisabeth, Sie haben Paragrafentalent«, hatte er gesagt und ihr auf die Schulter geklopft. Das hatte sich gut angefühlt. Nicht so widerlich wie das Schultertätscheln von Klaus. Klaus, der Wichtigtuer, der sich was darauf einbildete, dass sein Brückenbauunternehmen Beverbrücke in ganz Deutschland Aufträge bekam. »Mit Bühlbecker Brücken bauen«, war sein Werbeslogan. Und seitdem er Vereinsvorsitzender der Schützen war – und das war er schon seit Jahrzehnten –, wurde dieser Slogan abgewandelt oder eins zu eins in jede seiner Reden eingebaut. Selbst bei seinem Besuch bei Elisabeth konnte er es sich nicht verkneifen. »Elli«, sagte er. »Ich kann dir hier keine Brücke bauen.« Elisabeth hatte die Augen verdreht. Doch er ließ sich nicht beirren. »Auch wenn du dich hier als Frau Rechtsanwältin aufspielst, du hast etwas Wesentliches vergessen. Frauen im Allgemeinen dürfen vielleicht schießen, weil es nicht ausdrücklich in der Satzung verboten worden ist – blöderweise. Aber du im Speziellen darfst nicht, Elli!« Dann hatte Klaus breit gegrinst. »Du bist nämlich nur passives Vereinsmitglied. Du musst aber aktives Vereinsmitglied sein, um schießen zu dürfen. Und als Vereinsmitglied nehmen wir dich nur auf, wenn zwei Mitglieder für dich bürgen. Und für dich bürgt hier niemand.« Sie konnte es nicht fassen. Sie hatte, seit sie denken konnte, für den Seniorenkaffee Kuchen gebacken, sie hatte bei der Tombola mitgeholfen und sogar freiwillige Thekendienste beim Schützenfest übernommen. Jetzt wurde sie behandelt wie Abschaum. Ausgerechnet von Klaus, dem Großmaul. Deshalb und nur deshalb hatte sie gedroht, die Sache vor das Bundesverfassungsgericht zu bringen. Der Vorsitzende hatte laut gelacht und dann die Tür zugeknallt. Und als Ferdinand abends zur Versammlung ging, hatte Elisabeth schlimme Magenschmerzen.

Sie schaltete den Fernseher ein, es lief eine Dokumentation zum Thema Amokläufe, die sie nicht interessierte. Sie konnte nicht richtig zuhören, und auch die Bilder kamen gar nicht in ihrem Kopf an. Der Magen grummelte. Sie öffnete das Vitrinenschränkchen und nahm sich einen Fernet heraus. Vielleicht würde der helfen. Sie trank ein Glas und fühlte sich gleich etwas besser. In der Glasvitrine standen noch viele volle Flaschen aus ihren Spanien- und Griechenlandurlauben. Wer soll die eigentlich jemals trinken?, dachte sie. Dann wusste sie die Antwort: Ich! Zuerst probierte sie den Ouzo, dann den Rioja, dann einen

Schluck süffigen Weißwein, danach wieder einen Ouzo. Was in den anderen Flaschen war, wusste sie gar nicht, aber sie trank von allem etwas. Sie prostete dem Fernseher zu und fühlte sich großartig. »Hey, du Amoktyp da. Ich bin Sue Ellen!«, lallte sie und torkelte zum Gerät. Gerade wurden Fotos gezeigt von jungen Männern, die sich schwer bewaffnet selbst fotografiert hatten. »Hey, ihr Bürschchen«, grölte Elisabeth. Nach dem zehnten Glas musste sie pinkeln. Der Weg zum Gästeklo kam ihr auf einmal ganz unbekannt vor, früher hatten hier doch die Wände nicht gewackelt. Sie fiel hin. »Verflucht, was ist das denn?« Sie war über den Karton gestolpert. Sie hatte ihn mittags aus dem Keller geholt, weil sie ihn in den Müll hatte schmeißen wollen. Die Kinder verkleideten sich ja schon lange nicht mehr. Weg mit dem Karnevalszeug! Der Deckel des Kartons stand offen. Elisabeth sah etwa blitzen. »Was haben wir denn da?« Sie zupfte an dem Glitzerding und zog einen Patronengurt heraus. Ach ja, die alte Rambo-Verkleidung ihres Sohnes. Wankend und lachend wickelte sie sich den Gürtel um den Körper, schaffte es sogar, damit auf die Toilette zu gehen, und stellte sich danach vor den Garderobenspiegel. Im Hintergrund lief der Fernseher, sie hörte Schüsse und ernste Moderatorenstimmen. Ihr fielen die Jagdwaffen von Ferdinand ein. Sie waren im Waffenschrank im Keller – und dann schwankte sie die Treppe herunter.

Sie bückte sich unter den Handtüchern, die auf der Wäscheleine hingen, die quer durch den großen Raum gespannt war. Früher hatten sie hier so manche Party gefeiert, doch mit den Jahren feierten sie weniger, und auf der selbst gebauten Theke stapelten sich zusammengelegte Handtücher und Bettbezüge. Der ausgestopfte Fuchs an der Wand gegenüber erinnerte sie an die fröhlichen Nächte mit ihren Freunden und Nachbarn. Damals waren die Kinder und die Hecken zu den anderen Gärten noch klein. Das verband. Der tote Fuchs war der Partygag! Ferdinand hatte seine Augen mit kleinen Glühbirnen ausgestattet, ein Kabel gelegt und den Schalter unter der Theke installiert. Drückte er ihn, leuchteten die Augen des Raubtieres rot auf. Was für ein Spaß.

Elisabeth drückte den Schalter – es passierte nichts. Die Glühbirnen waren längst kaputt. Dann wankte sie zum Tier und streichelte sein Fell. Staub stieg ihr in die Nase, sie musste niesen. Dann griff sie vorsichtig in sein Maul – ja, er war da. Der Schlüssel zum Waffenschrank. Ferdinand hatte ihn hier versteckt und es sich nicht verkneifen können, es seiner Frau zu erzählen. Er fand es lustig, dass ausgerechnet ein von ihm erlegtes Tier den Schlüssel zu den tödlichen Waffen verwahrte.

Der Waffenschrank stand im Heizungskeller nebenan. Das Neonlicht spiegelte sich in der schmalen hohen Metalltür, der Schlüssel glitt ins Schloss.

Sie besaß zwar keinen Jagdschein, doch sie wusste, was sie vor sich hatte. Eine Doppelflinte der Marke Merkel 202 und eine Büchse Sauer 80. Mit der Flinte jagte Ferdinand Hasen, Kaninchen, Fasane, Enten und Rehe. Mit der Büchse ging er auf Wildschwein, Fuchs, Hirsch. Elisabeth stellte sich vor, wie der Vereinsvorsitzende aussehen würde, wenn er ein Wildschweingesicht hätte, oder wie Ferdinand mit Entenfüßen gehen würde – sie lachte und rief: »Waidmannsheil!« Im Kellerflur hallte das Echo ihrer schrillen Stimme nach.

»Ich weiß nicht, was ich mir dabei gedacht habe«, Elisabeths Gesicht war nass von Tränen. »Ich fühlte mich so stark und war so wütend, da bin ich einfach los.«

Die Nacht, in der Elisabeth Upphoff mit den Jagdgewehren auf ihrem Rücken in den Gasthof König marschierte, war die großartigste Nacht im Leben von Tim Möcke. Der Zehnjährige wohnte mit seinem Hamster Manni, Mama und Papa in dem Haus direkt gegenüber der Gaststätte. Er hatte den besten Beobachtungsposten, den man sich denken konnte. Und obwohl er selbst nicht in der Schützenversammlung saß, gehörte er später zu den wichtigsten Zeugen in Sachen »Beinahe-Amoklauf«, davon war er überzeugt. Seine Aussage hatte er auf einen Zettel geschrieben, ihn fünfmal gefaltet und in die Kiste gelegt, in der er alles aufhob, was wichtig war. Seinen ersten ausgefallenen Milchzahn, einen Kompass, einen Stein, mit dem er zaubern konnte, und seinen selbst gebastelten Detektivausweis. Jeden Abend faltete er den Zettel auseinander und las.

Meine Zeugenaussage
Ich wollte ja wirklich schlafen, aber es ging nicht. Und dann schaue ich immer raus. Mein Fenster ist direkt neben meinem Bett, und ich muss mich nur hinknien, dann sehe ich alles. Ich finde es schön, wenn im Gasthof König Leute sitzen, dann leuchten die

Fenster, und ich kann sehen, wie die da drinnen sich unterhalten und lachen. Aber hören kann ich nichts. An diesem komischen Abend kam die Frau, die ich schon öfter beim Einkaufen getroffen habe und die mir da immer so doof über meine Haare gestreichelt hat, die kam da lang. Sie ging ganz komisch, wackelte, wie wenn einem schwindelig ist nach dem Karussellfahren. Sie hatte auf dem Rücken zwei Gewehre, das konnte ich genau erkennen, und einen Patronengürtel um die Hüften. Sah irgendwie cool aus. Dann hat sie die Tür von Königs aufgemacht, und ich konnte sie einen Moment lang nicht sehen. Das war alles so spannend, und ich wusste ja, dass Mama und Papa fernsehen. Also bin ich einfach barfuß und im Schlafanzug nach unten geschlichen und rüber zum Gasthaus. Da kann man super durch die Fenster schauen, und da habe ich gesehen, wie sie rein ist in den großen Raum, wo die vielen Männer drin saßen. Und die haben alle plötzlich aufgehört, sich zu bewegen – die haben alle zu der Frau geschaut. Ganz komisch sahen die aus, weil die so weiß im Gesicht wurden. Und die Frau hat dann ein Gewehr runtergenommen von dem Rücken und so angelegt, wie wenn man schießen will. Sie hat gezielt.

Dann wäre ich beinahe vor Lachen umgefallen, denn der eine von den Männern, der hat Pipi in seine Hose gemacht. Da war so ein Fleck und eine Pfütze unter dem Tisch. Und dann passierte schon das Nächste. Die Frau kippte um. Das sah so aus, wie wenn ich mit meinem Freund Jan Stuntman spiele. Dann lassen wir uns auch immer so fallen. Sie lag dann da, und alle bewegten sich plötzlich wieder. Die meisten rannten erst einmal raus aus dem großen Raum. Ein Mann blieb aber bei der Frau stehen und kniete sich hin. Die Frau schlief, aber der Mann, der schaute sich die Waffen ganz genau an. Und er machte sie auf und wieder zu. Dann hörte ich auch schon die Polizei, und ich musste ganz schön schnell laufen. Aber die haben mich nicht erwischt und konnten Mama und Papa nicht erzählen, dass ich mich draußen rumgetrieben habe.

»Nie werde ich vergessen, wie mich alle angesehen haben. Da hat keiner geschrien. Sie hatten solche Angst, dass ihnen jeder Schrei im Halse stecken blieb. Vor mir, ausgerechnet vor mir hatten die Angst. Der Vorsitzende, die anderen Männer, alle hatten sie mich ausgelacht, sie hatten mich verhöhnt. Jetzt saßen sie da und glaubten, ich würde sie totschießen.« Elisabeth Upphoff sprach laut.

»Aber Sie waren betrunken, die Polizei sagt, die Waffen waren nicht geladen, also wollten Sie doch gar nicht schießen?«

Elisabeth Upphoff blickte Viktoria durch einen Tränenschleier an. »Doch«, sagte sie sehr langsam. »Ich wollte. Ich hätte gerne gesehen, wie sie allesamt in ihrem eigenen Blut verrecken.«

Als sie im Wagen saßen, waren sie ganz still.

»Krass«, sagte Mario. Dann prustete er los.

»Was für ein Wahnsinn, Victory. Diese Spitzendeckchennummer ist unglaublich. Woher wusstest du, dass sie die Teile nicht leiden kann? Du hast sie damit echt geknackt!«

»Instinkt«, log Viktoria.

Er lachte. »Mann, hast du so was Dämliches schon mal gehört? Da häkelt die Olle sich die Finger wund, nur weil der Ehegatte das so gemütlich findet. Unglaublich, oder?«

»Ja, wirklich total unglaublich.« Viktoria lächelte lahm und schaute geradeaus, ohne etwas zu sehen. Sie hatte nicht für Konstantin gehäkelt, sie hatte *Gefährliche Geliebte* irgendwo locker aufgeschlagen, obwohl sie nicht über die erste Seite hinausgekommen war.

Sie steckte den Zettel mit den Notizen in ihre Tasche. Dass auf der Vorderseite des Briefbogens unter den Kniffeltabellen das Wasserzeichen eines hässlichen Bibers schimmerte, sah sie nicht.

9. Kapitel

»Ist die Zapfanlage wieder in Ordnung, Harry?« Viktoria wusste selbst nicht, ob sie das wirklich interessierte oder ob sie einfach nur wissen wollte, ob Kai inzwischen wieder da gewesen war.

»O ja. Die ist mehr als in Ordnung. Kai hat gute Arbeit geleistet.« Harry strahlte. »Ein netter Junge.« Während er das sagte, blinzelte er Viktoria freundlich zu.

Sie nickte nur. »Klasse. Dann hätte ich jetzt gern ein frisch gezapftes Pils vom Fass.«

»Ich auch, ich auch!« Mario setzte sich zu ihr. »Was liegt als Nächstes an, Chefin?« Er hatte sich nicht umgezogen. Viktoria hingegen hatte ihren gesamten Rollkofferinhalt einmal an- und ausprobiert, als sie nach dem Besuch bei der traurigen Elisabeth ins Gasthaus zurückgekommen waren.

»Wir gehen zum Biwak, das ist so eine Art Lagerfeuer für Erwachsene.«

Und genau das war ihr Problem. Was zog man bei so was an? In ihrem Köfferchen befanden sich weder geländegängige Wanderschuhe noch eine feuerfeste Windjacke. Sie hatte keine Lust, mit den Sommersandalen zum Gespött der Westbeverner Landbevölkerung zu werden. Sie hörte schon die hämischen Sprüche: »Oh, schaut mal, da stöckelt die Stadtfrau durch den Matsch. Ist ihr nicht kalt in diesem zarten Rock?« Ihr blieb also nichts anderes übrig, als die Joggingschuhe anzuziehen, denn die hatte sie immer dabei. Dazu eine Jeans, der pinkfarbene Pulli musste schon wieder ran und der Trenchcoat. Es sah furchtbar aus – Achtzigerjahre-Revival hin oder her.

Als das Bier vor ihr stand, merkte sie, wie groß ihr Durst war. Das Glas war leicht beschlagen, die Krone perfekt. Sie stieß mit Mario an, Harry zündete gerade die kleine Kerze auf dem Tisch an, sein Ellenbogen berührte die Hand, in der sie das Glas hielt. Sie erschrak, zuckte, und das kühle Glas rutschte ihr aus den Fingern. Es fiel mit einem stumpfen Plopp auf die Tischplatte, kippte, und sein Inhalt ergoss sich in einer großen Pfütze. Viktoria sprang auf, damit nichts auf ihre Jeans tropfte, Harry rannte zur Theke, um einen Lappen zu holen, und Mario lehnte sich zurück. Er setzte sein unversehrtes Bier an die Lippen und trank es in einem Zug leer. »Aaah!«

Viktoria funkelte ihn an: »Schön, dass es dir schmeckt.«

»Tut es.« Er grinste.

Sie schaute auf die Uhr. Harry tupfte hektisch den Tisch trocken. »Oje, das tut mir leid. Ein neues, Frau Latell?«

»Nee, Harry, lassen Sie mal. Wir müssen los. Sind sowieso schon knapp dran.«

Sie warf ihre Tasche über die Schulter, Mario stellte sein Glas ab und erhob sich seufzend. Dreißig Sekunden später saßen sie wieder in seinem Barchetta. Er rülpste, Viktoria hatte Durst.

Schweigend fuhren sie auf der Landstraße, die den Ortsteil Telgte-Westbevern und Telgte miteinander verband. Es war kurz nach neun. Viktoria gähnte, Mario rieb sich die Augen. Ein Mann, der rechts auf dem Fußweg Richtung Festzelt unterwegs war, winkte ihnen freundlich zu, als kenne er sie schon seit Jahren. Es war einer der Würfelfreunde von Mario. »Ach, Ludger«, sagte er und nickte. Links grasten ein paar Pferde, ein Fohlen stand dicht neben seiner Mutter. Sie überholten einen Trecker und bogen wieder rechts ab, Richtung Festzelt. Fußgängergruppen waren unterwegs, einige Radler. Mario passte sich dem Schritttempo an und parkte wieder auf der gemähten Wiese gleich hinter dem Zelt. Den Trenchcoat ließ Viktoria erst einmal im Wagen, noch war es viel zu warm dafür. Sie schaute sich um und war erleichtert. Ihre Kleidungswahl war genau richtig gewesen. Turnschuhe, Jeans – so sahen hier viele aus. Nur die Mitglieder des Schützenvereins hatten sich ihre Uniformen angezogen. Schwarze Hose, grüner Gehrock, Jägermütze. Sie schaute kurz in das Zelt, in dem vorher noch die Senioren Kaffee getrunken hatten. Es war fast leer. Nur an der langen Theke hatte sich eine Traube aus grünen Jacken, violettblusigen Frauen und Teenagern mit bauchfreien Tops – die Mädchen – und Schlacker-Hosen – die Jungen – gebildet. Sie notierte die geschätzte Schlangenlänge – einundzwanzig Schritte – auf Harrys Bestellblock, den er ihr geschenkt hatte. Bloß raus aus der schwülen Hitze hier drin, dachte sie und drehte sich um.

»Hallo.«

Sie wusste, wer es war, bevor sie aufblickte. Es war Kai. Der Meister der schlichten Begrüßung.

»Hi.« Das war die Antwort von ihr, der Meisterin der noch schlichteren Begrüßung. Aber es wurde noch schlimmer: »Puh! Ist es heiß hier drin.« Mein Gott, Victory!, dachte sie. Jetzt war sie auch noch Meisterin des schlichtesten Small Talks. Seit wann benutzte sie außerdem so seltsame Worte wie »Puh«?! Gab es nicht einmal einen Bären, der so hieß? Puh, der Bär. Er war gierig nach Honig, steckte seinen Kopf deshalb in einen Bienenstock, blieb stecken und die Bienen zerstachen ihm seinen pelzigen Hintern. Auch Viktoria blieb stecken. Ihr fiel nichts Besseres ein als ein peinliches: »Auch hier?«

Kai tat das einzig Richtige und beantwortete ihre Frage einfach nicht. »Soll ich dir hier draußen mal alles zeigen?«, fragte er stattdessen.

»O ja. Danke, das ist nett.« Sie riss sich zusammen, lächelte charmant – wenigstens das hatte sie drauf – und folgte dem klugen Kai. Mario nickte ihnen zu, als sie an ihm vorbeikamen. Er überredete gerade einen besonders kleinen Schützenbruder mit einer besonders großnasigen Frau, für ein Foto zu posieren. Die Frau strich ihrem Mini-Mann den Scheitel glatt, sie selbst zupfte an ihrer hellblauen Jacke – dann blickten sie ernst in die Kamera. Dem Chef wird's gefallen, dachte Viktoria. Er wird über die beiden lachen.

»Da vorn geht's lang.« Kai zeigte auf einen schmalen Weg mitten in den kleinen Wald hinter dem Zelt. Er ging voraus. Sie folgte der ausgewaschenen Jeans und fragte sich, welche Marke das wohl sei. Sobald sie die Bäume erreicht hatten, wurde es deutlich kühler und dunkler. Vor ihnen hielt eine Frau ihren Sohn an der Hand, der noch nicht richtig laufen konnte, hinter ihr trödelte die Tochter, die aussah, als ginge sie schon in die Schule. Kai und Viktoria mussten langsamer gehen. Die Frau ist so alt wie ich, schoss es Viktoria durch den Kopf. Unvorstellbar! Sie fühlte sich mindestens zwanzig Jahre jünger – oder älter? Ihr Leben war so weit weg von Kindern, von Familie, von dem Leben, das diese Frau hier lebte. Eigentlich war es ein Wunder, dass sie sie verstand, als sie sich umdrehte, seufzte und sagte: »Tut mir leid, kleine Staufalle hier.«

Viktoria lächelte. »Kein Problem.« Anscheinend kamen sie doch nicht von verschiedenen Sternen, sie sprachen beide dieselbe Sprache.

»Hast du auch Kinder?«

»Was?!« Sie konnte nicht fassen, was Kai sie da gefragt hatte. »Natürlich nicht!«

»Wieso, hätte doch sein können.«

»Nee, ganz bestimmt nicht. Nicht bei meinem Leben.« Was für ein beschissenes Thema, dachte sie.

Kai fand es offensichtlich interessant: »Dein Leben – ist das denn so viel anders als alle anderen Leben?« Ihr gefiel ganz und gar nicht, wie sich diese Unterhaltung entwickelte.

»Ist das da drüben das Feuer?« Besser eine blöde Frage, als weiter mit dem Dorfschönling über Kinder zu diskutieren, dachte sie.

»Ja, das ist das Feuer.« Kai grinste. Er hatte ihr billiges Ablenkungsmanöver durchschaut, aber er fragte nicht weiter. Ein paar Dutzend Menschen hatten sich um das Feuer gestellt, es knisterte und roch wie im Ferienlager. Viktoria blieb stehen. Kai schob sie weiter. Er zeigte auf einen kleinen Pfad und sagte. »Das musst du mal sehen, ist echt schön.«

Er ging wieder vor, sie folgte ihm und seiner tatsächlich überdurchschnittlich gut sitzenden Levi's. Gut, dass sie auch ihre lange Hose anhatte. Sie erkannte Brennnesseln und stachelige Himbeerbüsche. Der Weg schlängelte sich erst rechts, dann links herum, ging ein paar Meter aufwärts, dann wieder abwärts, und plötzlich befanden sie sich auf hellem Sand. Ein paar Meter unter ihnen floss die Ems in einer großen Schleife. Der Strand, auf dem sie standen, war etwa fünfundfünfzig Schritte breit. Er fiel steil ab. Zehn Schritte, und man steht im Wasser, schätzte sie. Dann hörte sie auf zu zählen und schaute.

»Schön«, sagte sie und meinte es auch so. Es war schön hier. Wunderschön. Auf der anderen Uferseite watschelten ein paar Enten zur sattgrünen Wiese, um sich dort schlafen zu legen. Knorrige, uralte Apfelbäume reckten ihre bizarren Äste in alle Richtungen, unendlich viele Pusteblumen-Samen schwebten – angeleuchtet von der untergehenden Sonne – in den Himmel. Viktoria atmete tief ein und wieder aus. Sie blinzelte, Tränen stiegen auf. »Scheißheuschnupfen!«, fluchte sie. Kai sagte nichts.

Ein paar stille Minuten später drehten sie um.

Das Feuer leuchtete inzwischen orangefarben und warf zuckende Schatten in die Gesichter der Leute. Jugendliche stocherten mit Stöcken in der Glut, einige Erwachsene vertrieben sie. Die meisten saßen an Biertischen, etwa fünfzig Schritte von den Flammen entfernt. Zwischen Festzelt und Feuer ging es zu wie auf einer Ameisenstraße. Männer und Frauen trippelten hin und her, denn dort gab es die Getränke und da gab es Stockbrot. Viktoria bekam wieder Durst. Doch Kai tippte ihr vorsichtig an die Schulter und sagte leise: »Der Typ da, mit den fünf Gläsern in der Hand, das ist Ferdinand. Du wolltest ihn doch sprechen.«

Es war unglaublich. Wegen dieses nichtssagenden, moppeligen Typens häkelte Elisabeth Upphoff grässliche Tischdecken und heulte Rotz und Wasser? Viktoria hatte gar keine Lust, mit ihm zu sprechen. Viel lieber hätte sie ihm eines seiner Biere entrissen und auf einen Zug leer getrunken.

Er musste ihre Gedanken gelesen haben, denn als Kai Ferdinand mit einem Nicken begrüßte, lächelte der entschuldigend und blickte auf die Gläser in seiner Hand. »Die sind leider schon vergeben.« Dann steuerte er auf einen Biertisch zu, und vier Männer in Schützenuniform reckten gierig ihre Hände nach den Bieren, stießen an und ließen es sich ganz offensichtlich schmecken. Viktoria schluckte.

»Durst?« Kai hatte es erfasst.

»O ja«, sagte sie. »Jetzt so ein kühles Bier – da könnte ich glatt schwach werden.«

Kai grinste. »Na, dann wollen wir dich mal schwachmachen.« Er reihte sich in die Ameisenstraße Richtung Festzelt ein, und Viktoria ging rasch auf den Biertisch zu, an dem Ferdinand Upphoff stand. Sie war ja schließlich zum Arbeiten hier.

»Guten Tag, die Herren!« Ging doch, sie klang ganz geschäftsmäßig.

»Tach!«, kam es kurz zurück. Die Herren hatten offensichtlich keine Lust auf eine Unbekannte, keiner blickte auf.

»Ja. Ähm. Sie sind doch Herr Upphoff, oder?«

Der Angesprochene hob im Zeitlupentempo den Kopf, kniff die Augen zusammen und sagte ganz, ganz lässig: »Und?«

Unglaublich. Dieses graue, unscheinbare Dickmännchen war also eine coole Sau. Na warte, dachte Viktoria. »Ihre Frau sagte mir, dass ich Sie hier finden würde.«

»Na und?« Ferdi ließ sich nicht provozieren.

»Ich habe mich vorhin sehr lange mit ihr unterhalten, über dieses ganze Drama. Und da hat sie gesagt, dass ...«

Sie stockte. Ferdinand stellte sein leeres Glas ab, stand auf und schaute ihr eindringlich in die Augen. High Noon.

Er sprach ganz langsam und klang überhaupt nicht betrunken: »Egal, was sie gesagt hat, es interessiert mich nicht. Wir wollen hier unseren Spaß haben und von so 'ner Berliner Wichtigtuerin lassen wir uns den auch nicht verderben. Feiern Sie einfach mit, dann wissen Sie am Ende mehr, als Sie durch tausend Fragen und hunderttausend Antworten jemals erfahren werden. Ansonsten Adios!« Dann gab er ihr die Hand und sagte: »Entschuldigen Sie bitte, ich muss mal für Königstiger!«

Ferdinand Upphoff verschwand im Dunkel des Waldes. Viktoria schaute ihm nach – ihr Mund stand offen.

»Victory! Viktoria!« Gerade kam Kai die schmale Gasse auf sie zugesteuert, als Mario ihn von hinten überholte. Er fuchtelte mit seinem Handy. Viktoria nickte Kai entschuldigend zu, er hob die beiden Gläser mit einem Schulterzucken, und sie nahm das Telefon aus Marios Hand. Er flüsterte noch: »Der Chef.«

Sie hielt das linke Ohr zu und drückte den Hörer an ihr rechtes. »Ja, Chef. Ich höre Sie. Genau, mieser Empfang. Tut mir leid.«

Sie sah, wie Mario das zweite Glas aus Kais Hand nahm. Mist verdammter, dachte sie und drehte sich weg, um sich besser auf das Telefonat konzentrieren zu können.

Der Chef klang nicht wütend, eher unentschlossen und fahrig. »Viktoria. Jetzt sagen Sie doch mal. Taugt das da was bei Ihnen? Ist das nicht doch ein bisschen zu viel Provinz?«

»Na, es ist natürlich krass hier. Sie wissen schon, die ganze Kaff-Palette kriegen Sie hier. Hübsche Vorgärten, rotgesichtige Menschen, verwachsene Teenies.«

»Ich weiß nicht, Viktoria. Was ist mit der Ratte, äh dem Biber?«

»Nix, Chef! Bis jetzt …«

Er gähnte. »Ich bin einfach nicht mehr so sicher, ob mich das anmacht. Irgendwie reicht mir das nicht. Ich denke, Sie sollten besser abbrechen. Interessiert unsere Berliner ein Schützenfest in Irgendwo?«

»Einfach abbrechen?«

»Ja, mein Gott, wieso nicht? Die neue Miss Germany ist Berlinerin und hat 'ne Drogenvergangenheit, das wäre doch auch viel eher was für Sie. Oder Sie machen mal wieder ’ne harte Polizeigeschichte, wir haben hier gerade einen Messermord mit ’nem hübschen Toten. Richtig zerfetzt sah der aus.«

Ein zerfetzter Toter. Abbrechen, nach Berlin zurück? Viktorias Gedanken hüpften ungeordnet durch ihren Schädel. Was hatte er gesagt, einen hübschen Toten?

»Einen hübschen Toten haben wir hier auch, Chef. Und der ist besser, wetten …« Jetzt hatte sie es gesagt.

»Hä? Wie meinen Sie das?«

Sie erzählte ihm in groben Zügen von ihrem Verdacht: »Ein Schützenkönig ist unter mysteriösen Umständen verschwunden. Seine Frau sagt, er sei ausgewandert, andere sagen, er sei durchgebrannt, noch andere – nämlich sie selbst – glauben, er hat sich erhängt. Doch das sollte vielleicht verheimlicht werden, weil man so was als Katholik ja nicht macht.«

»Sie meinen so eine Geschichte im Sinne von ›ein Dorf schweigt und vertuscht einen Todesfall‹?«

»Jawoll!« Er hatte es geschluckt, das wusste sie. Doch sie legte noch nach. »Glauben Sie mir, Chef, wenn es nach mir ginge, wäre ich erleichtert, wenn ich mich mit diesen Dorfdeppen nicht mehr rumärgern müsste. Also holen Sie mich ruhig heim.«

Er tat es natürlich nicht. Sie durfte sich noch ein bisschen mit den Dorfdeppen rumschlagen – und fand es eigentlich gar nicht so schlimm.

Triumphierend blickte sie sich um. Mario hatte sich inzwischen an einem der Tische niedergelassen, an dem seine Würfelfreunde vom Nachmittag fröhlich auf ihn einredeten. Kai war verschwunden. Verdammt. Wie laut hatte sie eigentlich gesprochen?

Ihr war der Durst aufs Bier vergangen.

Klaus Bühlbecker war in seinem Element. Aufrecht stand er an einem Biertisch und schaute sich mit erhobenem Kinn um. Das Schützenfest war sein Schützenfest, denn er war schließlich der Vorsitzende. Ohne ihn, so war er sich ganz und gar sicher, würde hier gar nichts laufen. Keine Musik, kein Bier und kein Mensch. Alles war, wie es sein musste. Das Wetter war grandios, seine Uniformknöpfe strahlten und die olle Upphoff würde nicht Königin werden können. Wäre ja auch noch schöner gewesen. Irgendwo musste man doch noch unter sich sein. Die Weiber sollen einfach mal das machen, was sie am besten können. Kuchen backen. Ein paar junge Männer von der Ehrengarde marschierten auf ihn zu, salutierten, lachten und verschwanden. Bühlbecker nickte ihnen würdevoll zu. Dann fiel sein Blick auf Viktoria. Er hatte natürlich mitbekommen, dass eine Reporterin über das Fest schreiben wollte. Und er war ja nicht blöd. Natürlich war sie wegen der Upphoff-Geschichte hier und schnüffelte rum. Aber in diesem Moment war ihm das herzlich egal. Er leckte sich den Bierschaum von der Oberlippe und starrte sie an. Die schwarzen Haare fielen ihr ins Gesicht. Lang waren sie, glänzend, rassig, so wie er es mochte. Schneewittchenhaare. Klaus Bühlbecker nahm noch einen Schluck. Das Einzige, was er in diesem Moment denken konnte, war: Geile Schlampe!

Viktoria hockte sich an einen Biertisch und ordnete ihre Gedanken. Was genau war jetzt eigentlich ihr Auftrag? Welche Geschichte erwartete der *Express* von ihr? Der Tote vom Baum war alles andere als eine sichere Story – wer weiß, was sie dort überhaupt noch herausfinden würde. Dass sie nichts Neues über die Ratte entdeckt hatte, hatte der Chef offensichtlich geschluckt. Aber vielleicht reichte ja auch die Ursprungsgeschichte über die Amok laufende Hausfrau, um eine Doppelseite der Sonntagsausgabe zu füllen. Marios Fotos waren super, das wusste sie. Und ihr Interview mit Elisabeth Upphoff gab auch einiges her. Sie wühlte in ihrer Tasche nach den Notizen. »Weiße Tischdeckchen«, hatte sie notiert. Und: »Ich wollte, dass sie alle in ihrem Blut verrecken.« Super Zitat, dachte sie. Doch was war das? Viktoria setzte sich kerzengerade hin, die Notizen hielt sie in ihrer Hand. Hektisch wählte sie die Nummer des *Express* und hoffte, dass sie eine einigermaßen stabile Verbindung bekam. Schon meldete sich die Chefsekretärin und stellte sie durch.

»Was ist, Latell?«, blaffte der Chefredakteur. »Habe eigentlich keine Zeit!«

»DER BIBER!«

»Der Biber?«

»Chef, ich habe den Biber gefunden.«

»Sind Sie sicher?« Der gelangweilte Ton war aus seiner Stimme verschwunden. »Sieht er so aus wie unsere Ratte?«

»Er sieht nicht so aus. Er ist es. Ich halte einen Briefbogen mit dem Wasserzeichen in der Hand. Und ich schwöre, es ist derselbe hässliche Nager, der neben unserem süßen Schneewittchen lag.«

Nico war zum ersten Mal an Sarahs Grab. Weil sie Geburtstag hatte. Weil er ein Geschenk hatte. Er trug es jetzt seit sieben Monaten mit sich herum, und obwohl es nur ein paar Gramm schwer war, wog es wie eine Tonne Stahl, die sich um sein Herz geschlungen hatte. Es war ein kleiner Silberanhänger für Sarahs Armband. Er hatte ihn ihr schon in der Silvesternacht geben wollen, aber die Ratte war ihm dazwischengekommen. Diese miese hinterhältige Ratte. Sie hatte ihm Sarah genommen, sie hatte Sarah das Leben genommen und jetzt saß sie in seinem Kopf und nagte an seinen Gehirnzellen.

Die Buchstaben auf Sarahs Grabstein waren verschwommen. Dabei weinte er nicht. Es war die Ratte. Er hörte sie flüstern. »Zu sterben ist leichter, als damit zu leben.« Er nahm sein Portemonnaie aus seiner Hosentasche und fummelte den kleinen Anhänger aus dem Netzfach, in dem auch sein Personalausweis klemmte. Er hielt ihn zwischen Daumen und Zeigefinger, er war gerade mal einen guten Zentimeter groß. Mit der anderen Hand drückte er eine kleine Mulde in die Erde direkt neben den Findling, auf dem Sarahs Name stand. Er legte den Schmuck hinein. »Es tut mir leid, kleiner schwarzer Engel.« Nico hatte es geflüstert. Er kannte jedes Wort, das die Ratte auf den Brief an seine tote Sarah geschrieben hatte, auswendig. Er warf etwas Erde auf den silbernen kleinen Engel, der bestimmt schön an Sarahs Handgelenk ausgesehen hätte. Dann ging er. Sein Kopf tat ihm weh.

Viktoria massierte ihren Kopf mit den Fingerspitzen. Vielleicht würde sie so ein wenig Ordnung in die Sache bringen. Vor ihr lag der Zettel mit dem Biberwasserzeichen. Genauso ein Zettel hatte damals neben Sarahs Leiche gelegen. Alle waren sich sicher, dass die Worte darauf eine Art Botschaft ihres Mörders gewesen seien. Und jetzt hatte ausgerechnet Elisabeth Upphoff auf solch einem Blatt Kniffel gespielt. Viktoria drehte das Papier, hielt es sich dicht vor die Nase, doch sie wurde nicht schlau daraus. Elisabeth hatte ihre große Straße nicht gewürfelt, dafür aber einen Kniffel, fünfzig Punkte gab's dafür. Ein E stand über ihrer Reihe. Daneben ein N. N hat verloren. Hieß ihre Tochter nicht Nicole? Und ihr Sohn? War der vielleicht schon einmal in Berlin gewesen? Am Müggelsee? Viktoria schüttelte gedankenverloren den Kopf. Sie musste Elisabeth nach dem Zettel fragen, doch nur, wenn sie ihr dabei in die Augen schauen konnte und auf ihre Hände. Denn die verrieten am ehesten, ob jemand die Wahrheit sagte oder nicht. Viktoria faltete das Blatt und steckte es in ihre Tasche. Dann holte sie es noch einmal heraus und schaute sich das E an. Nein, keine Schnörkel.

Er näherte sich von hinten. Als er sie fast berührte, atmete er tief durch die Nase ein, roch an ihren Haaren. Erst da drehte sich Viktoria um und bewegte sich reflexartig ein Stück zur Seite.

»Ist was?« Ihr fiel nichts Besseres ein, um den etwas aufdringlichen Schützenbruder in seine Schranken zu weisen.

Er schaute sie ohne jede Scham an und fragte nur: »Aha, die Presse ist also auch da?«

Viktoria nickte kühl.

»Wollen Sie mich denn gar nicht interviewen, Frau …?« Er sah sie herausfordernd an.

»Latell«, sagte sie genervt. »Wieso sollte ich?«

»Weil ich hier der Chef bin.« Klaus Bühlbecker streckte die Brust nach vorn.

Viktoria hatte keine Lust auf einen Chef. Doch sie zwang sich, höflich zu bleiben. »Wieso Chef?«

»Ich bin der Vorsitzende von den schießwütigen Jungs hier«, sagte er und klopfte ein paar vorbeischlendernden jungen Männern auf die Schulter.

»Interessant«, sagte Viktoria in einem Tonfall, der jedem Idioten klargemacht hätte, dass sie das gar nicht interessant fand.

»Wenn Sie also etwas von mir wollen, lassen Sie es mich wissen.« Bühlbecker lächelte doppeldeutig und berührte kurz ihre Taille. »Brücken bauen mit Bühlbecker.«

Viktoria schaute genervt. »Aha.« Konnte diese Pfeife sie nicht endlich in Ruhe lassen? Doch er schaute auf das Blatt, das vor ihr lag.

»Hübsches Briefpapier.«

Viktoria widerstand dem Reflex, es hektisch vom Tisch zu reißen.

»Der Biber sieht aus wie eine Ratte, finden Sie nicht?«

»Weiß nicht.« Viktoria versuchte, gleichgültig zu klingen.

»Aber ich«, sagte Klaus Bühlbecker und ging. Vorher atmete er noch einmal tief durch die Nase ein und genoss den Duft ihrer Haare.

Viktoria zögerte drei Sekunden. Dann drehte sie sich

um und folgte ihm. »Herr Bühlbecker!« Sie hasste es, dass sie ihn ansprechen musste.

Er blieb stehen, grinste. »Ja?« Es gefiel ihm, dass sie ihm nachgelaufen war.

»Das Briefpapier – kennen Sie es?«

»Es ist meins.«

»Wie? Meins?«

»Ich habe es mal als Werbegeschenk drucken lassen. Viel zu teuer war das, und dann sah es auch noch blöd aus.«

Viktoria sah ihn an, wartete ab.

»Na ja, der Biber ist halt unser Wappentier, deshalb habe ich mich auch dafür entschieden – so als Westbeverner Unternehmer. Aber der Grafiker hat das hässliche Viech nur eins zu eins übernommen, abgezeichnet von der Schützenvereinsfahne. Und das Ergebnis haben Sie ja gesehen. Der Biber ist hässlich wie 'ne gottverdammte Ratte.«

»Gibt es viele von den Briefblöcken?«

»Ja, leider. Ich habe damals gleich fünftausend drucken lassen. Tausend habe ich erst verschenkt – und die meisten davon einfach so, weil ich es mir ja nicht mit den Großkunden verderben will.«

»Haben Sie auch schon mal einen Block in Berlin verschenkt?«

»Ganz schön neugierig, Frau Latell.« Er grinste wieder.

»Haben Sie?«

»Lassen Sie mich nachdenken. Ja, ich glaube schon. Ich habe die hässliche Ratte nach Berlin exportiert. Viel schlimmer als euer Bär sieht die ja auch nicht aus.« Er lachte laut.

»Wissen Sie noch, an wen?«

»Mein Gott – das scheint Sie ja wirklich zu interessieren. Warum eigentlich?«

Viktoria schüttelte vielsagend den Kopf. »Kann ich leider nicht sagen.«

»Na, dann kann ich mich leider auch nicht erinnern.« Klaus Bühlbecker lächelte jetzt nicht mehr. Er drehte sich um und ging. Und Viktoria hatte einfach keine Lust, ihm zu folgen.

Tausend Blöcke hatte er verteilt – davon auch welche in Berlin. Na, dann konnte jeder den Zettel mit den morbiden Zeilen beschrieben haben. Jeder.

Die Bibergeschichte war damit totrecherchiert.

10. Kapitel

Viktoria tastete nach ihrem Handy, das mal wieder *Netzsuche* anzeigte. Doch das leuchtende Display verriet ihr die Uhrzeit. 0.34 Uhr. Sie lag im Bett, gähnte und war extrem schlecht gelaunt. Die Beine kribbelten, ihre Füße waren abwechselnd zu kalt oder zu heiß; und schloss sie die Augen, starrten sie bleiche Gesichter an. Bernhard Lütkehaus' totes Antlitz, Martha Lütkehaus, den Mund zum stummen Schrei aufgerissen. Ab und zu erschien sogar ihre Mutter mit weißem Gesicht und roten Lippen auf Viktorias Netzhaut-Fata-Morgana. Als sie doch einmal kurz einnickte, träumte sie von Konstantin. Er hatte sich eine Atemmaske aufgesetzt und wollte sie damit küssen; sie lief weg, er hielt sie fest, und seine Hände fühlten sich seltsam an. Er trug Gummihandschuhe und lag in seiner eigenen Blutlache. Was sollte das alles? Viktoria konnte eine durchwachte Nacht ganz und gar nicht gebrauchen. Sie musste früh raus am großen Tag. Das Königsschießen stand bevor und begann um halb acht mit einer Messe und dem Antreten der Schützen. Sie wollte endlich ganz konzentriert arbeiten. Sich um ihren ursprünglichen Auftrag kümmern und keine Hirngespinste jagen. Sogar drei Kugelschreiber hatte sie in ihre Tasche gesteckt. Wo war das Problem? Es war ein leichter Job. Einer, bei dem es hauptsächlich um Beobachtung und die anschließende Schilderung ging. *Easy going*. Sie versuchte hundert Mal »easy« zu sagen, doch es klappte nicht, beim zehnten Mal dachte sie plötzlich an Kai Westmark. Auch das noch! War ja auch ein schönes Bild, das er ihr eingebrannt hatte. Er am Strand des Flusses, den Blick nach irgendwo zum anderen Ufer gerichtet und dann plötzlich auf sie. Durchdringend? Neugierig? Liebevoll? Sie wusste es nicht oder wollte es nicht wissen. Zapfanlageninstallateur ist nicht gerade der Beruf, den man sich für seinen Traummann wünscht. Okay, die Jeans war cool, aber wahrscheinlich reichte sein Horizont gerade mal bis zum anderen Ufer des Flusses. Hätte sie ihn in Berlin im Zosch an der Theke getroffen, sie hätte gewusst, was sie mit ihm hätte machen wollen. Und sie hätte es geschafft. Mit ihrem Victory-Augenaufschlag. Sie hätte ihn dazu gebracht, mit ihr nach Hause zu gehen. Und er hätte gewusst, dass es kein Frühstück bei ihr gab. Doch hier waren die Spielregeln irgendwie anders. Nicht durchschaubar, nicht rauszufinden, einfach ungooglebar.

Vielleicht war das auch der Grund, weshalb sie die Geschichte mit Bernhard Lütkehaus nicht begriff. Kapierte sie nur nicht die Geheimsprache der Westbeverner? Gab es ein ungeschriebenes Gesetz, nach dem hübsche Ehemänner verschwanden, ohne dass jemand nachfragte? War es ein böser Fluch, der sie dazu verdammt hatte, Bernhard Lütkehaus tot an einem Baum hängen zu sehen? Würde nur der Gegenzauber einer guten Fee sie befreien können?

»Fuck, fuck, fuck!« Viktoria war plötzlich hellwach.

So konnte es nicht weitergehen. Ich bin verdammt noch mal clever, dachte sie. Ich bin Victory, die abgebrühte Recherche-Sau! Und so grunzte sie kurz, knipste das Licht an und nahm die Sache wieder in die Hand. Sie hatte eine Idee.

Nicos Mutter wollte nicht schnüffeln. Sie wollte es wirklich nicht. Ihre Angst, etwas zu finden, war viel zu groß. Also nahm sie den Swiffer mit dem Stab und wuselte ganz oberflächlich durch Nicos Regal, um wenigstens den gröbsten Staub elektrostatisch aufzuladen und damit an das Wegwerftuch zu binden. In ein paar Sekunden hatten sich unzählige Staubwolken zu einer Riesenwollmaus vereint, ein neues Tuch musste her. Damit machte sie sich an die Anlage, den Nachttisch, den Schreibtisch. Sie hätte schon blind sein müssen, um es zu übersehen. Unter einem Stapel Motorradmagazine, alter Mediamarktprospekte und dem Matheheft lag ein Pornomagazin. Nicos Mutter lächelte. Vielleicht, dachte sie, vielleicht wird doch alles wieder gut. Auch wenn es sie ekelte, die mit Makrofunktion aufgenommenen Genitalien auf der Titelseite anzuschauen. Es ist normaler Jungskram, dachte sie. Ganz vorsichtig legte sie das Heft zurück unter den Stapel. Es deckte den Zettel zu, der über und über vollgekritzelt war. Nico hatte immer wieder Worte aus dem seltsamen Brief aufgeschrieben, der damals bei Sarahs Leiche gefunden worden war. Das E von Engel hatte es ihm besonders angetan. Immer wieder schlang sich der Bogen vom E über das Papier. Nicos Mutter schaute nicht hin. Sie wollte nicht hinschauen. Die Polizei hatte damals ein grafologisches Gutachten erstellen lassen. Nico musste ein paar Worte niederschreiben. Als sie ihm dabei zusah, wusste sie, dass er den Kugelschreiber auf eine seltsame Art hielt. So hatte er nie geschrieben. Und seine E's waren immer ohne Schnörkel gewesen, jetzt schwang er dramatische Schlaufen. Sie sagte damals nichts. Und die Polizei suchte immer noch nach der Ratte, die diese seltsame Nachricht neben Sarahs Leiche gelegt hatte. Nach der Jacke und den Handschuhen, die Nico in der Silvesternacht von jugendlichen Türken geklaut worden waren, suchten sie nicht. Sie hatte ihnen ja auch nicht gesagt, dass ihr Sohn am Neujahrsmorgen völlig durchgefroren, ohne Jacke und Handschuhe, kreidebleich und ohne ein Wort zu sagen in der Haustür stand. Am nächsten Tag hatte sie ihm Geld gegeben. Für neue Wintersachen. Und auch wenn sie für jegliche Formen der Kriminalität gar nichts übrig hatte: An diesem Abend betete sie, dass es die Gang, die ihn beklaut hatte, wirklich gab. Nachts träumte sie, dass ihre Waschmaschine zusätzlich zum Anti-Gras-Programm ein neues Programm hätte: ein Anti-Blut-Programm. Fertig in nur fünfzehn Minuten.

Der Deckenfluter tauchte das Zimmer in grelles Licht. Viktoria kniff die Augen zusammen. Noch halb blind tastete sie in ihrer Umhängetasche nach der kleinen Digi-Kamera. Das Metall des Gehäuses fühlte sich kühl an und beruhigend. Der Plan war simpel. Sie würde das Bild von Bernhard Lütkehaus abfotografieren und per E-Mail an Thomas Lüschke schicken. Er arbeitete beim LKA und vergötterte sie. Was lästig, aber großartig war. Denn so gelangte sie schon seit Jahren an Informationen, die kein anderer Kollege des *Express* bekommen konnte. Als Gegenleistung lud sie Thomas dreimal im Jahr zum Essen ein – auf Kosten des *Express*, versteht sich –, doch er lehnte immer ab. Am Anfang war sie darüber nur erleichtert, inzwischen aber fast schon verärgert. Der hässliche Vogel hätte sich gut in ihrem Licht sonnen können. Dass er es nicht tat, konnte sie nicht begreifen. Wenn sie ihn gefragt hätte, hätte er nur eine Antwort gehabt: »Ich bin ein verwachsener, pickeliger, aber sehr stolzer Mann!«

Pickel-Thomas, da war sich Viktoria sicher, würde etwas finden. Vielleicht war Lütkehaus ihr in Berlin begegnet. Vielleicht war er Zeuge eines Verbrechens gewesen, vielleicht verdächtig, vermisst. Vielleicht hatte sie sein Bild in der Zeitung gesehen, vielleicht war sie ihm bei ihren Recherchen über den Weg gelaufen. Nur so war es zu erklären, dass sie von ihm geträumt hatte. Ihr Unterbewusstsein hatte ihn abgespeichert, und ihr Bewusstsein spuckte die Daten nicht aus. Mit seinem Namen und dem Foto könnte Thomas ihr vielleicht helfen. Das Bild war viel deutlicher als das, was sie Charly gefaxt hatte. Und so gut Charly auch war, Zugriff zu internationalen Suchcomputern hatte selbst er noch nicht. Also: Thomas musste mit Infos gefüttert werden!

Barfuß, in T-Shirt und Schlaf-Shorts schlich sie auf den Flur des Gasthauses. Die Dielen knarrten ein bisschen und fühlten sich angenehm an unter ihren Sohlen. Leise, ganz leise tapste sie an Marios Zimmer vorbei Richtung Treppe. Es war dunkler, als sie dachte. Draußen schrie eine Katze, es klang, als würde ein Kind gequält. Dann war es still. Die Treppe, die ersten Stufen nach unten, die Dielen muckten nicht mehr auf. An der Wand warfen die Rahmen mit den Fotos der Schützenkönige schwarze Schatten. Alle Bilder waren jetzt schwarz-weiß, die Nacht hatte die Farben verschluckt. Viktoria las die Jahreszahlen, die Namen, sie suchte. 1980, 1979, 1978, 1977 …

Ein kühler Windzug strich um Viktorias Fesseln, nur kurz. Sie achtete nicht darauf, denn das, was sie sah, oder eher, was sie nicht sah, ließ sie den Atem anhalten. Bernhard Lütkehaus fehlte! Das Bild, der Mann mit den blonden Haaren, der Schützenkönig von 1976, er war verschwunden. Kein Déjà-vu, keine Einbildung, kein Traum. Ihre Hand berührte die leere Stelle an der Wand. Irgendjemand hatte das Foto von Bernhard Lütkehaus von dieser Wand genommen und einen etwa zehn mal zwanzig Zentimeter großen weißen Fleck hinterlassen. Dann hörte sie es. Leise, aber deutlich: »Klapp.« Eine Tür fiel ins Schloss.

Viktoria rannte, rannte, rannte. Die Treppe hoch, den Flur entlang, an Marios Tür vorbei, in ihr Zimmer. Sie knallte die Tür hinter sich zu und schloss ab. Ihr Herz hämmerte gegen ihre Rippen, sie hatte Angst.

Viktoria knipste das Licht in ihrem Zimmer nicht an, das Bett, ihr Koffer, die Joggingschuhe – sie konzentrierte sich auf die Schatten, um ruhiger zu werden. Die vier Schritte bis zum Fenster waren meilenweit. Sie ging so leise und vorsichtig, als sei der Teppich mit hochexplosivem Glyzerin getränkt. Von hier oben konnte sie den kleinen Parkplatz vor dem Gasthaus überblicken. Links stand Marios Barchetta. Sein gelber Lack schimmerte im fahlen Licht des abnehmenden Mondes. Harrys Bulli stand direkt vor der Tür, ein bisschen schräg. Den dunkelblauen Golf ganz rechts, direkt neben der Grenzhecke konnte Viktoria kaum erkennen. Er war fast vollkommen im Schatten verborgen. Doch ihn, ihn erkannte sie. Er hatte die Fahrertür schon geöffnet, als er sich noch einmal umdrehte. Er blickte nach oben, in die Richtung ihres Fensters. Viktoria stolperte rückwärts und schnappte nach Luft. Dann sprang der Motor an, der Wagen fuhr vom Hof. Sie dachte: Coole Turnschuhe.

Katzen schreien wie Kinder, sagen sie. Aber du schreist gar nicht wie eine Katze. Bist ganz ruhig, ganz lieb. Wenn du eine Katze wärst, würdest du wieder aufwachen, dann hättest du sieben Leben. Doch du schläfst. Für immer. Du hast nur ein Leben. Und das eine Leben ist zu Ende. Ich habe gemacht, dass es zu Ende ist. Es tut mir leid, mein kleines Kätzchen. Ich werde dich in Papas Bett legen, dort ist es kuschelig. Der Frauenmantel wird sich über dir ausbreiten, er wird dich schützen. Er hat sich versündigt, doch du, du bist brav gewesen. Ganz brav und so still.

Marie Latell rückte ein Stückchen zur Seite. Der Mann, der sich neben ihr auf der Bank niederließ, schaute sie lange an. Doch sie merkte es nicht. Sie blickte starr auf das trübe Wasser des Landwehrkanals. Dann schenkte sie sich nach. Sie hatte die Flasche Rotwein schon fast leer getrunken, die letzte Pfütze landete in ihrem Glas, das sie extra mitgenommen hatte. War ja nicht weit bis zu ihrem Lieblingsplatz, hier am Paul-Lincke-Ufer. Sie hatte es zu

Hause nicht ausgehalten. Sie brauchte jetzt die Geräusche, den Großstadtlärm. Obwohl es schon mitten in der Nacht war, war es hier nie still. Es sei denn, es regnete oder schneite. Aber jetzt, im Sommer, da waren die Wiesen von Kreuzberg bevölkert mit Menschen, die tranken, rauchten, sich küssten oder in den Mond schauen wollten. Der Mann neben ihr wollte reden oder helfen oder er war neugierig. Er räusperte sich. »Entschuldigung, kann ich Ihnen irgendwie helfen?«

Marie sah im Mondlicht den Umriss eines Schwans, der unbeholfen über den Rasen humpelte. Sie sagte nichts. Sie hatte die Frage nicht gehört.

»Sie sehen traurig aus«, sagte der Mann. »Vielleicht wollen Sie ja darüber reden?«

Sie schüttelte den Kopf. Sie wollte nicht reden. Sie wollte nicht nachdenken. Sie wollte mehr Rotwein. »Kommst du mit?« Sie fragte nicht, sie stellte es fest. Er stand auf. Und dann gingen sie am Ufer entlang.

»Wohnst du in der Nähe?«

Er nickte.

»Hast du Rotwein zu Hause?«

Er nickte.

»Dann nimm mich mit.«

Er schüttelte den Kopf. »Lass mal«, sagte er. »Ich wollte dir wirklich nur helfen.« Erst jetzt sah sie, dass er wahrscheinlich dreißig Jahre jünger war als sie. Sie schaute ihn traurig an. »Mir ist nicht zu helfen.« Der Unbekannte, der sich gerade zum Gehen umgedreht hatte, blieb stehen.

»Bist du krank?«

»Hast du ’n Helfersyndrom?« Marie zündete sich eine Zigarette an.

»Ne, aber zwei Ohren zum Zuhören.«

Marie zog an der Gauloise, atmete tief ein und blies den Rauch ganz langsam in sein Gesicht. Sie flüsterte: »Dann sperr deine beiden Ohren mal ganz weit auf, Jüngelchen. Ich bin nicht krank. Ich bin am Arsch.«

Kai kniff die Augen zusammen. Dieses verdammte Neonlicht. Gut, dass es bald durch moderne Strahler ersetzt werden würde. Auf dem frisch abgeschliffenen Holzparkett lagen Stoffbahnen, sie schluckten jedes Geräusch. Der schwere, große Schreibtisch war unter einer Folie versteckt. Das einzige Möbelstück, das er behalten wollte. Als kleiner Junge hatte er oft auf dem Drehstuhl gesessen und in der Schublade gewühlt. Es roch darin so gut. Nach Geheimnis, nach Pfefferminzbonbons, nach frisch angespitzten Bleistiften – nach seinem Vater. Die Wände sahen rau und grau aus ohne die Tapeten. Es roch nach Holz und altem Kleister. In der Ecke neben dem Fenster stand, was er suchte. Ein Stapel Umzugskartons. Vollgepackt mit Aktenordnern, Papieren, medizinischen Fachbüchern und Röntgenbildern. Sein Vater hatte immer alles sortiert, katalogisiert, notiert. Er musste lächeln. Als er vor einem halben Jahr umgefallen war, weil sein Herz nicht mehr schlagen wollte, traf es ihn und seine Mutter zwar hart, aber nicht unvorbereitet. Kais Vater, Doktor Johannes Westmark, hatte ihnen frühzeitig mitgeteilt, dass sein Herz angegriffen sei, und er hatte einen Ordner angelegt. Als er also an diesem ersten Februartag tot auf dem

Perserteppich im heimischen Wohnzimmer lag, brauchte seine Frau Christel nur nachzuschlagen, was zu tun war. Arzt anrufen, Tod feststellen lassen, seinen grauen Anzug herauslegen, das Bestattungsunternehmen Schleicher kontaktieren, die Zeitung wegen der Anzeige instruieren. Vereinsmitgliedschaft beim Sportverein, Schützenverein und beim Club der Preußen-Münster-Fußballfans kündigen. Den Sarg hatte er schon ausgesucht, bezahlt und reservieren lassen. Der Text für die Todesanzeige war formuliert. Er wünschte sich keine Blumen und wollte auch sonst auf jegliches Tamtam verzichten. »Ach, Papa.« Kai seufzte, als er die Aktenordner aus den Kisten nahm. Er suchte bei L. Da war der Ordner. Lau, Laukötter, Lehmann, Lindenkamp, Lilienbecker, Lohmann, Lütke Ahlert, Lütkehaus. Bernhard Lütkehaus! Kai schob den Metallhebel hoch und öffnete die Aktenklammer. Die Folie raschelte, als er sie vom Schreibtisch riss, er packte die Krankenakte auf die Lederunterlage und blätterte. Es war alles da. Jeder Husten, jeder Schnupfen, ein gebrochener Finger, eine Bindehautentzündung. Kais Vater war also tatsächlich der behandelnde Arzt von Bernhard Lütkehaus gewesen. Kai blätterte weiter. Da lag er vor ihm. Der Totenschein. Unterschrieben von seinem Vater, sorgsam kopiert von seinem Vater. Akkurat abgeheftet von seinem Vater. Als Todesursache stand dort: Pneumonie, also Lungenentzündung. Kai rechnete nach. Bernhard Lütkehaus war erst vierunddreißig Jahre alt, als er starb. Aber es konnte durchaus sein, dass er seine Krankheit nicht ernst genommen und verschleppt hatte – und dann war es zu spät gewesen. Tragisch, ja. Aber mysteriös? Nichts, was in einer Berliner Boulevardzeitung stehen sollte, dachte er. Nichts, was diese seltsame Viktoria etwas anging.

Klaus Bühlbecker war sehr zufrieden mit sich und der Welt und dem Schützenfest. Er knipste das Nachttischlämpchen aus und schloss die Augen. Seine Frau schlief schon lange am anderen Ende des Flurs, im ehemaligen Kinderzimmer ihres Sohnes. Es war für beide besser. Er bettelte nicht mehr, sie hatte ihre Ruhe, und er konnte ganz in Ruhe ein bisschen Telefonsex in Anspruch nehmen, wenn er es wollte. Wollte er jetzt? Er war sich nicht sicher. Nein, er wollte lieber noch ein bisschen von den Haaren dieser Reporterin träumen. Er stellte sich vor, wie sie ihn mit ihrer Mähne streichelte, und genoss seine Erektion. Die jungen schwarzhaarigen Dinger, er konnte ihnen einfach nicht widerstehen. Er wusste nicht, woher es kam. Vielleicht war ja Sophia Loren schuld, deren Filme er früher immer mit seinen Eltern schauen durfte. Es gab schlimmere Vorlieben, beschloss er. Kam die Reporterin nicht aus Berlin? So wie diese andere Schlampe. Diese Totgeweihte, die ihn mit dem Arsch nicht angeschaut hatte. Arrogante Zicke. Es war kalt gewesen an dem Tag, als er sie traf, das wusste er noch. Und er hatte ihr zum Abschied noch das Biberpapier geschenkt. Aber sie? Hat nicht mal Danke gesagt, sondern einfach nur geflennt. Aber klasse Beine hatte sie und schöne schwarze Haare. Rassig.

Kai Westmark wollte die Krankenakte von Bernhard Lütkehaus gerade wieder einheften, da fiel ihm die Büroklammer am Totenschein auf. Hatte er ein Papier übersehen? Er schaute sich um, blätterte im Ordner, schob den Stuhl beiseite – und dann sah er das hauchdünne Blättchen auf dem Fußboden unter dem Schreibtisch. Er hob es auf und hielt es dicht an seine Augen. Er konnte die dünne, krakelige Schrift kaum lesen. Doch dann erkannte er ein Q und ein U und den Rest. Das aus der Akte gerutschte Papier war eine Quittung über die Barzahlung eines anonymen Urnenbegräbnisses des verstorbenen Bernhard Lütkehaus auf dem Münsteraner Zentralfriedhof. Er betrachtete die Unterschrift. Das geschwungene W hatte Kai immer nachzuahmen versucht. Er fand es schön, und es erinnerte ihn an die Luftschlangen, die er an seinen Kindergeburtstagen über den Küchentisch pusten durfte. Es bestand kein Zweifel: Westmark stand unter der Quittung. Kais Vater hatte das Begräbnis seines Patienten bezahlt.

11. Kapitel

»Na, Fräulein Latell. Gestern ein bisschen zu viel gefeiert?« Harry blinzelte verschwörerisch.

Sie nickte müde. Warum und vor allem wie sollte sie ihm auch den wahren Grund ihres blassen Teints erklären? »Hey, Harry. Ich konnte nicht schlafen, da bin ich gestern Nacht rumgeschlichen und habe mich unheimlich erschreckt, weil eine Tür geklappt hat. Und dann ist noch dieses Bild verschwunden.« Den Rest, all das, was noch passiert war, hatte sie selbst am Morgen danach noch nicht begriffen.

Zuerst war da das fehlende Bild – und der Schock gewesen, dass es fehlte. Die klappende Tür, ihre Angst – ja, so hatte es gestern angefangen. Doch als sie atemlos und mit klopfendem Herzen am Fenster stand, war ihr klar geworden, dass sie nicht mehr einschlafen könnte. Sie war zwar nervös, doch statt Angst hatte sie jetzt endlich die Gewissheit, dass sie nicht verrückt war. Es konnte kein Zufall sein, dass das Bild verschwunden war. Sie zog ihre Joggingschuhe an, die Jeans und den Trenchcoat. Der Mond leuchtete sein fahles Licht, es musste reichen, um den Weg zu finden. Wenigstens würden sie jetzt die Stechfliegen in Ruhe lassen, und wahrscheinlich schlief der große Hund längst. Sie ging schnell. Fast schon beschwingt. Denn endlich hatte sie wieder ein Ziel vor Augen. Victory, die Hartnäckige, die Smarte – sie würde handeln, nicht hadern, und sie würde auf all ihre Selbstzweifel scheißen.

Lautlos schritt sie über den Asphalt, an der Pferdewiese vorbei, auf der die Tiere jetzt im Stehen schliefen. Von der Jesus-Statue erkannte sie nur noch die Umrisse. Das Haus von Martha Lütkehaus war nicht mehr weit. Es war still. Mucksmäuschenstill. Viktoria verlangsamte ihren Schritt und machte einen weiten Bogen um den Zwinger, in dem der Rottweiler vor sich hin schnarchte. Sie stapfte auf Zehenspitzen durch das Gestrüpp neben dem Zaun, sie wollte nicht quer über den Rasen zum Bahndamm schleichen, sondern sich jenseits des Grundstücks im Schatten der Hainbuchenhecke halten. Sie war bereits am Fuße des Dammes angelangt, da hörte sie ein Zischen, das schnell lauter wurde. Ein Zug raste heran und brüllte durch die Nacht. Viktoria hielt sich die Ohren zu und duckte sich. Sie spürte den Sog und blickte den Rücklichtern nach. Dann war es wieder still. Sie kletterte auf allen vieren den Wall ein kleines Stück hoch, ihr Trenchcoat blieb an irgendetwas Dornigem hängen, sie fluchte leise und versuchte, den Stoff zu lösen. Dann blickte sie auf und sah einen Schatten. Es war ganz klar der Schatten eines Menschen. Viktoria hielt die Luft an. Dort, unter den Ästen der alten Eiche, krümmte sich ein Mann und suchte etwas.

»Hey, du hast echt ein Helfersyndrom.« Marie Latell tätschelte dem Unbekannten, der sich nicht vertreiben ließ, die Wange. Er hieß Michael und hatte ihr tatsächlich im Kiosk am Eck eine Flasche Rioja besorgt. Jetzt hockten sie auf der Bank, von der aus sie den fußkranken Schwan gut beobachten konnten. Er glitt gerade an einem der Schiffswracks vorbei, die hier schon seit Jahren vor Anker lagen. Wie Skelette zeichnete sich ihre Silhouette vor dem Nachthimmel ab.

»Du bist also nicht krank?« Michael versuchte es tapfer weiter.

Marie schwieg, zog ihr Handy aus der Tasche und tippte auf die Kurzwahltaste. Dann hielt sie ihm das Telefon ans Ohr. »Hörst du, man kommt nicht durch.«

»Und das macht dich so fertig?«

»Ja. Es macht mich fertig. Denn ich weiß nicht, was sie gerade tut.«

»Wer?«

»Meine Tochter.«

Michael lachte auf. »Hey, komm runter. Das wissen doch wohl die meisten Mütter nicht, ich meine, was ihre Kleinen so treiben.«

Marie nahm einen großen Schluck vom viel zu warmen Wein.

»Da hast du wohl recht.« Sie legte ihren Kopf auf Michaels Schultern. Der Schwan verschwand hinter dem Bug des Schiffes. »Aber meine Kleine treibt sich mit Leichen herum.«

Viktoria wollte nur noch weg. Weg von diesen Dornen, weg von dem Bahndamm, weg von dem Baum und weg von dem Schatten. Sie versuchte, leise und gebückt davonzuschleichen, dabei riss ihr Trenchcoat mit einem lauten Ratsch. Der Schatten richtete sich blitzschnell auf und drehte sich in ihre Richtung. Viktoria unterdrückte einen Schrei. Sie rannte los, stolperte und fing sich, lief weiter. Im Haus wurde Licht angeschaltet, der Rottweiler bellte, doch Viktoria sah und hörte nichts mehr. Ihr Körper war mit all seinen Sinnen auf Flucht programmiert. Weg! Weg! Ich muss hier weg. Ihr Herz pumpte Sauerstoff durch ihre Adern, ihre Lunge brannte, sie sprang über den Graben zur Pferdekoppel, kletterte über den Zaun und nahm die Abkürzung quer über die Wiese. Vielleicht hätte sie doch besser den asphaltierten Feldweg nehmen sollen, denn das Gras stand kniehoch und bremste jeden ihrer Schritte. Viktoria hatte das Gefühl, auf der Stelle zu treten, die Abkürzung entpuppte sich als Zeitlupenweg. Und dann hörte sie plötzlich ein seltsames Geräusch. Etwas war hinter ihr, nicht weit. Sie hörte ein Hecheln. O Gott, der Hund! Viktoria versuchte, über die Grashalme zu fliegen, doch sie wurde nicht schneller. Das Hecheln kam näher. Sie drehte sich um. Der Rottweiler konnte nicht weit sein, es raschelte dicht hinter ihr. Doch sie sah nichts. Auch nicht den Maulwurfshügel direkt vor ihr, über den sie stolperte. Sie fiel geradeaus hin und erwartete, in der nächsten Sekunde von hinten in den Nacken gebissen zu werden. Doch es passierte nichts. Aus der Ferne hörte sie ein Auto vorbeifahren. Dann einen lauten Pfiff und eine strenge Frauenstimme: »Acko, bei Fuß!« Das Rascheln entfernte sich. Viktoria stand langsam auf. Sie stolperte an den Wiesenrand. Noch ein paar Hundert Meter auf dem Feldweg, dann sah sie endlich das kleine, leuchtende

Schild. Gasthaus König. Sie wurde langsamer, drehte sich um. Nichts. Kein Hund, kein Schatten, sie war allein.

Auf dem Parkplatz des Gasthofs öffnete sich die Tür des dunkelblauen Golfs, der in der Nähe der Hecke geparkt hatte. »Kai?!« Gegen ihren Willen und ihren Verstand freute sie sich, ihn zu sehen. Wie ein Marathonläufer im Ziel, ließ sie ihre Schultern hängen und stützte ihre Hände auf die Knie. Dann setzte ihre logische Denkfähigkeit wieder ein. »Was machst du hier?« Sie schaute ihn ernst an.

Kai sagte nichts, er trat auf sie zu und wuschelte ihr über die Haare, in denen noch ein paar Grashalme hingen.

Sie zuckte zurück. »Lass das! Und sag mir lieber, was du hier machst!«

Kai seufzte. »Also gut. Auch wenn du mich für bescheuert hältst. Ich hatte mir etwas ausgeliehen und es gerade zurückgebracht.«

»Zurückgehängt, meinst du wohl eher.«

»Okay. Ja. Du hast recht. Ertappt. Du hast um diesen Schützenkönig so einen Wind gemacht, dass ich neugierig war. Also wollte ich mir das Bild anschauen. Ich dachte, ich könnte dir vielleicht bei deinen Recherchen helfen …«

Ihr Atem wurde gleichmäßiger, sie grinste ihn schräg von unten an. »Mitten in der Nacht?«

Kai grinste ebenfalls. »Ich war wirklich sehr neugierig. Und schlaflos dazu.«

Viktoria glaubte ihm. Sie spürte noch ihre weichen Knie. »Ich hatte gerade echt Angst«, sagte sie und schaute hinter sich.

»Das hat man gemerkt.« Er strich ihr mit seinem Handrücken über die Wange. »Als wäre der Teufel hinter dir her gewesen.«

Sie nickte. »Ich weiß nicht, wer hinter mir her war, aber es war kein Engel.«

»Schnaps auf den Schreck – und du erzählst mir alles?«

Viktoria nickte. »Aber Harry und Rosa schlafen doch schon.«

Kai nahm sie fest an die Hand und ging mit ihr zur Eingangstür. Sie schloss auf. Ihre Finger zitterten noch.

»Gut, dass du hier schläfst, so hast du den vollen Service.« Kai bewegte sich in der Gaststube, als sei er dort zu Hause. Er trat hinter den Tresen, knipste die schummrige Thekenbeleuchtung an, öffnete die Glasvitrine und holte zwei kleine Gläser heraus.

Viktoria saß auf einem Barhocker gegenüber und schaute ihm zu. Er goss ein. »Ich wusste, dass du das Bild genommen hast. Ich habe dich an deinen Turnschuhen erkannt.«

Er nickte erneut. »Ja, Miss Marple. Du bist einfach zu clever für mich.«

»Sehr witzig, Sherlock Holmes. Aber sag, hast du den Lütkehaus wiedererkannt? Weißt du was über ihn?«

Kai schüttelte den Kopf, sein Blick war auf die Schnapsgläser gerichtet. »Ich weiß eigentlich nicht genau, was ich hier wollte. Wenn ich ehrlich bin, war das mit dem Bild nur ein Vorwand für mich, herzukommen.« Er reichte ihr ein kleines Glas mit einer durchsichtigen Flüssigkeit. »Schätze, es hat was mit dir zu tun …« Sie wich seinem Blick aus und räusperte sich. »Du hast zugehört, als ich meinem Chef von dem seltsamen Todesfall erzählt habe?«

»Ja. Ich habe zugehört.«

Der Schnaps rann scharf durch Viktorias Kehle. Sie hustete. »Das mit den Dorfdeppen habe ich nicht so gemeint.«

Sein Lächeln war umwerfend. Er schenkte nach.

Sie stießen wieder an.

»Und jetzt zu dir. Warum rennst du durch diese dunkle Nacht? Warst du auf der Suche nach einem Club, der noch nach zwölf Uhr geöffnet hat?«

Viktoria lachte und erzählte ihm von ihrem Ausflug zum Bahndamm. Sie habe einfach mal sehen wollen, wo der vermisste Schützenbruder gelebt habe, erzählte sie vage. Das musste an Erklärung reichen.

»Was wolltest du da bloß finden?«, fragte Kai.

Sie zuckte mit den Schultern. »Auf keinen Fall einen unbekannten Typen, der dort rumgeistert.« Der Schnaps wirkte, Viktoria spürte, wie ihre Beine kribbelten, der Kopf leichter wurde. Sie gähnte. »Ich bin müde«, sagte sie und nahm noch einen Schluck. Der Alkohol floss durch ihre Speiseröhre.

Kai schüttete noch einmal nach. »Na, dann will ich mal gehen.«

Viktoria nickte. Sie stießen noch einmal an.

Er nahm die Gläser, spülte sie ab, polierte sie, stellte sie zurück in den Schrank und schaltete das Licht aus. Viktoria und er waren nur noch zwei Schattenrisse. Er trat neben sie. Sie streckte ihre Hand aus, er nahm sie, hielt sie.

»Tschüss, Kai Westmark.« Er drückte ihre Hand. Sie

beugte sich vor und gab ihm einen Kuss auf die Wange. Er hielt ganz still. Viktorias Kopf blieb, wo er war. Sie spürte seine Haut, atmete seinen Geruch ein. Kein Aftershave, kein Parfüm, einfach nur ein guter Geruch. Er strich ihr über die Haare. Sie drehte ihr Gesicht. Ihre Lippen, seine Lippen, sie roch den Schnaps, ihre Hände auf seinem Rücken, ihre Finger in seinem Nacken, seine Hände auf ihren Schultern, auf ihren Hüften. Viktoria konnte nicht mehr denken. Sie fühlte nur noch. War es der Alkohol oder der Kuss? Sie wollte mehr davon. Sie flog, sie schwebte, sie fühlte.

Kai löste sich vorsichtig aus der Umarmung. Er ging einen Schritt zurück, hielt noch einmal ihr Gesicht in seinen Händen und ging.

»Bleib doch«, flüsterte sie. Doch in dem Moment fiel schon die Tür ins Schloss.

»Morgen, Victory. Du siehst ja aus wie das blühende Leben.«

Mario sah schon genauso munter aus wie Harry, dem er zur Begrüßung zunickte.

»Danke, gleichfalls«, sagte sie mürrisch und schlürfte an dem starken Kaffee.

»Die können hier aber auch alle saufen …« Geradezu anerkennend klang das aus Marios Mund.

»Du ja wohl auch«, raunzte Viktoria.

»Oh, wir sind aber gut drauf, Chefin.«

»Yes, we are. Außerdem sind wir spät dran. In einer Viertelstunde treten die Schützen auf!«

»An!«

»Wie an?«

»Na, sie treten an, nicht auf. Ludger hat mir das erklärt. Um halb acht bekommen die Schützen ihren Segen vom Pastor, und dann treten sie an. Sie versammeln sich und marschieren anschließend durch das ganze Dorf zum Festplatz. Danach wird auf den Vogel geschossen.«

»Aha, Ludger hat dir das erklärt. Bist du jetzt Insider oder was?«

»Genau.«

»Na dann Glückwunsch!«

Viktorias Laune war wirklich im Keller. Nicht nur, dass der Schnaps ihr einen schalen Geschmack im Mund beschert hatte. Sie zweifelte langsam an sich selbst. Die letzte Nacht steckte ihr in den Knochen und im Kopf. Erst der Schreck wegen des verschwundenen Bildes. Dann der unheimliche Schatten in Marta Lütkehaus' Garten und der Hund von Baskerville. Und schließlich der Kuss und der schnelle Abgang von Kai. Sie wollte jetzt nicht mit Mario plaudern. Sie wollte endlich wieder klar denken. Und so wurde es ein ruhiges, schnelles und eisiges Frühstück. Als sie gerade fertig waren, Viktoria ihre Tasche über die Schulter warf und aufstand, kam Rosa aus der Küche. Sie war erschreckend aufgedreht und noch rosafarbener als sonst.

»Guten Morgen, die Herrschaften!«, tönte sie. »Mein Gott, war das eine Nacht.«

Finde ich auch, dachte Viktoria. Aber jetzt bitte keine Schnarchgeschichten! Viktoria schaute nicht auf. Doch Rosa plauderte auch so weiter.

»Ich habe kaum ein Auge zugetan. Erst kamen dauernd

singende Schützenbrüder unter unserem Schlafzimmerfenster vorbei. Harry hat natürlich wieder nix gehört, er schnarchte einfach vor sich hin. Und dann dieser seltsame Einbrecher.«

»Einbrecher? Was für ein Einbrecher?« Nun schaute Viktoria doch auf.

»Wahrscheinlich war es nur ein Schützenbruder, der noch durstig war!«

»Und?«

Konnte sie nicht endlich auf den Punkt kommen?

»Das Fenster von der Männertoilette stand offen. Sperrangelweit. Richtig kühl wehte der Wind rein. Weil es so zog, knallte eine Tür. Ich bin davon aufgewacht und habe erst mal alles dicht gemacht. Wahrscheinlich ist er da rein, also durch das Fenster.«

»Hat er was geklaut?« Viktoria tat interessiert, obwohl sie die Antwort kannte.

»Nein, das ist ja das Komische. Es waren noch zweihundert Euro in der Kasse, die hätte er mitnehmen können. Dafür fehlte etwas ganz Wertloses. Ein Foto von unserer Schützenkönig-Galerie.«

»Das Bild von Bernhard Lütkehaus …«, murmelte Viktoria leise vor sich hin.

Drei Augenpaare starrten sie an.

»Ja. Genau. Woher wussten Sie das? Das Rätselhafteste kommt aber noch – heute Morgen hing es wieder an derselben Stelle.« Rosa war verwirrt, Marios Augenbrauen zuckten, Harry hörte auf, Gläser zu spülen.

»Es hing vorhin schief, deshalb ist es mir aufgefallen«, sagte Viktoria und versuchte, fröhlich zu klingen. Sie hatte es sogar doch noch mit ihrem Handy fotografiert und vergeblich versucht, es an ihren pickeligen LKA-Informanten zu simsen. Doch ohne Empfang …

»Ich hasse schiefe Bilder«, sagte sie leichthin.

Rosa lachte. »Ha, wie in diesem Loriot-Sketch. Wo der Mann das schiefe Bild gerade hängen will und am Ende das ganze Zimmer verwüstet ist.«

»Ja, genau so.« Harry sah Viktoria ernst an. Er glaubte ihr nicht.

Plötzlich schrie Rosa auf. »O nein!«

Viktoria hielt sich ihren brummenden Schädel. Was war denn jetzt schon wieder?

»Schauen Sie sich diese Sauerei an«, Rosa deutete auf den Fußboden zwischen Tür und Tresen. »Jetzt kann ich alles noch einmal wischen!« Viktoria hob ihren müden Kopf. Hier war gestern jemand mit dreckigen Schuhen entlanggegangen. Kleine Klumpen schwarzer Erde bildeten eine verräterische Spur. Tja, meine Joggingschuhe haben nun mal Profilsohlen, dachte sie und lächelte bei der Erinnerung an den wunderbaren Kuss. Als Rosa hinter die Theke trat und fluchte: »Verdammt, sogar hierher hat der Typ den Mutterboden geschlört«, verging es ihr jedoch. Das Lachen. Wieso hatte Kai dieselbe Erde an den Schuhen gehabt wie sie?

12. Kapitel

»Kameraaaaaaden! Stillgestanden!« Das Antreten war so, wie Viktoria es sich vorgestellt hatte. Eine Mischung aus militärischen Befehlen, Marschmusik und fröhlichem Durcheinander. Erstaunlich war, wie unterschiedlich die schwarz-grüne Truppe war, die mit geschulterten Holzgewehren – einige davon waren Attrappen – durch die Straßen von Westbevern lief. Dicke, Dünne, Alte, Mittelalte, Junge, Große und Kleine. Zwar versuchten alle so etwas wie eine Kompanie darzustellen, doch an Soldaten erinnerten diese Herren kaum. In einer der ersten Reihen marschierte Ferdinand Upphoff, der, ohne eine Miene zu verziehen, zackig geradeaus ging und nicht nach rechts oder links schaute. Er trug wie all die anderen eine dunkelgrüne Uniformjacke, an deren Brust ein goldenes Wappen leuchtete, seine Hose saß gut. Seine Haare auch. Stur schaute er auf den Kameraden vor ihm. Hätte er seinen Blick nur für ein paar Sekunden auf den Straßenrand gerichtet, dann hätte er seine Frau gesehen. Elisabeth sah hübsch aus, die Haare samt neuer Strähnchen leuchteten, sie trug eine hellblaue, taillierte Bluse, dazu einen dunkelblauen engen Rock. Stewardessenchic. Viktoria hatte ihr zugenickt, sie hatte den Gruß nervös erwidert, und als der Schützenbrüdertrupp näher kam, hob sie die Hand.

Sie wollte ihrem Ferdi zuwinken. Doch er sah nichts. Wollte nichts sehen. Nur ein paar Sekunden, dann war die Truppe vorbei. Elisabeth trottete langsam hinter dem Zug her, ihre Schultern hingen herab. Viktoria schaute ihr nach.

Mario grinste und flüsterte: »Ich hab das Foto. Wie sie da steht, so aufgehübscht, und ihm zuwinken will. Das totale Heimatfilmdrama – ich hab's!«

»Toll«, sagte Viktoria tonlos. Elisabeth Upphoff wurde immer kleiner. Das Hellblau ihrer Bluse und das Dunkelblau ihres Rocks vermischten sich.

Viktoria ließ ihre Hand in ihre Tasche gleiten und fühlte das Papier darin. Es war kühl und glatt, trotzdem hatte sie das Gefühl, es würde ihre Hände verbrennen und die Haut ihrer Finger zerfetzen. Es war ein Foto. Es hatte auf ihrem Bett gelegen, als sie nach dem Frühstück noch einmal kurz auf ihr Zimmer gegangen war. Zum Zähneputzen und um die Jacke zu holen. Das Foto war nicht zu übersehen gewesen. Viktoria wusste, dass Harry es dort hingelegt hatte. Sie war ihm auf der Treppe entgegengekommen, er hatte ihr ernst zugenickt.

Sie hatte das Bild in die Hand genommen und sich auf ihr schmales Bett gesetzt, der Lattenrost quietschte. Drei Frauen waren darauf zu sehen. Sie hatten sich hinter einem goldenen Zapfhahn postiert und trugen Schürzen mit der Aufschrift »Gasthaus König«. Sie strahlten in die Kamera des Fotografen. Eine hatte ein sehr rötliches Gesicht, die Haare waren dauergewellt, sehr viel blonder und etwas länger als jetzt. Es war Rosa in ihren besten Jahren. Daneben stand eine Kurzhaarige. Sie war untersetzt, hatte kräftige Unterarme, und Viktoria schätzte sie auf Ende vierzig. Ihr rechter Unterarm lag auf der zarten Schulter einer schlanken, sehr jungen Frau. Sie hatte lange schwarze Haare, wunderschöne blaugrüne Augen und einen erdbeerroten Mund.

»Hallo! Aufwachen! Victory!« Mario zupfte Viktoria an ihren Haaren.

»Autsch!«

»Träumst du jetzt auch davon, Schützenkönigin zu werden?« Mario grinste breit. Die Trommeln und das Glockenspiel wurden langsam leiser. »Was ist, Chefin? Lass uns doch einfach mitmarschieren.«

»Du marschierst, ich fahre!«

Mario schüttelte verständnislos den Kopf. »Wenn du meinst. Wir treffen uns gleich beim Holzvogel.« Viktoria nickte und öffnete ihre Hand.

»Was ist?« Mario wollte sie nicht verstehen.

»Der Autoschlüssel! Du willst ja laufen …«

Mario verzog gequält das Gesicht, warf ihr aber sein Lieblingsstück zu. »Sei lieb zu ihm!« Dann marschierte er im Stechschritt hinter der Meute her.

Sie hatte nicht gewollt, dass die Reifen quietschten. Aber sie taten es, als sie vor der Tür des Gasthofs König zu schnell und zu hart auf die Bremse trat. War zwar peinlich, aber egal. Viktoria hatte es eilig. Sie riss die Autotür auf und stapfte in die Kneipe. »Harry! Harry, sind Sie hier?« Keine Antwort. Sie öffnete die Schwingtür hinter dem Tresen, in der Küche war es sauber – und ruhig. Sie ging zurück. Auch die Erdkrümel auf dem Fliesenboden waren weggefegt worden, das Frühstück war abgeräumt. Sie rief wieder, keine Antwort. Viktoria steuerte auf die Treppe zu, vorbei am Saal mit den gestapelten Stühlen. Durch die Glasscheiben in der Tür sah sie ihn. Harry trug gerade Stuhl für Stuhl zu den Tischen, die jetzt in der Mitte des Raums in einem großen Viereck angeordnet waren. Viktoria trat ein.

Harry schaute kurz auf und murmelte: »Ist schon für Montag, Beerdigungskaffee.«

Viktoria blieb stehen. »Das Foto.« Mehr brachte sie nicht heraus.

»Was für ein Foto?« Harry sah sie nicht an.

»Sie sind 'n miserabler Lügner.«

»Gibt Schlimmeres.«

»O ja. Zum Beispiel, wenn die eigene Mutter eine sehr begabte Lügnerin ist.«

»Davon versteh ich nix.«

Viktoria nahm einen Stuhl vom Stapel und stellte ihn an einen der Tische. »Sie hat hier also mal gearbeitet?«

Harry schaute immer noch nicht auf, er ging wieder zum Stapel, nahm den nächsten Stuhl, stellte ihn hin. »Wer?«

Viktoria nahm das Bild aus ihrer Tasche und legte es auf den Tisch, an den Harry gerade den nächsten Stuhl stellen wollte. »Das hier ist meine Mutter, und das hier ist ein Zapfhahn, auf dem Gasthaus König steht. Warum haben Sie mir das Foto gegeben?«

Harry zuckte mit den Schultern. »Ich weiß nicht, wer Ihre Mutter ist. Aber ich dachte, Sie suchen etwas – und ich wollte behilflich sein.« Er tippte auf das Bild. Dann ging er. Tischdecken holen – für den Leichenschmaus.

»Ich war gut damals.« Marie Latells Stimme war eine Oktave tiefer gerutscht. Sie klang nach Rauch und Rotwein. »Flink, geschickt. Konnte mir alle Bestellungen merken.« Michael lächelte und reichte ihr ein Toastbrot mit Honig über den Tisch. Marie nahm es, legte es auf den kleinen Teller und zündete sich eine Zigarette an. »War ja auch leicht. Die meisten wollten nur Bier oder kurzlang.«

»Kurzlang?« Michael pustete in seinen heißen Kaffee.

»Bier plus Schnaps – also ein langes Bier und einen kurzen Schnaps.«

Michael goss Milch in den Kaffee.

»Aber sag mal, Kleiner. Warum bist du so nett zu mir? Ich habe gestern zu viel getrunken, dann lässt du mich hier schlafen und jetzt auch noch Frühstück inklusive. Erinnere ich dich etwa an deine Mutter?«

Kopfschütteln. »An meine Tante.«

»Na großartig! Immerhin nicht an deine Oma.«

»O nein, die war hässlich wie die Nacht. Und die hätte nie ein Bier zapfen können, wäre ihr zu unmoralisch gewesen.«

Marie lachte, es klang wie ein Husten. »Und mit 'nem verheirateten Dorfbeau hätte sie wohl auch nichts angefangen.«

»Den hätte sie nie bekommen, so langweilig, wie die war.«

Langweilig, das war Marie nicht gewesen. Sie war vielleicht launisch, vielleicht unberechenbar – aber niemals langweilig. Nicht so, wie die meisten der Kunden im Gasthof König. Marie hatte sich auf eine kleine Anzeige in der *Münsterschen Zeitung* gemeldet. »Suchen Aushilfe für die Hauptsaison, gerne nette Studentin – Gasthof König.« Und so wurde aus der Kunststudentin Marie in den Semesterferien die Bedienung Püppi. Irgendwie hatte sie den Spitznamen seit ihrem ersten Dienst weg – und er gefiel ihr. Mit ihrem Decknamen konnte sie eine andere Seite ihres Charakters ausleben. Vielleicht die Seite ohne Sinn und Verstand.

»The Dark Side of me.« Marie lachte wieder ihr Hustenlachen, und Michael verbrannte sich die Zunge am heißen Kaffee.

»Warst bestimmt die Schönste im Dorf...«

»O ja.« Marie blies den Rauch in die Luft. »Det war ick.«

Und doch hatte er sie nicht angeschaut. Damals. Dabei hat sie sonst niemand aus Westbevern übersehen können. So fröhlich, hübsch und rotmundig, wie sie war. Er trank nur sein Bier, bezahlte, ging und sah dabei immer ein bisschen traurig aus. Marie fand das interessant. Bernhard war anders als die Typen, die ihr in den Po kniffen oder ins Dekolleté starrten. Er sah gut aus, wirkte intelligent – und sie begann, ihr Netz zu spinnen. Eine kurze Berührung hier, ein verschüttetes Bier da, ein Stolperer, ein Bitten um Feuer. Sie ließ nichts aus. Und irgendwann ließ er es zu.

Marie biss in den Honigtoast. Krümel fielen auf den Teller, Michael schaute aus dem Fenster. »Danke, dass du mir zugehört hast. War deine Tante eigentlich nett?«

»Ja, war sie. Aber sie hat ein Leben lang daran gearbeitet, es nicht zu sein.«

»Und deshalb erinnere ich dich an sie? Versuche ich denn, nicht nett zu sein?« Marie schaute ihn an.

»Nein, bei dir ist es anders. Du versuchst die ganze Zeit, nicht glücklich zu sein.«

Marie musste lachen. Es klang wieder wie eine mittelschwere Bronchitis, es wurde lauter, und es endete in einem tiefen, traurigen Schluchzen.

Michael reichte ihr ein Tempotaschentuch. »Fünftes Semester Psychologie.« Er sagte es wie eine Entschuldigung.

Viktoria starrte auf das Foto. Und Harry blieb verschwunden. Er wollte nichts mehr sagen. Also starrte sie. Die Ähnlichkeit war nicht zu leugnen, egal wie lange sie auch schaute. Die zierliche Frau auf dem Foto sah aus wie ihre Mutter. Aber natürlich konnte sie sich irren, immerhin war das Bild alt. Und wieso hatte Harry abgestritten, dass es ihm um die junge Frau auf dem Bild ging? Was war dort noch zu sehen? Viktoria ging jetzt systematisch vor. Sie stellte sich vor, das Foto bestünde aus lauter kleinen Planquadraten mit Kantenlängen von jeweils einem Zentimeter. Links oben begann sie. Das erste Planquadrat beinhaltete einen Teil des Tapetenmusters. Außer dass die Königs inzwischen offensichtlich ihr Gasthaus neu gestrichen hatten, konnte sie nichts daran finden. Planquadrat zwei war auch Tapete, und so ging es weiter. Ein Stückchen Schrank, ein Teil Bierglas, ein Teil vom Lichtschalter, der Zapfhahn. Blank poliert, dass man sich darin spiegeln konnte. Viktoria sah die Kamera des Fotografen, eine schwarze Nikon. Blonde Ponyhaare fielen über das Gehäuse. Und sie sah ein Auge. Ein wasserblaues Auge, das nicht von der Kamera bedeckt wurde. Sie konzentrierte sich auf die Spiegelung, auf das Gesicht, doch es war zu verzerrt, es hatte keinen Zweck. Sie legte das Bild wieder hin, schaute noch einmal. »Wer hat dieses Foto gemacht?« Sie hatte es nur ganz leise geflüstert. Dann hatte sie auf die Rückseite geschaut. Sie las B.L. Und flüsterte wieder zu sich selbst: »B.L. – Bernhard Lütkehaus.«

Harry stand mit den Tischdecken auf dem Arm in der Tür. Er nickte, ganz leicht nur, kaum zu erkennen.

Viktoria wollte noch etwas sagen, etwas fragen. Doch Rosa erschien hinter Harry. »Na, da bist du ja endlich.« Sie griff nach den Decken. »Dann lass uns mal! Wir müssten eigentlich schon längst am Schützenplatz sein.«

»Da wollte ich auch gerade hin.« Viktoria stand unbeholfen auf und ging. Arbeiten, ich werde jetzt arbeiten, dachte sie.

Sie wusste, dass er es wusste. Und er würde sicher einmal ein guter Therapeut werden. Doch sie war keine gute Patientin und wollte es auch nicht sein. Lebensmüde, depressiv – Diagnose gestellt. Die Therapie kann beginnen! Aber nicht mit ihr. Sie war bisher allein damit klargekommen, sie würde weiter damit klarkommen. Vielleicht. Vielleicht auch nicht. Marie wich Michaels verständnisvollem Blick aus. Nein, sie würde ihm nicht von diesem grauenhaften Tag erzählen, an dem sie dachte, jetzt sei der Zeitpunkt gekommen, Schluss zu machen.

Der erste Tag des Jahres war kalt gewesen. Sie hatte

ihre Handschuhe gestern bei der Arbeit liegen gelassen. Sie war Kuratorin für das alternative Kreuzberg-Museum, das bis zum 6. Januar geschlossen bleiben würde. Da sie immer erst um 10 Uhr morgens anfangen musste, hatte sie keinen Schlüssel. Die Sekretärin oder ein anderer Kollege hatte immer schon aufgeschlossen, wenn sie zur Arbeit kam. Die Handschuhe waren also eingesperrt. Doch sechs Tage kalte Finger? Nein, danke. Marie Latell stieg an der Haltestelle Bahnhof Friedrichstraße aus und ging in eine dieser geschmacklosen Boutiquen, die jeden Tag rund um die Uhr geöffnet haben und die sie wegen der Touristenmassen immer mied. Gleich im Eingangsbereich entdeckte sie neben dem Stand mit Berliner Bären in allen Fellvarianten ein paar knallrote, günstige Handschuhe. Sie war gerade auf dem Weg zur Kasse, als das Pech sie verfolgte – er hatte sie entdeckt.

»Ach, sieh mal einer an. Die Püppi!«

Marie stoppte. Seit dreißig Jahren hatte sie diesen Namen nicht mehr gehört. Sie drehte sich um und sah Klaus Bühlbecker. Sie erkannte ihn sofort, obwohl er gut und gerne zwanzig Kilo zugenommen und fünfzigtausend Haare verloren hatte. Das fliehende Kinn verriet ihn – sie und Bernhard hatten öfter darüber Witze gemacht. Sie hatte den aufstrebenden Jungunternehmer nie gemocht. Matt sagte Marie: »Klaus – so eine Überraschung! Bist du beruflich hier oder hast du am Brandenburger Tor Silvester gefeiert?«

Er grinste dämlich. »Ne, ne. Feiern tu ich lieber zu Hause. Ich baue in Berlin auch die eine oder andere Brücke.«

Sie nickte und zeigte auf die Handschuhe. »Ich muss eben zahlen.«

Klaus trat auf sie zu, nahm die Handschuhe und ging zielstrebig zur Kasse. »Lass mal!«

Marie war zu überrascht gewesen, um zu protestieren. Also bedankte sie sich brav, als er ihr die Plastiktüte in die Hand drückte, und räusperte sich. Sie hatte weiche Knie. Dabei wäre sie so gerne weggelaufen. Fliehen vor Klaus' fliehendem Kinn, doch sie konnte nicht. Wie ein Insekt, das sich totstellt, um seinem Fressfeind nicht zum Fraße zu fallen, hatte sie all ihre Lebensfunktionen heruntergefahren. Klaus merkte davon nichts. Je weniger sie tat, je weniger sie auf seine neugierigen Fragen antwortete, desto gieriger wurde er.

»Komm, Püppi. Wir müssen unser Wiedersehen feiern. Ich lad dich ein auf ein Gläschen Rotwein, so was magst du doch bestimmt, oder?«

Sein Zug nach Münster würde erst in ein paar Stunden abfahren, es würde ihn freuen, mit ihr so lange über alte Zeiten zu plaudern. Seine Hotelbar sei ganz ordentlich, sagte er großspurig. Er wohnte im Westin Grand. »Is ja nicht weit, gleich drüben Unter den Linden.«

Alte Zeiten, diese Worte hallten in Maries Ohren nach wie ein Gong. Und dann trank sie in der Hotelbar französischen Rotwein und er Berliner Pilsener, und er überschüttete sie mit Komplimenten. Mit zweifelhaften Komplimenten.

»Mensch, Püppi, bist immer noch so ein heißes Ding wie damals.«

Marie trank einfach weiter. Es machte ihr kein Vergnügen. Es war wie ein Zwang. Klaus sprach über früher und ließ immer mal wieder seine Hand auf ihrem Knie liegen. Doch sie konnte sich nicht rühren.

»Na, Püppi, immer noch so offen wie damals?«

O Gott, Marie fiel ein, dass Klaus öfter versucht hatte, sie zu küssen. Sie konnte kaum seinen Worten folgen. Es ging – so ahnte sie es – um seine Firma, sein Brückenbauunternehmen und um seinen Erfolg. Irgendwann reichte er ihr eine Visitenkarte und einen Block mit seltsamem Briefpapier.

»Hier, das ist das Westbeverner Wappentier.« Er hatte auf das Wasserzeichen gezeigt.

»Eine Ratte?« Marie musste bitter lachen.

Klaus nicht. »Du weißt doch, dass es ein Biber ist.«

Sie stand auf, wollte zur Toilette.

Klaus schaute ihr nach und lobte ihren Hintern. »Wow, wie 'n junges Ding siehste aus.« Klaus mochte junge Dinger. Er mochte das Bier. Und er hätte es gemocht, wenn ihm Püppi die Wartezeit auf den Zug noch ein bisschen mehr versüßt hätte als durch ihre bloße Anwesenheit. Als sie von der Toilette zurückkam, wurde er deutlicher. »Püppi, wir beide hier in Berlin. Das ist doch kein Zufall. Und ein hübsches Hotel haben wir auch schon.« Er grinste.

Marie war schon viel zu betrunken, um zu protestieren. Doch als Klaus aufstand und sie anfasste, wurde sie hellwach.

»Fass mich nicht an«, sagte sie, und die Gäste am Nachbartisch schauten herüber.

Klaus ließ sie nicht sofort los. Er kam mit seinem

Mund ganz nah an ihr Ohr und flüsterte: »Ich wusste schon immer, dass du eine Schlampe bist. Alle in Westbevern wussten es. Aber jetzt kann ich ihnen was Neues erzählen. Du bist eine alte Schlampe.« Dann ließ er sie los und ging.

Marie schaffte es nicht, die Spucketröpfchen, die er auf ihren Wangen hinterlassen hatte, wegzuwischen. Sie war plötzlich müde. Sie wollte auch gehen. Für immer. Mit zitternden Händen griff sie nach dem weißen Kugelschreiber, der an dem Block klemmte, den Klaus ihr geschenkt hatte, und begann zu schreiben. *Mein lieber schwarzer Engel…*

Dann rief sie ihre Tochter an, ließ sich von ihr nach Hause bringen und steckte den Abschiedsbrief in Viktorias Jackentasche. Es war ihr nur recht, dass sie schnell ging. Als sie alleine war, drückte sie alle Schlaf- und Schmerztabletten, die sie in ihrer Wohnung finden konnte, aus den Verpackungen, würgte sie mit jeder Menge Wasser herunter und schlief ein.

Doch statt in der Hölle erwachte sie in einer weißen Pfütze aufgelöster, ausgebrochener Tabletten. Sie fühlte sich schwach, elend, übel – aber sie lebte. Prosit Neujahr! Was für ein Start in die nächsten dreihundertfünfundsechzig Tage voller Schuldgefühle, Frust und falscher Männer.

Viktoria hatte sie nie auf den Brief angesprochen. Vielleicht hatte sie ihn nicht ernst genommen. Vielleicht war es ihr ja sogar peinlich, eine Mutter zu haben, die es nicht schaffte, sich einfach mal gepflegt das Leben zu nehmen. Andererseits konnte sie den Zettel mit diesem hässlichen Biberwasserzeichen ja auch einfach verloren haben. Sie kramte ja immer in ihren völlig überfüllten Taschen herum, da fiel dauernd etwas heraus. Der Neujahrstag war sehr windig gewesen, erinnerte sich Marie. Vielleicht ist der Abschiedsbrief einfach von einer Böe ins Jenseits befördert worden.

»Kennst du *Vom Winde verweht*?«, fragte Marie Michael, der immer noch abwartete.

»Klar. Wieso?«

»Nur so«, sagte Marie und nahm noch einen Schluck Kaffee.

13. Kapitel

Viktoria saß noch ein paar Minuten im Barchetta, bevor sie den Zündschlüssel drehte. Bernhard Lütkehaus und ihre Mutter waren sich also vielleicht schon einmal begegnet. Er hatte sie oder eine Frau, die ihr extrem ähnlich sah, und zwei andere Frauen fotografiert. Was für ein unglaublicher Zufall. Es gibt Tausende Dörfer mit Tausenden von Schützenvereinen. Warum landete sie ausgerechnet in dem Ort, an dem ihre Mutter einmal gewesen war. Zufall?

Zufall. Warum auch nicht. Wie oft traf man an den entlegensten Urlaubsorten Bekannte oder Kollegen. »So ein Zufall«, rief man sich dann zu und tauschte Höflichkeitsfloskeln aus. »Aha, ihr wohnt also in der Casa de Sol, oh, wie schön. Ah ja, vielleicht sieht man sich ja, am Strand oder so. Bis dann.« Bloß nicht richtig verabreden, furchtbar. Und natürlich las sie – wenn man sich dann wirklich am Strand traf – demonstrativ ein Buch. Wer nichts sieht, braucht nicht zu grüßen, und wer nicht grüßt, muss keinen dämlichen Small Talk halten. Eine ganz einfache Regel, an die sich Viktoria stets gehalten hatte. Also warum nicht auch jetzt. Bernhard und Marie haben sich vielleicht getroffen. Zufall! Und jetzt war sie selbst hier. Zufall! Sie wollte daran glauben, tat es aber nicht. Also zählte Viktoria:

Die Vogelstange war etwa hundertfünfzig Schritte vom Zelt entfernt aufgebaut. Ein dreizehn Meter hoher Stangenbau im Stil des Eiffelturms ragte vor dem kleinen Wäldchen empor, in dem am Tag zuvor das Lagerfeuer gebrannt hatte. Die Metallstreben waren grün gestrichen, ganz oben war ein Fangkasten, davor der klobige Holzadler. Der Kasten sah reichlich zerschossen aus, er hatte offensichtlich schon etliche Jahre als Kugelfang gedient. Der Vogel starrte aus etwa zwanzig Meter Höhe aus gelb gepinselten Augen auf die Schützen herab, seine Flügel waren ausgebreitet. Um elf fiel der erste Schuss. Viktoria hatte einen lauten Knall erwartet, stattdessen kam nur ein leises Plopp, dann ein metallisches Scheppern. Die Kugel war in den Kasten gesegelt, der Vogel wackelte keinen Millimeter.

»Na, das kann ja lange dauern.« Mario sprach aus, was Viktoria dachte.

»Ich hol mal 'ne Cola«, antwortete sie und ging los, Richtung Getränkewagen. Als sie die rosafarbene Rosa am Zapfhahn erblickte, hätte sie sich am liebsten umgedreht, doch die hatte den Gast aus Berlin längst erkannt und winkte fröhlich.

»Huhuuu! Frau Latell! Ja, kommen Sie ruhig her. Hier gibt's kühle Getränke.« Es war kurz nach elf und bereits siebenundzwanzig Grad warm, Viktoria spürte die Hitze auf ihrem Schädel. *Fucking black hair*, dachte sie. Ihre schwarz gefärbte Haarpracht speicherte die Sonnenwärme. Wenigstens hatte sie heute ihren luftigen, braunen Rock angezogen, sie würde also nicht sinnlos schwitzen müssen. Sie nickte Rosa zu und stand schon kurz vor dem Getränkewagen, als sie Martha Lütkehaus entdeckte. Beinahe hätte Viktoria sie übersehen. Sie trug ein schwarzes, formloses Kleid und stand im Schatten einer großen Buche. Sie war blass, ihre matten graublauen Augen schienen ins Nichts zu schauen. Viktoria überlegte nicht lange. Dieses Mal würde sie nicht vor einer verschlossenen Tür stehen. Hier und jetzt würde Martha ihr einfach antworten müssen.

»Guten Tag, Frau Lütkehaus. Mein Name ist Viktoria Latell. Ich arbeite für den *Berliner Express* und würde Sie gerne etwas fragen.« Viktoria klang freundlich, harmlos, aber bestimmt.

Und die hagere Frau vor ihr blickte sie mit ihren seltsam traurigen Augen an und nickte ganz langsam. »Aha, Frau Latell! Seltsamer Name – war Ihr Vater Franzose?«

»Nein.« Kein Zeichen des Wiedererkennens. Wusste sie nicht mehr, dass sie gestern vor ihrem Haus gestanden hatte? Hatte sie vergessen, dass sie sich bei Viktorias Anblick vor lauter Entsetzen bekreuzigt hatte?

»Der Name stammt von den Hugenotten, und mein Vater war ein echter Berliner. Er ist allerdings später nach Frankreich ausgewandert. Insofern bin ich ja vielleicht doch so was wie eine Französin.« Viktoria versuchte ihr Victory-Lächeln. Die Geschichte sollte fröhlich klingen – nicht nach der Wahrheit. Denn die war traurig. Viktoria kannte ihren Vater nicht, obwohl sie seinen Namen trug. Er war ein egozentrischer, genialer Künstler gewesen, den ihre Mutter angeblich abgöttisch geliebt hatte. Als sie schwanger wurde, war es aus mit der Liebe. Sie heirateten dennoch, weil er dachte, er sei es ihr schuldig. Doch dann verschwand er. Viktoria lächelte.

Martha Lütkehaus blieb ernst. »Wieso wollen Sie ausgerechnet mich etwas fragen, junge Frau?« Sie klang misstrauisch.

»Weil es um Ihren Mann geht…« Viktoria ging aufs Ganze. Martha wich einen Schritt zurück, weiter in den Schatten der Buche. Viktoria gab ihrer Stimme einen beiläufigen Ton. »Wissen Sie, ich muss doch alles Mögliche aufschreiben und recherchieren über das ganze Schützenfest hier. Mein Chef ist da extrem anspruchsvoll. Und bei allen Schützenkönigen konnte ich schreiben, wie alt sie sind, wann sie verstorben sind, was sie heute so machen. Nur bei Ihrem Mann, da bin ich ratlos.«

Martha schaute immer noch misstrauisch. »Ist das so wichtig?«

»Vielleicht nicht«, sagte Viktoria leichthin. »Aber ich habe gerne meine Informationen vollständig. Was kann ich also bei Ihrem Mann schreiben? Bernhard Lütkehaus, Schützenkönig von 1976, ist jetzt…«

Der Zug um ihren Mund wurde plötzlich hart, die vorher so milchig schimmernden Augen verengten sich zu kleinen Schlitzen. »Er ist weg!«, presste sie zwischen ihren schmalen Lippen hervor.

Doch Viktoria setzte nach. »Es heißt, er sei ausgewandert, aber es gäbe kein Lebenszeichen mehr von ihm seit ungefähr dreißig Jahren – stimmt das? Kann ich das so schreiben?«

Martha Lütkehaus trat aus dem Schatten. Das Sonnenlicht ließ ihr Gesicht noch blasser wirken. Sie zischte: »Schreiben Sie doch, was Sie wollen. In Berlin verschwinden jeden Tag Menschen, da lassen Mütter ihre Kinder verhungern, da krepieren Drogensüchtige auf der Straße – fragen Sie doch da mal nach, aber das interessiert Sie ja nicht. Lieber wollen Sie uns hier fertigmachen, uns Provinzler, uns Dummköpfe. Ich weiß, was Leute wie Sie von uns denken. Sie lachen über uns. Langweilig finden Sie uns, altmodisch, beschränkt. Aber es ist mir schon lange egal. Hauen Sie doch einfach ab, stöckeln Sie in Ihren teuren Schuhen einfach wieder zurück und lassen Sie uns hier in Ruhe.«

Mit erstaunlich schnellen Schritten ging sie an Viktoria vorbei. Fast schon fürchtete sie, die Alte würde noch vor ihr ausspucken, doch sie schaute sie nur noch einmal eisig an und verschwand. Rosas Singsang-Stimme erklang, und Viktoria freute sich schon fast darüber.

»Ja, Rosa, ich will was trinken. Ein Cola bitte. Eiskalt.«

»Wodka Red Bull!« Nico nuschelte seine Bestellung, ohne aufzuschauen. Links neben ihm saß Nele. Die Jungs nannten sie immer Nice-Nele, weil sie so hübsch war. Jetzt streichelte sie seine Hand. Nico spürte nichts, doch er ließ seine Hand auf dem Kneipentisch liegen. An seiner anderen Seite hockte Robin. Er lallte ihm etwas ins Ohr, was Nico nicht verstand. War aber auch egal, er nickte einfach mechanisch. Er trank sein gerade gebrachtes Glas in einem Zug leer. Ihm war längst schwindelig, er hätte aufhören sollen mit dem Trinken. Gleich würde er sich wieder übergeben müssen. Er würde es wieder kaum nach Hause schaffen. Doch Nele, Nice-Nele, hatte einen kleinen Fiat Panda. Ein lächerliches Auto, aber egal. Sie würde ihn schon bringen. Sie kümmerte sich. Dabei hat sie ihn früher nicht mal angeschaut. Doch seit Sarahs Tod hatte sich alles verändert.

Seine Mutter hätte ihm keinen Entschuldigungszettel für die zwei ersten Wochen im Januar schreiben müssen. Die Lehrer wussten ja auch so Bescheid. Der Mord an Sarah war in jeder Zeitung das große Thema, jeder Radiosender berichtete zu jeder vollen Stunde davon. Ein Mädchen sei erschlagen worden. Mal nannten sie sie Sarah K., mal die Achtzehnjährige, mal Schneewittchen. Nico las nichts davon, er hörte nicht zu, wenn die Nachrichtensprecher über sie sprachen. Er ertrug es nicht. Sarah war nicht tot, noch nicht. Sein Gehirn konnte diese Nachricht noch nicht aufnehmen. Also sah und hörte und empfand er nichts. Und er sagte nichts. Als die Polizei herausgefunden hatte, dass er der Freund des toten Mädchens war, kamen sie natürlich. Er versuchte nicht zu hören, was sie sagten, denn sonst hätte er ja begriffen, dass Sarah nie mehr seine Sarah sein würde. Sie würde zerfallen zu Staub und Asche, doch nicht für Nico. Also schaute er durch die Polizisten hindurch, und ihre Stimmen hörten sich an wie ein Rauschen. Wie hätte er da antworten können oder weinen. Er war tatverdächtig, doch er wusste es nicht. Sarah war tot – und er wollte es nicht wissen.

Dann sollte er etwas auf einen Zettel schreiben. Er tat es. Es war, als könne er nicht mehr schreiben, so schwer fühlte sich der Kugelschreiber in seiner Hand an. Er zitterte, als er immer wieder Worte mit einem E am Anfang auf den Zettel kritzelte. Er versuchte ja, sich zu konzentrieren. E, E, E. Wie sah eigentlich ein E aus? Er malte

Kringel, Kreise, Schleifen, geschwungene wunderschöne Es. Was das sollte, begriff er erst später.

Seine Mutter hatte ihn dann an einem Morgen geweckt und ihm gesagt, er müsse jetzt zur Schule gehen. »Der Alltag lenkt dich ab«, sagte sie. Er wusste nicht so recht, was sie meinte, doch er ging. Vielleicht würde er ja in der großen Pause Sarah treffen. Sie würde an der kleinen Mauer auf ihn warten. Sie würde auf ihr sitzen und die Beine herunterhängen lassen. Die schwarzen Chucks würden abwechselnd gegen den Stein stoßen, Sarah konnte schlecht ruhig sitzen. Sie war immer in Bewegung.

In den ersten beiden Stunden hatten sie Mathe. Nicht gerade Nicos Lieblingsfach. Er war irritiert, dass der Lehrer ihn nicht aufrief, nicht nach seinen Hausaufgaben fragte, ihn nicht an die Tafel bat wie sonst. Seine Klassenkameraden hatten aufgehört zu reden, als er hereingekommen war und sich hingesetzt hatte. Sie schauten ihn an. Alle. Er schaute niemanden an. Es klingelte, und Nico ging zur Mauer. Alleine. Und er blieb an der Mauer alleine. Sarah war nicht da. Und plötzlich knallte eine Faust in seinen Magen. Nico krümmte sich. Er bekam keine Luft mehr, ihm wurde schwindelig, seine Beine knickten weg, und er lag auf dem Pflaster vor der Mauer. Sarah würde nie wieder auf dieser Mauer sitzen und auf ihn warten. Nie wieder. Er hatte es begriffen und war zu Boden gegangen, und fünfhundertvierzig Schüler des Erich-Kästner-Gymnasiums sahen, wie er k.o. ging, ohne dass ihn jemand geschlagen hätte.

Als Nico wieder Luft bekam, stand er auf. Er sah in die neugierigen Gesichter seiner Mitschüler. Er verzog keine

Miene, doch diejenigen, die er mit seinem Blick fixierte, wichen einen Schritt zurück. Hatten sie gerade in die Augen eines Mörders geschaut?

Jeder sprach über den Mord. Die, die ihn für unschuldig hielten, und die, die ihn schon immer seltsam fanden. Nico sah, wie sie ihn ansahen. Es war eine Mischung aus Angst und Neugierde. So oder so, er war auf einmal interessant. Bislang war er maximal ganz okay gewesen oder nett. Doch das jetzt fühlte sich an, als sei er größer geworden. Wichtiger. Die cooleren Jungs zeigten sich plötzlich in seiner Nähe. Die harten Mädels blinzelten ihm zu. Und dann entdeckte Nele seine andere Seite.

Seine sanfte, traurige. Sie hatte ihn weinen gesehen. Auf einer Parkbank auf dem Traveplatz in Friedrichshain. Sie wollte nur schnell mit dem Hund raus. Da saß er völlig verheult und betrunken auf dem ranzigen Holz. Sie setzte sich neben ihn. Und streichelte seine Hand. »Traurig?«, fragte sie. Und: »Ist es wegen Sarah?«

Er nickte und versuchte, die Tränen wegzuwischen, doch es kamen neue. Nicht zu fassen, dass Nele sich neben ihn gesetzt hatte. Das hübscheste Mädchen der Schule, und er heulte wie ein Baby. Nele fühlte sich großartig als Trösterin. Und sie war genauso neugierig wie alle anderen. Sie hörte ihm also zu, als er von Sarah erzählte. Und dass es ihm leidtäte, dass er ihr nicht oft genug gesagt hätte, wie lieb er sie gehabt hätte. Und jetzt sei sie tot.

Nele konnte nicht anders, sie weinte mit ihm. Und sie war glücklich. Endlich mal ein Junge mit Tiefgang, dachte sie. Endlich mal einer mit echten Gefühlen. Und einer, vor dem die anderen Angst hatten. Sie hörte seitdem nicht mehr auf, seine Hand zu streicheln. Nur manchmal stellte sie sich vor, dass in dieser schönen Hand ein Stein lag. Ein schwerer Stein.

Zum Abschied hatte sie ihm einen Kuss gegeben. Keinen Tantenkuss. Einen richtigen. Und gewehrt hat sich der Kleine nicht gerade, dachte Marie Latell mit einer gewissen Genugtuung. Michael war süß und klug und nett – und ein bisschen willig. Aber es war Zeit zu gehen. Sie wollte aufräumen. Die Wohnung, die Fotos, ihren Kopf. Sie begann mit den drei großen Kartons voller Akten und Bilder. Sie hatte genug leere Ordner und Fotoalben, doch sie hatte es nie geschafft, sie zu füllen und dem Chaos ein Ende zu machen. Jetzt musste sie es tun. Für sich. Für Viktoria.

Sie war noch da. Die Heiratsurkunde. Dabei hatte sie nie heiraten wollen. Zu spießig, zu langweilig. Doch da war das Kind gewesen und diese Verantwortung. Sie schaffte es einfach nicht mehr alleine. Also war sie froh, als Bruno Latell sie fragte, obwohl sie wusste, dass es nicht gehen würde. Vielleicht hat sie auch nur Ja gesagt, weil es nicht gehen würde. Er war aufregend wie ein Pulverfass. Eine große Portion Alain Delon und Picasso, gemixt mit Che Guevara. Er malte sie, er begehrte sie, er liebte sie – genau in dieser Reihenfolge. Er schenkte ihr seinen wunderschönen Nachnamen und legte ihr Berlin zu Füßen, dann verschwand er wieder. Wenn Viktoria älter ist, wenn sie in die Schule kommt, dann werde ich ihr von ihrem Vater erzählen, nahm sie sich vor. Alles werde ich ihr erzählen. Doch es blieb bei dem Wenigen. Wenigstens hatte das Kind jetzt einen wunderschönen Namen.

Der Sommerwind wehte Jubel und Applaus über den Festplatz. Viktoria hatte ihre Cola gierig ausgetrunken und ging gestärkt über die nach Heu duftende Wiese zur Vogelstange. Mario lächelte sie breit an, in der linken Hand hielt er ein Bier, rechts die Nikon, sein Gesicht war leicht gerötet. »Hast nix verpasst. Das war nur der Flügel«, erklärte er wie ein kleiner Streber. Dann flüsterte er: »Das dauert hier noch eine Ewigkeit, die kriegen das einfach nicht hin. Sind wirklich zu blöde.« Dem jungen Mann, der sich gerade auf Kimme und Korn konzentrierte, rief er zu: »Jetzt ziel doch mal!« Offensichtlich waren die Schützenbrüder schon so betrunken, dass sie sich von Marios neunmalkluger Art nicht aus der Ruhe bringen ließen. Im Gegenteil. Ludger, der Würfler, steuerte mit einer Handvoll gefüllter Gläser auf Mario zu. »Hier, Meister. Zieh leer.« Zu ihrem Erstaunen tat Mario, was sein neuer Freund ihm gesagt hatte, und griff glücklich nach dem nächsten Bier. »Is aber auch was warm hier«, sagte er und machte einhändig ein Foto vom nächsten Schützen. Die Kugel blieb mit einem »Flopp« im Bauch des Holzvogels stecken, es war inzwischen 13.46 Uhr.

»Mario, du kommst alleine klar?«

»Klar, Chefin!«

»Ich schau mir mal an, was im Wäldchen los ist.«

Viktoria hatte Kinderstimmen und Pferdewiehern gehört. Sie ging zurück Richtung Zelt, durch den schmalen Pfad in die Schonung, in der am Abend vorher noch das Feuer Schatten geworfen hatte. Zwischen den Bäumen flatterten bunte Fähnchen, zwei Kinder saßen auf einem Pony, das ein alter Mann hin und her führte, und lachten. Viktoria hörte das Scheppern vom Dosenwerfen, sie sah Kletterstangen, an denen kleine Jungs hochkrabbelten, um an die Süßigkeiten zu gelangen, die ganz oben an einem sich drehenden Rad aufgehängt waren. Mütter standen mit Kinderwagen im Kreis, redeten, schwiegen, tranken Alsterwasser. Mädchen spielten Fangen. Viktoria dachte gerade an die TV-Serie *Unsere kleine Farm*, sie schmunzelte und erschrak. Direkt vor ihr stolperte ein kleines Mädchen mit Zopf und fiel hin. Unglücklicherweise stieß sie mit der Nase gegen eine harte Baumwurzel, sodass sie allen Grund hatte aufzuheulen. Das Brüllen des Kindes ging durch Mark und Bein. Unbeholfen stand Viktoria da und spürte die Blicke der Leute. Sie musste etwas tun. Aus dem Augenwinkel sah sie, wie ein freundlich aussehender Schützenbruder gerade seine Nase schnäuzen wollte. Sie rief: »Halt, können wir tauschen?«, und hielt ihm eine Packung Tempos hin. Er schaute verdutzt erst sie und dann sein frisch gebügeltes Stofftaschentuch an und lachte. »Na gut«, sagte er und reichte ihr das Tuch. Viktoria ging in die Knie und sprach ganz ruhig zu dem Mädchen: »Pass auf, ich habe da was, was sofort macht, dass das Aua weg ist.« Ach du Scheiße, ich spreche in Babysprache, dachte Viktoria. Aber egal, das Geheule war ja nicht auszuhalten. Sie nahm das Taschentuch, machte ein Dreieck daraus, legte die Ecken übereinander und verdrehte es so, dass es am Ende aussah wie ein Zylinder mit einem Schwanz daran. Mit viel Fantasie – und die sollten Kinder ja haben – war es eine Maus. »Sieh mal, was ich hier habe.« Aus dem Kreischen wurde ein Schluchzen, das Kind schaute neugierig auf das wurstige Taschentuch. Viktoria klang jetzt wie eine Märchentante. »Das ist eine Maus.« Die Kleine zog ihren Rotz hoch, sie kam näher. Viktoria beugte ihren linken Arm, als läge er in einer Schlinge, ihre Hand formte sie zu einem Nest, sie legte die Taschentuchmaus vorsichtig hinein. Mit der rechten Hand streichelte sie das Tier und das Mädchen wollte auch. Ganz sanft berührte es den Stoff. Es lächelte. Und Viktoria kickte die Maus mit ihrem linken Mittelfinger aus dem Handnest. Das Tierchen flog im hohen Bogen auf den Waldboden.

Das Mädchen kreischte. Aber dieses Mal vor Vergnügen. Flink rannte sie zur geflüchteten Maus, hob sie auf, kam zurück und hielt sie ihr entgegen. »Noch mal.« Ihr Gesicht war von den Tränen noch ganz nass.

Viktoria war stolz auf sich. Sie wiederholte den Maustrick. Zack den Finger vorgestoßen, das Tier flog durch die Luft, das Kind lachte, das Tier landete auf dem Boden.

Im Schatten der großen Buche stand Martha Lütkehaus. Ihre Lippen bebten. Dabei war ihr Blick starr auf das Mädchen und das Stofftier gerichtet. Dann sah sie Viktoria an. Direkt, klar und irgendwie weich. Fast schien es, als wolle sie auf sie zugehen. Doch sie drehte sich um und verschwand sehr langsam im Dunkel des Waldes.

»Woher können Sie das?« Eine freundliche junge Frau sprach Viktoria an. Die Mutter des Mädchens. Sie streichelte zärtlich den Zopf ihrer Tochter.

Viktoria blickte auf. »Was?«

»Na, diesen Trick mit dem Taschentuch. Woher können Sie das?«

Viktoria zuckte mit den Schultern. »Keine Ahnung. Ich kann's einfach.«

Wie lange hatte sie nicht mehr daran gedacht. An die Mäusearmee in ihrem Kinderzimmer. Sie hatten überall gehockt: auf ihrem Fensterbrett, in ihrem Puppenhäuschen und in ihrem Bett. Sie streichelte sie, stopfte sie unter ihr Kopfkissen und erzählte ihnen vor dem Einschlafen Geschichten von wasserspuckenden Drachen und im Feuer badenden Wassermännern. Wenn eine ihrer Zuhörerinnen zerknautscht war, fummelte sie das verknotete Taschentuch auseinander, und ihre Mutter musste es bügeln. Doch falten musste Viktoria die Mäuse selbst. Das konnte Mama nicht. Sie war stolz darauf gewesen, die kleine Tori mit den geschickten Händen! Es war ganz alleine ihr Geheimnis, das Mäuse-Faltgeheimnis. Ich kann Mäuse zaubern, hat sie damals gedacht. Ich kann Mäuse zaubern, dachte sie jetzt, als sie dem getrösteten Mädchen und seiner Mutter nachblickte. Aber wer war mein Zauberlehrer?

14. Kapitel

Tim Möcke fasste einen Entschluss. Er hatte sich die Sache gut überlegt und sich einen richtigen Plan ausgedacht. Als Mama die leere Filmdose in den Gelben Sack geworfen hatte, fischte er sie wieder heraus. Heimlich natürlich. Dann ging er in sein Zimmer. Er zog die mittlere Schublade seines blauen Schranks auf. Ganz hinten lag die kleine Kiste. »Rauchen gefährdet die Gesundheit«, stand darauf, und man sah einen Mann, der eine Zigarre rauchte. So wie Opa das immer getan hatte, als er noch lebte. Tim mochte den Geruch der Zigarre von Opa und der Kiste, die er von ihm bekommen hatte. Es war noch alles drin. Der Zauberstein, sein Detektivausweis und die kleinen Dinger, von denen er nun wusste, dass es Munition war. Echte Munition für echte Gewehre. Lina, die in der Schule hinter ihm saß und die, wenn sie kein Mädchen gewesen wäre, sein bester Freund gewesen wäre, hatte ihm geholfen. Ihr Vater war Jäger. Tiere zu erschießen interessierte ihn aber kaum, er liebte nur seine Gewehre. Er putzte sie oft und benutzte sie wenig. Lina fand das gut, weil sie Tiere mochte. Tim fand das blöd, weil Schießen doch bestimmt Spaß machte. Zum Glück war Linas Vater ein etwas zerstreuter Mann, und er wunderte sich gar nicht, als Lina ihm die Kugeln zeigte. Sie behauptete einfach, sie habe die Dinger in seinem Keller gefunden und wollte nun ganz genau wissen, was das ist. Ihr Vater schüttelte daraufhin den Kopf und schwor sich, ordentlicher mit Waffen und Munition umzugehen. Gleichzeitig dankte er Gott, dass seine Tochter so ein vernünftiges, ehrliches Mädchen war. »Nun sag schon, Papa. Was sind das für Patronen?« Mit seinem geübten Auge und seiner Erfahrung erkannte er das Schrot-Kaliber 12/70 und die Munition für eine Kugelwaffe vom Kaliber 7 x 64. Lina schrieb die seltsamen Zahlen auf ihren Prinzessin-Lillifee-Block und präsentierte Tim den rosa Zettel am nächsten Schultag. Am Nachmittag hockten die beiden dann über einem mächtig dicken Waffenkatalog von Linas Vater. Lina hatte ihn vom Coachtisch genommen und mit in ihr Zimmer geschmuggelt. Jetzt verglichen sie den rosa Zettel von Lina mit einem Artikel aus den *Telgter Nachrichten*. Tim hatte ihn am Tag zuvor ausgerissen. Es war eine kleine Meldung gewesen.

Untersuchungen eingestellt: Die Polizei stellt die Ermittlungen gegen Elisabeth U., die eine Schützenversammlung mit zwei Jagdgewehren bedroht hatte und dann bewusstlos zusammengebrochen war, wegen versuchten mehrfachen Mordes ein. Die Doppelflinte der Marke Merkel 202 und die Büchse der Marke Sauer 80 waren nicht geladen, so der Pressesprecher der Polizei Warendorf. Es sei auch keine Munition bei der Beschuldigten gefunden worden. Zu keiner Zeit habe also tatsächlich eine Gefahr bestanden, heißt es in der Pressemitteilung. Ihr Mann musste eine Geldstrafe in Höhe von zweihundert Euro bezahlen, so die Polizei weiter. Dass der Schlüssel für seinen Waffenschrank für die Frau zugänglich gewesen wäre, sei eine Ordnungswidrigkeit. Die Gewehre wurden ihm jetzt zurückgegeben. Elisabeth U. muss mit einer Strafe wegen Nötigung und Erregung öffentlichen Ärgernisses rechnen.

Tim Möcke hatte Sauer 80 und Merkel 202 mit seinem roten Filzstift eingekreist.

Plötzlich quietschte Lina: »Da, Tim, da!« Im Waffenkatalog stand, welche Munition zu den Waffen gehörte.

Tim hielt die Luft an: Die kleinen Bleidinger, die er am Tag nach der aufregenden Nacht neben dem Gullydeckel vor seinem Haus gefunden hatte, passten in die Waffen, die Elisabeth Upphoff auf die Männer gerichtet hatte. Und auch wenn er in Mathe und Englisch nicht besonders gut, sondern eher befriedigend minus stand: Ihm war in diesem Moment sonnenklar, dass das sehr wichtig war.

Vorsichtig packte er die Kugeln in die Filmdose und steckte sie in sein Umhängeportemonnaie. Daneben lag der Zettel mit seiner Zeugenaussage. Mit Bleistift hatte er noch ein PS angefügt. *»Ich, Tim Möcke, gebe hiermit zu Protokoll, dass ich am Tag nach der seltsamen Nacht Munition gefunden habe, die in die Jagdwaffen gepasst hat. Ich glaube, der Mann, der so lange bei der bewusstlosen Frau Upphoff gehockt hat, wollte sie wegwerfen, doch ein paar fielen neben den Gullydeckel.«*

Tim stieg auf sein Fahrrad und fuhr los. Er wusste, dass er den seltsamen Typen mit dem gelben Auto und den langen Haaren auf dem Schützenplatz treffen würde. Er hatte ihn öfter zusammen mit der schwarzhaarigen Frau gesehen. Der Mann hatte einen Fotoapparat, und die Frau schrieb immer alles Mögliche auf. Er hatte sie über die Nacht reden hören und die Worte »Amokfrau« und »Blutbad« gehört. Er war sich sicher, dass sich die beiden für seine Informationen interessieren würden. Und er hatte mal gehört, dass Leute, die für eine Zeitung arbeiten, ihn nicht an die Polizei verraten würden. Tim Möcke wollte nicht, dass eine Mörderin frei herumlief, die nur durch Zufall niemanden erschossen hatte. Aber er wollte ebenso wenig, dass seine Eltern ihm Fernsehverbot erteilten, weil er nachts aus seinem Zimmer geschlichen war, um die seltsame Schützenversammlung gegenüber zu beobachten.

»So, schöne Stadtfrau. Jetzt gibt's Bier.«

Viktoria zuckte zusammen. »Mann, du hast mich erschreckt!«

Kai lachte und reichte ihr das Glas.

Sie nahm es zögernd. Das Bier lag kühl in ihrer Hand.

Er stieß mit seinem Glas an ihres, es klirrte, und er fragte fröhlich: »Auf was wollen wir trinken?« Kai klang nett, vollkommen harmlos. Was für ein Teufel!

Viktoria spielte mit. Sie sagte nicht: »Wir trinken auf einen miesen Typen, der mich gestern Nacht packen wollte, der aus irgendwelchen Gründen durch die Gegend geschlichen ist und mich belügt. Der den großen Tröster spielt, mich betrunken macht und dann so küsst, wie man nur küssen darf, wenn es einem ernst ist. Wir trinken auf einen Dreckskerl! Auf einen miesen Dreckskerl. Auf Kai Westmark, den größten aller Dreckskerle, der nur durch den Dreck unter seinen Schuhen verraten wurde.« Nein, Viktoria lächelte geheimnisvoll und schwieg.

»Prost!«, sagte Kai. Da segelte der Holzrumpf nach unten. Viktoria sah nur den Schatten herabfallen, drückte Kai das Glas in die Hand und rannte los. Wer hatte dem Vogel den Gnadenschuss gegeben? Hat Ferdinand ihn runtergeholt? Sie war schließlich Profi. Sie durfte nicht verpassen, wenn der König auf die Schultern seiner Kameraden gehoben wird. Mario durfte es nicht verpassen. Sie sah einen Pulk Männer, einige lachten, alle klatschten, grölten. Sie sah Ferdinand Upphoff am Rand stehen, ein wenig abseits. Er war es also nicht. Mario, verdammt noch mal, wo steckte er? Das Foto, das Schulterfoto! »MARIO!« Viktoria wurde nervös. Wenn sie dem Chef das Siegerfoto nicht liefern würden, wären sie geliefert. Nix mehr mit Victory, der Recherche-Königin vom *Express*. Sie rief lauter. »M-a-r-i-o!!!« In der Mitte des Schützenbrüder-Pulks wurde es eng, einige bückten sich, um mit einem lauten »Hoch soll er leben« den Schützenkönig auf ihren Schultern nach oben zu heben. Viktoria sah die grüne Jacke von hinten, die Gesäßtaschen der schwarzen Hose. »MARIO, wo steckst du?!!!« Dem Mann auf den Schultern fiel der Hut herunter, halblange Haare kamen zum Vorschein. Mein Gott, was für ein schönes Bild wäre das gewesen. »Mario, verdammt noch mal, wo bist du?!« Der Schützenkönig drehte sich um, sie sah das Siegerlachen, sie hörte die Stimme, sie kapierte es nicht.

»Hey, Victory, ich hab ihn einfach abgeschossen.« Mario

Siewers, Fotograf für den *Berliner Express*, ihr Teamkollege, der Desinfektionsfetischist, der arroganteste Barchetta-Fahrer unter der Sonne – er war Schützenkönig von Westbevern.

Sie trugen Mario über den Schützenplatz Richtung Bierwagen, und Rosa strahlte hinter ihrem Zapfhahn. »Ein Bierchen für den König!«, sagte sie und reichte dem Fotografen das Glas.

Viktoria sah fassungslos zu. Dann endlich setzten ihn die zwei stämmigen Burschen, die als Träger fungiert hatten, auf den Wiesenboden. Mario war umringt von Gratulanten, Viktoria drängelte sich durch. »Mario!« Mehr fiel ihr nicht ein. Sein Gesicht war von Alkohol und Sonne leicht gerötet. Seine Hose hatte Hochwasser. »Wo hast du die Klamotten her?« Noch während sie fragte, wusste sie die Antwort. Etwa fünfzehn Schritte entfernt schlief ein Schützenbruder ohne Uniformjacke in Marios Boss-Jeans an einem Biertisch seinen Rausch aus.

»Na, das ist ja mal eine Überraschung.« Kai war inzwischen nachgekommen. Er grinste fröhlich vor sich hin.

Viktoria stammelte: »Aber wie konnte das denn … Er ist doch gar nicht Mitglied.«

Ein kleiner Mann neben ihr stieß ihr in die Seite. Er war vielleicht sechzig Jahre alt, höchstens einen Meter sechzig groß und offensichtlich vollkommen im Bilde. »Ganz einfach, Frau Reporterin. Er hat uns genervt.«

Sie verstand nichts. »Genervt?«

»Ja«, das Männchen neben ihr glühte geradezu vor

Vergnügen, ihr alles erklären zu können. Sein Hut wippte fröhlich auf und ab. »Ja, dieser Mario ist schon eine Nervensäge. Sie wissen das wahrscheinlich besser als wir, Sie müssen ja schließlich mit ihm zusammenarbeiten. Und eingebildet isser.«

»O ja«, versuchte sie ihren Beitrag zum Gespräch zu leisten.

»Die ganze Zeit hat er da mit seiner dicken Kamera gesessen und uns blöde angequatscht. Wir könnten nicht treffen, sollten mal ordentlich zielen, wir hätten ja nix drauf. Das wurde uns irgendwann zu dumm. Schieß doch selber, du Besserwisser, hat der Hugo dann zu ihm gesagt. Am Anfang natürlich nur so aus Spaß, doch Ihr Kollege hat es wohl ernst genommen. ›Nur her mit dem Schießeisen‹, hat er getönt. Das wollten wir sehen. Also habe ich Matthias da drüben überredet, seine Schützentracht zu verleihen. Und wir haben Mario schnell zum Vereinsmitglied gemacht. Das Formular haben wir auf einer Serviette, sagen wir mal, ›nachempfunden‹, die Unterschrift sehen Sie hier.« Stolz wedelte er mit einem Fetzen weißen Serviettenpapier.

»Ja, geht das denn so schnell?«

»Wenn man Bürgen vorweisen kann, schon. Also Kameraden, die für das neue Mitglied die Hand ins Feuer legen.« Das Männchen machte eine gewichtige Pause.

»Einer der Bürgen bin ich, das Risiko war es mir wert. Die anderen beiden sind Ludger und Alfred.« Ludger und Alfred tanzten gerade Arm in Arm mit Mario eine Art Ringelreihen. Viktoria konnte nicht anders, sie musste lachen.

Kai hielt ihr das kühle Bier vor die Nase. »Na, das brauchst du doch jetzt?«

Sie nickte und sagte: »Armer Ferdinand Upphoff. Der wollte doch so gerne König werden. Wo ist der eigentlich?«

»Da drüben«, Kai zeigte mit der rechten Hand Richtung Wäldchen.

»Wo?« Sie sah ihn nicht.

»Na, da ganz hinten, direkt neben ...«

»... dem Nepomuk.« Viktoria stockte der Atem.

»Hey, du kennst dich aus mit Heiligen?«

»Mit was?« Sie stand ganz steif da.

Kai sprach weiter: »Na, die Statue da neben dem Upphoff, das ist der heilige Nepomuk. Eigentlich stehen die Nepomuks dieser Welt immer an Brücken. Dieser ist aber eine Ausnahme. Das Emshochwasser hat ihn vor zig Jahren mal weggespült, da wurde er einfach versetzt. Hier, an den Rand des Schützenplatzes.«

»Ich weiß.« Ihre Stimme war rau. Flatternde Fahnen. Marschmusik, sie hörte und sah davon nichts.

»Gut recherchiert!«, lobte Kai sie.

Sie schüttelte nur ganz langsam den Kopf. »Nein, nicht recherchiert. Ich weiß es. Ich war dabei.«

15. Kapitel

Viktorias Kopf reichte nicht für all die Gedanken, er schwoll an, blies sich auf wie ein Ballon, gleich würde er platzen. Doch Bilder kamen an, die sendete das Gehirn an ihr Bewusstsein. Wie in einem Sieb blieben sie hängen und legten sich zu einem Mosaik zusammen. Es ergab sich etwas, ein Gefühl, ein Zusammenhang, etwas aus ihrem Leben, das sehr alt, sehr verschüttet, sehr traurig war.

Kalt war es gewesen, und sie war müde. Sie hatte immer wieder Mamas Hand gesucht, doch Mamas Hand hatte anderes zu tun. Die tastete nach Zigaretten, nach Feuer. Der Zug kam. Er kreischte, schrie, sie hielt sich ihre Ohren zu. Der Zug hielt. Die Türen öffneten sich nicht automatisch, ihre Mutter musste an dem großen Griff zerren. Die Zigarette, die Mama weggeworfen hatte, lag auf dem Bahnsteig, und sie konnte die Glut und den Rauch noch durch die schließende Tür sehen, als sie abfuhren. Rumms. Sie setzten sich, alle Plätze waren frei. Sie fühlte das kühle Glas des Fensters an ihrer Stirn. Immer wenn sie Luft aus dem Mund blies, beschlug die Scheibe. Sie leckte mit der Zunge daran – es schmeckte nach gar nichts. Mama sagte nicht, dass sie damit aufhören sollte, deshalb leckte sie weiter.

Es war unerträglich heiß im Auto, doch Viktoria merkte es nicht. Sie schaute nur nach vorn. Auf die Wiese, die Straße. Sie sah wieder das Kreuz, den Jesus, dessen Fuß sie schon als Kind gestreichelt hatte. Sie bremste und rollte ganz langsam vor dem alten Haus aus, in dem einst Bernhard Lütkehaus gelebt hatte. Sie wusste nicht, was sie eigentlich hier wollte. Sie musste einfach herkommen, sie musste die Kopfbilder wieder ganz bekommen. Das Mosaik aus Vergangenheit und Gegenwart musste passen, sonst würde sie daran verrückt werden. Sie stieg aus. Der Hund schlief. Sie ging leise zur Haustür. Klopfte. Dieses Mal nur einmal. Dann ging sie weiter. Wie ein Roboter, fremdgesteuert. Bis sie vor dem Baum stand. Der Baum war tot, so tot wie Bernhard Lütkehaus, dachte sie. Sie schaute zum Bahndamm. Plötzlich spürte sie seinen Atem in ihrem schweißnassen Nacken. Sie wollte schreien, doch er packte sie am Arm, drückte ihr den Mund zu und zischte: »Psssst.« Viktoria schloss die Augen. Neue Bilder kamen.

Sie schmeckte nichts, dabei war die Scheibe so kühl wie ein Vanilleeis. Sie hauchte wieder, und dann leckte sie. Bis sie wieder durch die Scheibe sehen konnte. Sie konnte alles sehen. Wie er da hing, wie weiß er im Gesicht war, wie er hin und her pendelte. Dann waren sie vorbei. »Mama, warum hing Bernie?« Sie suchte wieder nach der Hand der Mutter. Die hielt keine Zigarette, kein Feuer – sie war eiskalt. »Mama!« Doch Mama nahm nicht ihre kleine Hand in ihre große Hand. Sie sagte nichts. Sie schaute geradeaus. Sie war so weiß im Gesicht wie Bernie.

Sie sagte auch später nichts. Nichts, als der Zug in Berlin

ankam, nichts, als sie ausstiegen, nichts, als Viktoria nicht einschlafen konnte. Nichts, als sie nachts aufwachte, weil sie von ihm geträumt hatte. Nichts, als sie weinte, nichts, als sie schrie. Sie sagte nichts. Nie. »Pssst.« Still sein, bloß still sein und nichts fragen. Ihre Knie ließen nach. Sie spürte nur noch den festen Griff an ihrem Arm.

»Ich bin's.« Kais Gesicht war ganz nah an ihrem. Viktoria zitterte am ganzen Leib. »Viktoria, du siehst furchtbar aus.« Das klang nicht nach Teufel, das klang besorgt.

Viktorias Gummibeine bekamen wieder Sehnen und Muskeln, sie riss sich von ihm los. »Verdammt, was machst du hier?«

Er wich einen Schritt zurück, hielt sich den Finger vor die Lippen. »Leise, Viktoria!«

Sie versuchte, leise zu sprechen, doch ihre Stimme überschlug sich fast. »Du warst das gestern Nacht, dich habe ich hier rumschleichen sehen. Und jetzt bist du wieder hier. Du machst mir Angst.«

Er schaute sie an und sah dabei ganz und gar nicht wie einer von den Bösen aus. »Daran bist du schuld«, flüsterte er.

»Ich?« Viktoria verstand gar nichts mehr.

»Ich wollte dir helfen.«

»Tolle Hilfe!«

»Mein Vater war hier früher der Dorfarzt.«

»Ach.« Viktoria verstand immer noch nichts.

»Und eigentlich war jeder bei ihm Patient, der hier wohnte. Ich habe in seinen alten Unterlagen nach einem Totenschein gesucht, weil ich wissen wollte, ob Lütkehaus noch lebt oder nicht, und woran er gestorben ist.«

Viktoria glaubte ihm noch immer nicht. Doch sie entspannte sich etwas. Kai konnte kein Meuchelmörder sein, wenn er sich hier mit ihr unterhielt. Die beiden hockten wie Diebe neben der schattigen Buchenhecke. Sie sprachen ganz leise.

»Hast du ihn gefunden – den Totenschein?«

Kai nickte.

Viktoria wusste nicht, ob sie sich über die Gewissheit freuen sollte. Bernhard Lütkehaus war also wirklich tot. »Hat er sich erhängt?«

Kai schüttelte den Kopf. »Wie kommst du denn darauf?«

Viktoria wollte ihm nicht alles sagen. Noch nicht. Es war ihr Traum oder ihre Vergangenheit. Ganz allein ihr verrückter, durchgeknallter, Splatter-Horror-Trip vom Toten am Baum. »Wann und woran ist er denn laut Totenschein gestorben?«

»Im Juni 1980 an einer Lungenentzündung.«

»Geht das denn, der war doch noch jung damals.«

Kai nickte, murmelte: »Verschleppt«, und erzählte von der seltsamen Quittung. »Warum hat mein Vater eine Rechnung für die Beerdigung eines Patienten bezahlt?«, fragte Kai.

Viktoria zuckte mit den Schultern. »Frag ihn doch!«

»Geht nicht, er ist vor ein paar Monaten gestorben.«

»Das tut mir leid.«

»Schon gut. Auf jeden Fall werde ich bald seine Praxis übernehmen …«

»Du bist gar kein Installateur?«

Kai musste lachen. »Seh ich so aus?«

»Ja. Aber jetzt weiter. Du wirst also die Praxis übernehmen …«

»Und deshalb lagert der ganze Krempel, also seine ganzen Akten, dort. Man muss Krankenakten eigentlich nur zehn Jahre aufbewahren, doch wenn man auf Nummer sicher gehen will, behält man sie dreißig Jahre. Erst dann verfallen nämlich Rechtsansprüche wegen Ärztepfusch und solchen Sachen. Und mein Vater war so ein superkorrekter Mensch, so ein hundertprozentiger, der alles aufbewahrte und immer auf Nummer sicher ging. Ich wollte die Akten eigentlich entsorgen, doch dann kamst du mit deinen komischen Verdächtigungen.«

»Aber dir kommt doch jetzt auch einiges komisch vor, oder?«

Kai seufzte. »Ich habe noch etwas Seltsames gefunden. In der Krankenakte von Martha Lütkehaus.«

Viktoria saß kerzengerade, sie hatte das Gefühl, ihre Ohren hörten besser als sonst, so neugierig war sie. »Erzähl schon, was stand in ihrer Krankenakte?«

»Das fällt unter ärztliche Schweigepflicht. Ich darf es dir nicht sagen.«

Viktoria stöhnte auf: »Ich fass es nicht! Jetzt stell dich doch nicht so an! Raus damit.«

Doch Kai wollte nicht.

»Scheißmoralist«, sagte Viktoria und half ihm. »Pass auf, Kai. Kann es sein, dass du dort etwas gefunden hast, was dich glauben lässt, dass hier in diesem Garten etwas Schlimmes passiert ist? Vielleicht ist hier ein Mann gestorben, und dieser Mann könnte Bernhard Lütkehaus sein, den alle hier für ausgewandert oder durchgebrannt halten, den dein Vater für lungenkrank erklärt hat – und der laut einer rätselhaften Quittung eigentlich in einem anonymen Grab liegen müsste?« Atemlos wartete sie auf seine Antwort.

Er antwortete langsam: »Ich glaube, dass hier irgendetwas ist. Oder war.«

Nachdem Kai in der Praxis seines Vaters die Quittung über die Bestattung gefunden hatte, hatte er sich die Krankenakte von Martha Lütkehaus genauer angeschaut. Er wollte einfach mehr wissen, wollte sichergehen, dass alles in Ordnung war. So hatte er die spitze Schrift seines Vaters Wort für Wort entziffert und die traurige Geschichte der Frau rekonstruiert. Martha Lütkehaus hatte viel ertragen müssen. Drei Fehlgeburten, in den Jahren 1971, 1974, 1976, die letzte hatte sie zu Hause erlitten und den Arzt erst sehr spät gerufen. Dabei wäre sie beinahe gestorben, der Blutverlust war enorm gewesen. Dann stieß er auf einen Eintrag aus dem Jahre 1980. Mit seiner spitzen Schrift hatte der Vater eingetragen: »15. Juni, M. Lütkehaus leidet unter Schlaflosigkeit und Wahnvorstellungen – spricht wiederholt von Grab unter Eiche in ihrem Garten, sagt immer wieder: ›Er will nicht schlafen, er will weg.‹ Empfehle Behandlung mit leichtem Schlafmittel und Baldrian.« »Depression« stand dort mit einem Fragezeichen. Das alles war schon seltsam genug. Doch noch seltsamer war das Datum der letzten Eintragung. Martha Lütkehaus hatte mit ihrem Hausarzt am 13. Juni 1980 über ein Grab in ihrem Garten gesprochen. Zwei Tage später starb ihr Mann laut Totenschein.

Viktoria wusste, dass es vorerst nicht mehr Antworten von Kai geben würde. Also wollte sie handeln. »Okay, Dr. Kai. Dann halte dich mal an dein bescheuertes Schweigegelübde und lass uns einen auf Totengräber machen.« Sie klang mutiger, als sie sich fühlte.

»Jetzt? Am helllichten Tag?«

Kai gefiel die Idee ganz und gar nicht. »Klar, da sehen wir doch besser«, Viktoria blinzelte ihm zu.

Der Hundezwinger und das Haus von Martha Lütkehaus lagen gut sechzig Meter von diesem Teil des Gartens entfernt. Sie schauten sich um. Unter der Eiche war weicher Rasen, nichts, was auch nur im Entferntesten wie ein Grab aussah. Aber nach dreißig Jahren konnte über alles Gras wachsen, Viktoria musste beinahe lächeln. Etwa fünf Meter rechts begann der Gemüsegarten. Viktoria erkannte Tomatenranken, ein paar Salatköpfe. Sie gingen um den Baum herum. Da, hinter dem Baum wucherten ein paar Pflanzen mit großen Blättern, der Gewitterregen von vorgestern hatte sie platt gedrückt, sie bedeckten eine ein mal zwei Meter große Fläche.

»Was ist das?«, fragte Viktoria. »Auch Salat?«

Kai schüttelte den Kopf. »Frauenmantel.«

Nachdem sich Elisabeth Upphoff an diesem Morgen auf die Waage gestellt hatte, dachte sie über eine Alternative nach. Wenn sie weiterhin so viel abnehmen würde, würde sie in einem Jahr nicht mehr vorhanden sein. Null Kilo! Nicht mal beerdigen müsste Ferdinand sie, sie wäre ja nicht da. Weggehungert, weggestorben, es Ruhe sanft die in Luft aufgelöste Elisabeth Upphoff. Als ihr Magen knurrte, weil sie Hunger hatte, verwarf sie die Idee. Sie schmierte sich eine Leberwurststulle, biss hinein und suchte weiter. Irgendwo musste Ferdinand den Schlüssel für seinen Waffenschrank ja haben. Sie hätte ihm zugetraut, dass er ihn wieder in das spitze Maul des Fuchses legen würde, doch die Geldstrafe und die Gardinenpredigt der Polizei hatten offensichtlich gewirkt. Sie fühlte die verstaubten Raubtierzähne, sonst nichts. Ferdinand musste den Schlüssel zu seinen Gewehren unerreichbar für eine andere Person aufbewahren, so verlangte es das Gesetz, und daran würde er sich jetzt halten. Das Leberwurstbrot lag zerkaut in ihrem Magen und fühlte sich an wie ein Wackerstein. Elisabeth musste an die sieben Geißlein denken, die dem bösen Wolf schwere Steine in den Bauch stopften, damit er nicht merkte, dass die Zicklein, die er verschlungen hatte, allesamt gerettet waren. Mich rettet keiner mehr, dachte Elisabeth und schaute in der Wohnzimmeruhr nach. In einer Standuhr wie dieser hatte sich das kleinste Geißlein aus dem Märchen versteckt, doch ihre Uhr war leer. Keine Ziege, kein Schlüssel. Elisabeth schaute auf die Digitalanzeige an ihrem DVD-Player, verglich die Zeiten und rückte den großen Zeiger zwei Minuten vor, der Leberwurstgeschmack hatte sich in ihrem Mund breitgemacht. Sie musste aufstoßen. Als sie die Uhrentür zuklappte, wusste sie, wo sie suchen musste.

»Ich glaube, wir gehen besser«, sagte Kai und blickte Viktoria ratlos an.

Viktoria schüttelte den Kopf, sie blinzelte, bückte sich, schob den Frauenmantel auseinander. Dann sah sie etwas funkeln. Sie kniete sich hin – ein flacher, fast weißer Stein lag dort zwischen all dem Grün mit einem noch kleinen Kupferkreuz darauf, und auf dem Kreuz glitzerten ein paar rote, grüne und blaue Perlen. »Ein Grabstein?«

Kai kam näher. Er schaute zum Haus. »Na, dann los!«

Viktoria nahm das Kreuz und den Stein, legte beides zur Seite und krempelte ihre Ärmel hoch, Kai tat dasselbe. Und dann gruben sie mit ihren bloßen Händen. Sie sprachen nicht, sie sahen sich nicht an, sie schwitzten. Weil es anstrengend war und weil sie Angst hatten vor dem, was sie finden würden. Kai schaute sich um und stand auf. Neben dem Zwinger war ein kleiner Unterstand, vielleicht könnte er dort Werkzeug finden. Leise schlich er in die Nähe des schlafenden Rottweilers. Der zuckte kurz, öffnete die Augen und schlief weiter. Im Haus von Martha Lütkehaus rührte sich immer noch nichts. Kai nahm den Spaten und ging zurück zu Viktoria, die noch immer am Boden kniete. Trotz des Spatens kamen sie nur mühsam voran. Die Frauenmantelpflanzen hatten sie vorsichtig beiseitegelegt, damit sie sie nachher wieder an ihre ursprüngliche Stelle pflanzen konnten. Darunter war schwarzer, weicher Mutterboden. Sie gruben weiter und weiter. Die ausgehobene Erde wuchs zu einem kleinen Hügel heran, Spatenstich um Spatenstich, Zentimeter um Zentimeter. Und plötzlich hatte der Haufen eine Spitze.

Viktorias Stimme überschlug sich: »Was ist das?«

Kai schaute auf. Er stieß den Spaten in die Erde, schritt zum Erdhügel und bückte sich. Er nahm das Ding, das wie ein Ast oben aus den schwarzen Klumpen ragte, in seine Hände. »Das ist ein Knochen!« Kai sagte es ganz ohne Emotion.

Viktoria konnte kaum sprechen, so rau war ihre Stimme. »Ein kleines Stück von einem Knochen, oder?«

»Nein«, sagte Kai. »Ist alles dran. Sieht aus wie der Oberarmknochen eines Babys.«

16. Kapitel

Sie hatte sofort die Polizei rufen wollen, doch Kai hatte sie gebremst. »Es kann gut sein, dass hier kein Verbrechen geschehen ist«, hatte er gesagt. »Viel eher denke ich, dass es einfach eine traurige Geschichte ist.« Sie hatten noch viele kleine Knochen gefunden. Rippen, Finger, Zehen und einen Schädel. Es war ein ganzes Skelett. Kopf und Oberschenkelknochen nahmen sie mit, den Rest ließen sie liegen. Warfen vorsichtig die Erde darauf und legten die Frauenmantelpflanzen wieder darüber. Wie eine Decke, dachte Viktoria.

Der Barchetta und Kais Golf standen hintereinander vor dem Bäumken in Telgte. Der grausige Fund lag in Kais Kofferraum. Viktoria stieg aus und lehnte sich an Marios gelben Flitzer. Kai saß noch im Wagen und telefonierte. Dann stellte er sich neben sie.

»Hast du deinen Kollegen erreicht?«

Kai nickte. Sein alter Studienfreund Max war Rechtsmediziner, er hatte versprochen, ihm ganz formlos, unverbindlich und privat zu helfen.

»Ich soll ihm die Knochen vorbeibringen. Kommst du mit?«

Viktoria schüttelte den Kopf. »Geht nicht, ich muss

noch etwas anderes klären.« Dann zog sie das Foto aus der Tasche. »Hier!«

Kai schaute sich die drei Frauen an und verstand nicht. »Das da könnte Rosa sein, und die da kenne ich nur als die freche Frida vom Getränkehandel, aber die Hübsche, die kenne ich nicht.«

»Die Hübsche sieht aus wie meine Mutter.«

Kai hustete. »Was?«

Viktoria nickte. »Harry hat mir das Foto zugesteckt.«

»Harry?«

»Ich glaube, ich sollte etwas herausfinden. Und ich habe etwas herausgefunden. Weißt du, wer das Foto gemacht hat?« Sie wartete gar nicht auf seine Antwort. »Bernhard Lütkehaus! Er und meine Mutter haben sich also gekannt.«

»Bist du denn sicher, dass das deine Mutter auf dem Foto ist?«

»Doch, nein, ich weiß nicht. Aber ich kann es einfach nicht glauben – und kapieren schon gar nicht.«

»Und jetzt?«

»Klärst du mit deinem Totendoktor, ob wir hier einen Kindermord aufgedeckt haben, und ich kläre mit meiner Mutter, was zum Teufel sie hinter dem Zapfhahn vom Gasthaus König gemacht hat.«

Viktoria ging zu dem betrunkenen Schützenbruder, der Marios Jeans trug. Dass sie in den Taschen kramte, merkte er gar nicht. Sie fand das Handy. Ich muss meinen verdammten Anbieter wechseln, dachte sie und wählte. Sie hörte nur das Freizeichen, sonst nichts. Keine Glockenspiele, keine Trommeln, nichts von den klirrenden Gläsern um sie herum – nur das Freizeichen und dann ihre Mutter.

»Latell, ja?«

Nico spürte nichts – und das fühlte sich gut an. Er zog an der Zigarette, die ihm Nele gebastelt hatte. »Da ist was drin«, hatte sie gesagt und ihn dabei angelächelt. Er sah zum ersten Mal, dass sie einen Glitzerstein in ihrem rechten Schneidezahn hatte. Er grinste und blies ihr den Rauch ins Gesicht. »Du kannst ja lächeln«, sagte sie und küsste ihn. Er erwiderte den Kuss und versuchte, sich zu erinnern. Hatte Sarah auch so geküsst? Er wusste es nicht mehr. Nele spielte mit ihrer Zunge in seinem Mund. Er ließ sie. Nele spielte mit ihren Fingern an seinem Hosenbund. Er ließ sie. Die Zigarette war abgebrannt, Nico legte sie auf den Aschenbecher neben Neles Bett. Er griff nach ihren Brüsten. Sie fühlten sich gut an. Fest und rund und so lebendig. Ihre langen blonden Haare kitzelten seine Nase. Er musste fast niesen. Sie war so warm und weich, seine Hand glitt über ihren Rücken, ihren Bauch. Sie zog ihr T-Shirt aus, ihre Jeans. Sie kicherte. »Warte mal kurz.« Sie lehnte sich aus dem Bett und kramte in ihrer Nachttischschublade nach einem Kondom. Er sah ihr zu, sah ihren Nacken, die Haare, die nach vorn fielen, die Hand in ihrer Schublade. Er spürte seine Lust. Er konnte es kaum erwarten, dass sie ihm das Gummi reichen würde. Gleich würde er sie nehmen. Einfach so, von hinten. Er würde es ihr besorgen. Die Trauerzeit, sie war endlich vorbei. Sie würde schreien vor Lust, weil sie ihn liebte, nur ihn. Nicht wie Sarah, die sich einen anderen genommen hatte. Die ihm das einfach sagte, so, als ginge es ums Wetter, ganz nebenbei. »Hey, Nico, ich habe mich leider in einen anderen verguckt.« Verguckt, was für ein Mistwort war das denn? Nico konzentrierte sich wieder auf Neles schlanken Hals. Nele würde schreien, wie noch nie eine Frau geschrien hat. Sie kramte immer noch in der Schublade, ihre nackten Schultern bewegten sich. Er sah ihren zarten Nacken, die Haare, seine Hand, den Stein, das Blut. Er hörte den Schrei, diesen Laut, der so gar nichts Menschliches mehr gehabt hatte. Sarah schrie. Seine Sarah schrie um ihr Leben. Es war das Schlimmste, was er je gehört hatte. Er wollte es nicht hören. Nicht jetzt. Nicht mehr. Nie wieder.

Nico sprang auf. Er zog sich seine Schuhe an, seinen Pulli. Er sah nichts, wankte aus dem Zimmer und wusste, dass er die Ratte vernichten musste. Die Ratte hatte einen Abschiedsbrief geschrieben, die Ratte hatte Sarah getötet, die Ratte saß in seinem Kopf.

Nele drehte sich um. In ihrer Hand hielt sie ein Kondom mit Himbeergeschmack. »Nico? Was… Nico. Bist du weg?«

Endlich konnte sich Viktoria wieder konzentrieren. Sie steckte dem Schützenbruder das Handy in die Tasche zurück, er blickte nur kurz auf und ließ seinen Kopf dann wieder auf die Tischplatte sinken. Sie schaute sich um, suchte Mario. Doch vor lauter Uniformen sah sie gar nichts mehr. Sie schlenderte ins Festzelt, das langsam immer voller wurde. Da drüben war eine schwarz-grüne

Menschentraube, irgendwo darin musste sich Mario feiern lassen. Viktoria lächelte. Erst merkte sie gar nicht, dass einer der alten Männer, die sie am Tag zuvor beim Seniorenkaffee getroffen hatte, ihr zublinzelte. Sie ging auf ihn zu, und er nickte.

»Na, Püppi, wieder unterwegs?«

Viktoria schüttelte den Kopf. »Nee, Viktoria ist wieder unterwegs.« Doch dann verstand sie. Sie zog das inzwischen verknickte Foto aus der Tasche und hielt es dem Alten vor die Nase. »Ist das Püppi?«

»O ja. Wat für 'n hübsches Wicht.«

»Wicht?«

»Mädchen.«

»Aha. Und besonders hübsch?«

»O ja. So wie Sie, junge Dame.«

Viktoria fühlte sich plötzlich wie in ihrer Teenagerzeit. Ständig peinlich berührt, weder kindlich noch erwachsen. Ein schrecklicher Zwischenzustand, der eigentlich beendet sein müsste mit Anfang dreißig. »Kannten Sie … diese Püppi näher? Sie war hier Aushilfe, oder?«

»Nee, also ich kannte sie nicht. War nur nett anzusehen, zapfte fix, und ansonsten war sie eher der anstrengende Typ, glaube ich.«

Glaube ich auch, dachte Viktoria.

Eine grau melierte Frau kam auf den Alten zu, sie stützte sich auf einen Stock. »Jetzt komm mal mit, du oller Schwerenöter.« Dann drehte sie sich zu Viktoria um. »Na, hat er versucht, Sie um den Finger zu wickeln?«

Viktoria lächelte unschuldig.

»Er kann's einfach nicht lassen. Jede hübsche Frau will

er erobern – aber die wollen alle nicht.« Sie lachte ihren Gigolo-Gatten an. »Komm jetzt, wir gehen.«

Er erhob sich ohne jedes weitere Wort. Als die beiden langsam an Viktoria vorbeihumpelten, kniff er ihr ganz unauffällig in die linke Hinterbacke.

Viktoria drehte sich um und schlenderte Richtung Pfad. Sie musste sich ablenken, es würde bestimmt noch eine Weile dauern, bis Kai von seinem Freund zurückkam. Sie folgte dem Brennnesselweg, schlängelte sich durch das kleine Waldstück und betrat wieder das Strandstück an der Ems. Sie setzte sich auf den warmen Sand und schaute auf den Fluss. Eine Libelle brummte an ihrem Kopf vorbei und segelte dann über das Wasser. Die Strömung plätscherte gleichmäßig dahin. Viktoria kramte in ihrer Tasche. Sie würde die Zeit nutzen, um ihre Notizen durchzuschauen. Ihr System war zwar chaotisch, das Material aber umfangreich. Für eine zynisch-deftige Reportage würde es allemal reichen. Sie hatte Namen, witzige Zitate und genug stichwortartige Beschreibungen auf die unterschiedlichsten Zettel notiert. Als Letztes kam ihr ein Blatt von dem Abend in die Hand, als Kai ihr diesen schönen Platz am Fluss gezeigt hatte. Dort stand nur ein Wort: verzaubert.

»Hier bist du also.« Kai war zurück.

»Ja, ich habe gerade … ich wollte eigentlich …« Viktoria hatte ihn gar nicht kommen hören.

»Hast du deine Mutter erreicht?«

»Ja.«

»Und?«

»Nichts und. Sie hat mir alles erzählt.«

Kai wartete.

»Sie hat hier gearbeitet in den Semesterferien.«

»Das war's?«

»Das war's. Einen Bernhard Lütkehaus kennt sie nicht, an das Foto erinnert sie sich nicht. Und alle haben sie hier Püppi genannt.«

»Heißt sie denn so?«

»Nein, Marie. Aber jetzt sag schon. Was ist mit den Knochen?«

Kai lächelte. »Entwarnung.«

Viktoria atmete erleichtert aus. »Kein Kindermord.«

»Nein, eine Totgeburt im sechsten oder siebten Monat. Tragisch, aber kein Verbrechen. Und aufgrund der Vorgeschichte von Martha, die ich dir ja nicht verraten darf…«, Kai lächelte entschuldigend, »auch gänzlich unverdächtig.«

»Sie hatte so was Ähnliches schon mal erlebt. Also Fehlgeburten.« Kai nickte und hob drei Finger hoch.

Viktoria schüttelte den Kopf. »Drei Fehlgeburten. Das ist hart. Und dann stirbt auch noch ihr Mann.«

Kai zuckte mit den Schultern. »Was meinst du, sollen wir die Sache mit den Knochen der Polizei melden, oder wollen wir der Alten das Kindergrab lassen?«

»Wir lassen es ihr.« Beide machten eine kleine Pause, eine kleine Gedenkminute, dachte Viktoria – und beendete sie. »Ich verstehe immer noch nicht, warum dein Vater die Beerdigung für ihren Mann bezahlt hat. War der immer so großzügig?«

»Im Gegenteil. Ein Pfennigfuchser war er. Er war nett, korrekt, aber ganz und gar sparsam. Es passt gar nicht zu ihm.«

»Es sei denn …«

»Es sei denn was?« Kais Stimme klang härter als sonst.

Viktoria ließ sich nicht beirren. »Es sei denn, er hat irgendetwas mit dem Tod von Bernhard Lütkehaus zu tun. Vielleicht hat er ja die Lungenentzündung falsch behandelt. Taucht die überhaupt in Lütkehaus' Krankenakte auf? Steht da etwas über Husten oder was weiß ich, was da stehen müsste?«

»Nein.«

»Und das wundert dich nicht?«

»Nein. Vielleicht war Lütkehaus ja gar nicht bei ihm. Dann hätte mein Vater ihn auch nicht falsch behandeln können.«

»Er hat sich also zu Hause totgehustet, ohne vorher einen Arzt zu fragen? Ich meine, das Ganze spielte sich doch 1980 ab und nicht im Mittelalter. Ich glaube das nicht.«

»Du kennst meinen Vater nicht. Der hat immer alles richtig gemacht.«

Viktoria verzog verächtlich das Gesicht. »Wer immer alles richtig macht, der macht auf jeden Fall etwas falsch.«

»Was soll das denn schon wieder heißen? Du kanntest ihn doch gar nicht.« Kai wurde langsam wütend.

»Das gilt nun mal universell, allgemein für jeden Menschen dieses verdammten Planeten. Oder war dein Vater Gott?«

»Na ja, manchmal kam er mir so vor.« Kais Stimme klang schon wieder etwas freundlicher.

Viktoria sprach weiter: »Wusstest du, dass ein Arzt einen Totenschein über seine eigene Frau ausstellen darf und dass es deshalb wahrscheinlich Hunderte perfekte Morde gibt?«

»Meine Mutter lebt zum Glück noch – was soll das also?«

»Ich will damit nur sagen, dass so ein Totenschein ziemlich wichtig ist – und dass derjenige, der ihn ausstellt, ganz schön was vertuschen kann, wenn er will ...«

Das war zu viel. Kais Augenbrauen hoben sich. »Jetzt pass mal auf, du Superreporterin. Wenn hier einer Dreck am Stecken hat, dann bist du das. Tauchst hier auf mit deinem zauberhaften Lächeln und tust so, als interessiere dich unser Schützenfest. Dabei geht es doch nur darum, uns lächerlich zu machen. Eine Hausfrau, die beinahe Amok läuft – wie lustig. Doch auch das ist dir viel zu langweilig, also wühlst du jetzt so lange hier rum, bis du noch irgendeine tolle Story findest. Martha Lütkehaus hat erst ihren Mann und dann ihr Kind verloren, sie hat es im Garten vergraben und ein Kreuz daraufgelegt, und ich schäme mich, dass wir seine Totenruhe gestört haben. Ihr Mann ist gestorben, und das einzige Rätselhafte daran ist, dass alle dachten, er sei ausgewandert. Na und, vielleicht hat sie es allen so erzählt, vielleicht hat sie gelogen. Vielleicht erträgt sie es nicht, dass er tot ist, und stellt sich lieber vor, er lebe irgendwo glücklich und zufrieden in Australien.«

Viktoria wollte etwas sagen, doch Kai hob einen Zeigefinger.

»Mein Vater war nicht Gott, vielleicht hat er einen Fehler

gemacht. Aber er war aufrecht und ehrlich und auf gar keinen Fall einer, der einen Fehler nicht eingestand. Eigenschaften, die man in Berlin offensichtlich nicht gebrauchen kann …«

Viktoria schnappte nach Luft.

Kai drehte sich um und wollte gehen.

»Bleib!«, sagte sie laut. Er blieb stehen, und sie wurde leise: »Du hast recht.« Kai schaute sie neugierig an. »Aber nicht in allen Punkten der Anklage.« Viktoria wagte ein scheues Lächeln. Kai verzog keine Miene. Er wartete. »Ich bin vielleicht nicht so aufrecht, wie ich es sein müsste. Aber so durchtrieben, wie du denkst, bin ich nun auch wieder nicht. Ich habe einfach schlecht geträumt.«

Kai hörte zu. Und begriff. Der Tote am Baum, der vom Traum zum Verdacht geworden war, war Teil von Viktorias Vergangenheit. Und er war auch Teil der Vergangenheit seines Vaters. Eines Teils, den er nicht kannte. Den er erst noch entschlüsseln musste. Er wusste nicht, was er davon halten sollte, dass sie ihm alles sagte. Dass er ihr Vertrauter war. Ihr Seelentröster. Er wusste nicht, was er tun, was er sagen sollte. Und so rettete er sich mit Sachlichkeit.

»Und was sagst du jetzt deinem Chef? Verheimlichst du ihm deine Mutter und schreibst nur den Rest auf?«

»Ich werde ihm klarmachen, dass der Tote einfach nur tot ist und die Sozialreportage über das Schützenfest schon genug Tiefgang und Unterhaltungswert besitzt. Und dass sich die Sache mit dem Biber zerschlagen hat.«

»Was für ein Biber?«

»Ach vergiss es«, Viktoria winkte ab, erzählte ihm aber trotzdem, worum es ging. Doch Kai kam wieder auf Bernhard zurück.

»Wieso hast du deinem Chef überhaupt was von dem mysteriösen Verschwinden von Lütkehaus erzählt?«

Viktoria gab sich einen Ruck. »Also, um ehrlich zu sein. Er wollte, dass ich die Sache hier abbreche, weil das ganze Landding ihn auf einmal langweilte und er doch lieber ein bisschen was Blutigeres für die Sonntagsausgabe suchte. Aber ich wollte noch nicht zurück nach Berlin.«

»Warum?«

Viktoria dachte nach. Sie war irritiert. Die Frage hatte sie sich noch nicht gestellt. Eine Antwort wusste sie nicht. War ja auch nur so ein Gefühl, ein ganz vages. Es war ruhiger hier, sie war ruhiger hier. Aber mit vagen Gefühlen wollte sie Kai nicht kommen.

»Mir gefällt …«, setzte sie an.

»Ja?«

»Mir gefällt die Landschaft.«

»Aha.« Kai lachte.

Mindestens eine Eins, dachte sie und knuffte ihm in die Seite. »Ja, die Landschaft gefällt mir. Die Dorfdeppen auch, ach ja, und Rosa ist eine tolle Wirtin. Nur eins fehlt mir wirklich.«

Er lächelte mitleidig. »Und das wäre?«

»Ein frisch gezapftes Bier. Seitdem ich hier bin, hat es damit noch nicht geklappt. Ständig bin ich umgeben von Männern mit Biergläsern. Warum schaffen die das – und ich nicht?«

»Ich habe keine Ahnung. Aber ich denke, das Problem

kriegen wir in den Griff.« Er blinzelte, klopfte sich den Sand von der Hose und ging Richtung Rosas Bierwagen.

Sie schaute ihm nach und war gut gelaunt. Es war inzwischen nach drei am Nachmittag, keine Wolke stand am Himmel, Vögel zwitscherten in den höchsten Tonlagen ein wahres Sommerkonzert. Viktoria hatte keine Lust mehr, über Bernhard Lütkehaus nachzudenken. Sie wollte eine Denkpause machen, den Kopf eine Weile abstellen. Okay, ihre Mutter war schon mal in Westbevern gewesen, sie hatte hier einen Studentenjob gehabt, und zufälligerweise hatte Bernhard Lütkehaus sie einmal fotografiert. *So what?* Sie hatte einen Albtraum und sich in etwas hineingesteigert. Ein Kind kann schon mal etwas durcheinanderbringen. Und ihre Mutter hatte es ja erklären können. Sie waren zusammen hier gewesen, ein paar Tage Ferien. Viktoria konnte wieder klar denken. Hirngespinste und harmlose Zufälle. Gleich würde ein kühles Bier sie erfrischen, und sie würde mit Kai ein wenig über dies und das plaudern. Gute Aussichten, fand Viktoria. Sehr gute Aussichten. An der Vogelstange wurde gelacht, sie schaute zu einem Trupp Männer und sah den Adler ohne Flügel am Boden liegen. Er sieht aus wie ein Brathuhn, dachte Viktoria. Ein totes, zähes Brathuhn. Dann folgte sie Kai.

Das kleine Zopfmädchen hüpfte vor Viktoria auf und ab und rief: »Hallo!«

»Hallo.« Viktoria lächelte.

»Zeigst du mir noch mal, wie du vorhin die Maus gezaubert hast?«

»Klar.« Viktoria nahm das rosa gepunktete Halstuch, das das Mädchen ihr entgegenstreckte. Schritt für Schritt erklärte sie dem Kind, wie es ging. »So, Klein Püppi, jetzt den Zipfel um den Zipfel wickeln und fertig ist die Mimamausemaus.« Viktoria hatte das nicht gesagt, sie hatte es gehört – wie ein Echo in ihrem Kopf. »Klein Püppi, fertig ist die Mimamausemaus. Mimamausemaus.« Ihre Hand zitterte, als sie dem Mädchen die Taschentuchmaus reichte.

»Danke! Das werde ich gleich Papa zeigen.«

Viktoria nickte stumm.

Sie ging zu Kai, der am Tresen des Getränkewagens auf das Bier wartete. Sie machte mit der Hand ein Telefonzeichen, und er verstand. Ohne ein Wort reichte er ihr sein Handy. Als sie auf der Straße war, tippte sie die Nummer ein. Freizeichen, einmal, zweimal. Klack.

»Marie Latell, hallo?«

17. Kapitel

Viktorias Stimme war trocken wie Puder. »Mama, hat Bernhard Lütkehaus mir gezeigt, wie man Mäuse zaubert?«

»Mist!«

»Mama, hat er?«

»Tori, es tut mir leid!«

Viktoria sprach lauter: »Hat er mir beigebracht, wie ich Mäuse zaubere? Verdammt, verarsch mich nicht. Sag es mir!«

»Ja.«

»Ja?« Viktorias Stimme zitterte.

»Tori, jetzt beruhig dich erst mal.«

»Habe ich ihn hängen sehen?«

Marie Latell flüsterte: »Tori …«

»Fuck! Ich habe ihn gesehen. Ich habe ihn hängen sehen. Und du hast nichts gesagt. Nichts!«

Marie weinte.

»Hör auf zu flennen! Du verdammte Lügnerin!« Viktoria blieb hart. »Du warst hier. Zum Arbeiten ja und zum Ficken. Du hast ihn rumgekriegt. Und du bist abgehauen.«

»Ja, aber …«

»Nichts aber. Du hast ihn verlassen. Und er hat sich umgebracht.«

»Ja.«

Viktoria brüllte: »Mehr nicht. Nur ja? Ich war drei Jahre alt. Ich habe einen Toten gesehen, und du hast so getan, als wäre ich bescheuert. Wie dumm von ihm, dass er sich wegen so einer wie dir erhängt hat. Wie dumm!«

»Er war nicht dumm.«

Viktoria klappte das Handy zu.

Marie sprach trotzdem weiter: »Er hat es wegen dir getan. Dich hat er geliebt, nur dich. Dein Vater hat dich so sehr geliebt…« Dann legte Marie Latell ganz vorsichtig auf.

Sie versuchte, die Fliesen zu zählen. Von links nach rechts, die erste war dunkelrot, fast schon braun, die nächste weiß, dann wieder dunkelrot. Dunkelrot wie Ochsenblut, dachte sie. Ochsenblut ist dunkelrot und schlecht von alten Dielen abzubekommen. Sie konnte sich nicht konzentrieren. Sie wollte sich nicht konzentrieren. Viktoria hatte Angst. Angst vor der Wahrheit. Zählen, dachte sie, zählen. Eine Fliese, zwei Fliesen, dunkelrot wie Ochsenblut.

»Wann kommen sie?« Ganz leise hatte sie gesprochen, es war weniger als ein Flüstern.

»Wer kommt?«, Viktoria sprach genauso leise.

»Die Polizei…«

Sie schaute auf den Koffer, der neben Martha Lütkehaus auf dem Fliesenboden stand. Er war aus Leder, aus braunem Leder. Nicht groß, vierzig mal dreißig Zentimeter. Kompakter als mein Rollkoffer, dachte sie. Und viel älter. Vielleicht hatte sie ihn zu ihrer Hochzeit bekommen. Zu ihrer Hochzeit mit dem Geliebten meiner Mutter, dachte Viktoria. Weiße Fliese, Ochsenblut-Fliese, zwei, drei, vier, fünf, sechs. Der Koffer würde gut als Handgepäck durchgehen. Sehr praktisch, nie wieder am Gepäckband warten: »Hat er sich wegen Mama umgebracht?« Viktoria schaute Martha Lütkehaus nicht an. Sie fürchtete sich vor der Antwort.

Ihre knorrigen Hände lagen ganz ruhig auf dem Tisch, fast wie zu einem Gebet gefaltet. Ihr Rücken war krumm, ihr hagerer Körper zusammengesunken, sie sah furchtbar zerknittert aus. Hutzelzwergin, dachte Viktoria.

Das schwarze Kleid war an einigen Stellen ausgebessert, die grauen Haare waren zu einem Dutt gebunden, ihren Blick hatte sie gesenkt, sie konnte höchstens die vergilbte Tischdecke sehen – Viktoria schaute sie nicht an. Ein kleiner, durchsichtiger Fleck breitete sich auf dem Stoff unter ihrem Gesicht aus. Eine Träne. Plötzlich schien irgendetwas ihren ganzen Körper zu schütteln. Sie zuckte, dann sah sie auf. Salzwasser in ihren Augen.

»Hat er sich wegen Mama umgebracht?« Viktoria fragte noch einmal mit brüchiger Stimme. Martha schluchzte, statt zu antworten. Dann, als sei sie plötzlich aufgewacht, richtete sie sich gerade auf und begann, zu sprechen. Von ihrem Mann und Viktorias Vater.

»Deine Mutter.« Martha spuckte die Worte beinahe aus. »Sie hat ihn kaputt gemacht, sie war schuld.«

Viktoria schaute durch das Fenster in die Ferne. »Ich habe ihn gesehen, am Baum. Er hing da und baumelte hin und her. Ich habe ihn gesehen ...« Sie wurde leiser. »Ich war doch noch so klein!«

Martha schaute sie traurig an, fast mitleidig.

»Was ist passiert? Damals. Was ist mit ihm passiert? Warum ist er tot, warum habe ich ihn so gesehen, warum hat mich niemand beschützt?« Eins, zwei, drei, vier, weiß, ochsenblutrot, weiß, ticktack, ticktack. Sie zählte, hörte, zählte, um nicht verrückt zu werden. Ihr Kopf wollte explodieren, sie konnte die Dinge nicht einordnen, es kam ihr vor, als würden ihre Gehirnzellen in altem Slime hilflos umherpaddeln. Nur eines wusste sie. Der Traum war kein Traum. Sie hatte Bernhard Lütkehaus am Baum hängend gesehen. Sie hatte ihn genauso gesehen, wie sie das Loch unter dem Fuß des Jesus am Kreuz gefühlt hatte, sie hatte seine Leiche im Wind schaukeln sehen, sie kannte den Baum, an dem das Seil hing, das er sich um seinen Hals gelegt hatte. Sie kannte die kräftigen Hände, die schlaff an dem toten Körper herabhingen. Diese Hände hatten einmal aus einem Taschentuch eine kleine Maus gefaltet, die immer wieder in die Wiese vor ihre Füßen gehüpft war. Ich ertrinke in Slime, in grünem wabernden Slime, dachte sie. Diese klebrige Glibbermasse, die in den Achtzigerjahren bei Kindern so angesagt war. Die Achtziger sind in, dachte sie. Die Achtziger sind wieder in. Ich muss unbedingt meine Nena-Schweißbänder wiederfinden, die liegen noch irgendwo in einer vergessenen Schublade. Der Gedanke tröstete sie, coole Nena-Schweißbänder.

Marthas knorrige Hände, die vorher noch so ruhig dagelegen hatten, als gehörten sie nicht zum Rest des Körpers, begannen zu arbeiten. Ein Fingerringkampf, rechte Hand gegen linke Hand. Einen Sieger würde es nicht geben.

Sie begann mit ihrer Geschichte, die auch Viktorias Geschichte war. Ihre Worte krochen leise und tonlos aus ihrer Kehle. Die Traurigkeit und Müdigkeit in ihrer Stimme dämpfte alles in dieser großen Küche. Die Uhr schien langsamer und leiser zu ticken, die Stickbilder an den Wänden verschwommen vor Viktorias Augen, der Herd, der Wasserkessel darauf, die Fenster – alles war weit entfernt. Die Wände waberten, die Decke drückte nach unten. Im Mittelpunkt dieses unendlichen, dieses verschwommenen Universums saßen die hagere, gebückte Martha Lütkehaus und Viktoria, die sich aufrecht hielt. Doch auch ihre Hände kneteten einander unter der Tischplatte. Noch ein Fingerringkampf ohne Sieger.

Martha und Bernhard hatten einander am 3. Mai 1970 kennengelernt. An diesem Donnerstag, es war einundzwanzig Grad warm, der Himmel war hellblau, kam Bernhard auf den Hof der Bauern Schulte, um ihnen ein Angebot für einen Traktor zu machen. Die Schultes hatten Bernhard erwartet. Er hatte gerade seine Lehre zum Landmaschinenschlosser beendet und arbeitete seit ein paar Wochen bei Landmaschinen-Bessing in Warendorf. Sein Chef, Friedrich Bessing senior, war froh, den Jungen eingestellt zu haben. Er hatte Vorbehalte gehabt, denn Bernhard Lütkehaus war frech und hübsch. Dass er gerade erst neunzehn geworden war, konnte man zwar sehen – der zarte Bartflaum auf seiner Oberlippe verriet alles –, doch seine Art, sich geschmeidig zu bewegen, zu sprechen, seinem Gegenüber direkt in die Augen zu schauen, der feste Händedruck – all das hatte nichts von einem Halbstarken. Keine übertriebenen Gesten, keine linkischen Bewegungen. Bernhard Lütkehaus war sich seiner sicher. Er wusste offensichtlich, dass er überdurchschnittlich gut aussah – breites Kreuz, sehniger Körper, strahlend blaue Augen, blonde Haare, markante Nase –, er wusste, dass er überdurchschnittlich flink im Kopf war. Und Friedrich Bessing senior war nicht sicher, ob seinen Kunden – überwiegend Landwirte aus Warendorfs Umland, knurrig, wortkarg, westfälisch – das gefallen würde. Bernhard sollte erst einmal zur Probe arbeiten, danach würde man sehen.

Nach drei Tagen hatte der junge Mitarbeiter seinen ersten Traktor verkauft. Zufallstreffer, lästerten die älteren Kollegen. Es folgte ein Fahr M 88 S, ein Mähdrescher, ein dicker Fisch. Lütkehaus bekam seinen Vertrag, ein ordentliches Gehalt und das Versprechen, schon bald am Umsatz beteiligt zu werden.

Bernhards Verkaufsstrategie war genial: Er verzichtete auf jegliche Strategie. Er hörte zu, was die Interessenten wollten, und bot ihnen nur genau das an. Er überredete niemanden, sondern gab Auskunft. Er machte der Landwirtin keine Komplimente über den gepflegten Garten, und mit dem Bauern redete er nicht über das launische Wetter. Er hatte Ahnung, er kannte jedes kleinste technische Detail des Produkts, er wusste genau, welche Maschine zu wem passte, und er bremste verkaufswütige Großmaschinenfans, die sich gerne von XXL-Rädern und Rekord-PS-Zahlen blenden ließen, um sie vor einer Fehlinvestition zu bewahren. Er war sachlich, sein Aussehen musste an Nettigkeit reichen.

Schultes waren begeistert von seiner Kenntnis und seiner Geduld. Sie hatten Sorge, dass der Traktorkauf sie finanziell ruinieren könnte, deshalb waren sie besonders vorsichtig und wogen jedes Kaufargument ab. Bernhard begriff allerdings schnell, dass nicht Herr oder Frau Schulte entscheiden würde, ob es ein Fendt, McCormick oder ein Deutz werden würde. Die einzige Tochter Martha hatte auf dem Schultenhof das Sagen – auch wenn sie an diesem schönen, warmen Tag sehr wenig sagte.

Es waren ihre ernsten Augen und die Art, wie sie ihren Rücken gerade hielt, die Bernhard faszinierten. Als sie den Verkaufsvertrag überflog und ihn nach jeder Seite anschaute, als könne sie so herausfinden, ob er es gut mit ihnen meinte oder ob er ein windiger Geschäftemacher sei, bekam er Herzklopfen. Sie trug nur einen einfachen dunkelblauen Arbeitskittel, doch sie sah darin aus wie eine dieser Frauen aus den Schwarz-Weiß-Filmen der Vierzigerjahre. Elegant. Schlank. Erhaben. Aufregend. Bernhard wusste, dass sie auf ihn herabblickte. Er war zehn Jahre jünger als sie, er war in ihren Augen noch ein Kind. Sie war eine Frau. Eine unnahbare Frau. Und er wollte sie haben. Er wollte diese ernsten Augen strahlen sehen. Vor Liebe zu ihm. Und weil es Bernhard Lütkehaus in die Wiege gelegt war, andere Menschen für sich einzunehmen – weil er so aussah, wie er aussah, und weil er so war, wie er war –, liebte sie ihn schon ein kleines bisschen, als er ihr den Kugelschreiber zum Unterzeichnen des Kaufvertrages über einen Deutz D 4006 mit vierzig PS reichte.

Natürlich musste er in den Tagen darauf immer mal

wieder anrufen und vorbeischauen, um die letzten Details des Verkaufs und der Übergabe des Traktors zu regeln. Nach ein paar Wochen fragte er sie ganz nebenbei, ob sie mit ihm zum Schützenball gehen wolle und sie sagte Ja. Ob ihre Augen dabei strahlten, konnte er nicht sehen, denn sie hatte zu Boden geschaut.

Als sie ein paar Monate später in dem kleinen Badezimmer seiner kleinen Wohnung stand, sich ankleidete und ihm sagte, dass sie schwanger sei – da konnte er es sehen. Das Strahlen. Er lag auf dem Bett und betrachtete durch den Türspalt seine aufrechte, schöne, ernste Martha. Obwohl sie sich unbeobachtet fühlte, bewegte sie sich mit einer Anmut, die ihm immer wieder den Atem raubte. Sie hatte so gar nichts von den hübschen Mädchen seines Alters. Die plapperten, malten ihre Lippen rot und nähten ihre Miniröcke noch kürzer, als sie es ohnehin schon waren. Sie zog sich ihren schmalen grauen Rock an, dazu eine weiße Bluse und die schwarzen Schuhe. Dann kämmte sie ihr Haar und steckte es hoch, indem sie ihre schlanken Arme hob und eine Spange geschickt hineinsteckte. Er sah, wie sie sich im Spiegel betrachtete, und hörte kaum, was sie sagte: »Ich glaube, wir bekommen eine Baby.« Es klang, als habe sie nur zu ihrem Spiegelbild gesprochen und nicht mit ihm. Doch als er die Tür aufriss, um sie zu umarmen, konnte er es im Spiegel sehen. Das Strahlen, die Liebe, das Glück. Es war das erste und das letzte Mal, dass er es sah.

Die Blutungen kamen zwei Wochen vor der Hochzeit. Wie hätte man da noch absagen können? All die Gäste, all die Verpflichtungen. Der Saal, das Essen, die Torte, der Pastor, der Blumenschmuck. Was sollte man den Leuten sagen? Wir haben unser Kind verloren, von dem ihr noch nichts wusstet? Was hätte er tun sollen? Sie nicht heiraten, weil sie nicht mehr schwanger war?

Dass sie nicht lächelte, fiel kaum einem auf – sie lächelte ja auch sonst sehr wenig, die ernste Martha. Er spülte mit Bier und Schnaps das Lachen aus seiner Kehle, in dem es sonst stecken geblieben wäre. Dass sie blass war, merkten vor allem die Frauen. »Bist du etwa schwanger?« Ihr Kichern schmerzte in ihrer beider Ohren und Mägen. Die Musik der Drei-Mann-Band hämmerte in ihren Köpfen, in ihrer Hochzeitsnacht erbrach er das Zwiebelfleisch und die Hühnerbouillon, sie drehte ihm den Rücken zu und starrte die Tapete mit den kleinen Rosen an. Weil er nicht wusste, was er sagen sollte oder was er tun konnte, legte er sich vorsichtig neben sie und traute sich nicht, sie zu berühren. Als im Morgengrauen der erste Zug von Münster nach Osnabrück an ihrem kleinen, alten Häuschen vorbeiraste, in dem einmal Marthas Großtante Josefine gewohnt hatte und das jahrelang leer stand, bevor Bernhard und Martha es haben wollten, flüsterte sie: »Du wirst mich verlassen.« Endlich wusste er, was er tun und sagen musste. Er legte seine Arme um seine aufrechte Frau und sagte: »Niemals.« Er hörte ihr Schluchzen und hielt sie noch fester. Er spürte, wie sie bebte, er fühlte, wie sie litt. Das Baby würde nicht geboren werden, es war tot. Er wusste es, er begriff es, aber es tat ihm nicht so weh wie ihr. Er liebte Martha und nicht das Kind, das er nicht kannte, das er nicht in seinen Armen gehalten hatte und das er nicht halten würde. »Niemals«, sagte er. »Niemals werde ich dich verlassen.« Dass er sein Versprechen zehn Jahre später brechen wollte, brach ihm das Genick.

18. Kapitel

Tim trat wie wild in seine Pedalen. Er überholte Fußgänger, Kinderwagen, Rollatorschieber im Zickzackkurs, bremste, saß kaum auf seinem Sattel, fuhr im Stehen und wirbelte jede Menge Staub auf, als er endlich beim Schützenplatz angekommen war. Er ließ sein Fahrrad fallen und rannte los. Doch schon nach wenigen Metern blieb er stehen. Wie sollte er eigentlich den Fotografen ansprechen? Was sollte er ihm sagen? Tim hielt den Geldbeutel fest, fühlte die Filmdose, hörte das Papier knistern. Vorhin war er noch so sicher gewesen, doch jetzt wusste er gar nichts mehr. Schiss hatte er. Der Mann mit dem gelben Auto wirkte schon ganz schön arrogant. Würde er einen Jungen wie ihn überhaupt ernst nehmen? Tim war zwar sportlich, aber für sein Alter ein bisschen zu klein geraten. Außerdem konnte er sich nicht so gut ausdrücken. Deshalb hatte er im Mündlichen auch immer so schlechte Noten. Er schrieb halt lieber auf, was er sagen wollte, und so hatte er es ja auch gemacht. Jetzt zu diesem Fremden zu gehen und nicht mal zu wissen, ob er ihn duzen oder siezen sollte, versetzte ihn in leichte Panik. Und während Tim Möcke sich die langen, schweißnassen Ponyhaare aus der Stirn strich, entdeckte er ihn. Auch wenn er ihn nicht sofort erkannte, denn der Reporter war wie ein Schützenbruder angezogen. Er trug die gleiche Jacke und die gleiche Hose wie alle hier – und er wirkte gar nicht arrogant, sondern sehr, sehr lustig. Um ihn herum standen jede Menge Leute, und selbst wenn Tim Möcke in diesem Moment nicht der Mut verlassen hätte, so wäre es ihm nicht möglich gewesen, dem Reporter von seinen Beobachtungen zu erzählen. Also schaute er zu, wartete und entwickelte einen Plan B.

Als Mario Siewers zu einem der Biertische wankte und seine Schützenjacke über die Stuhllehne warf, wusste Tim, was er tun würde. Es dauerte noch ein paar Biere, zwei Schnäpse, elf Schulterklopfer und zweiundzwanzig laute Lacher, dann war die Zeit reif. Mario Siewers musste zum Klo. Er stand auf, nahm im Stehen noch einen Schluck, nestelte an seinem Hemd herum, das trotzdem nicht zurück in die Hose wollte, und ging Richtung Toilettenwagen.

Tim näherte sich von hinten dem leeren Stuhl. Als er angekommen war, bückte er sich und sagte halblaut: »Blöde Schuhbänder.« Er tat so, als mache er eine Schleife, und während er sich aufrichtete, steckte er die Filmdose und das Papier in Mario Siewers Jackentasche.

Der Schlüssel in der Hand von Elisabeth Upphoff war eiskalt. Ferdinand hatte ihn im Gefrierschrank in der untersten Schublade versteckt. Er wusste, dass Elisabeth dieses Fach mied wie der Teufel das Weihwasser. Was man nicht alles im Angesicht des Todes tut, dachte Elisabeth und unterdrückte den Brechreiz, als sie am Plastikgriff zog und mit der eisigen Luft die Erinnerungen auf sie einströmten.

Sie atmete nicht und tastete im leeren Fach nach dem kleinen Sesam-öffne-dich. Als sie ihn fühlte, war es wie an jenem Ostertag vor zwei Jahren. Aber nicht, weil sie etwas Schönes gesucht und gefunden hatte und in ihr Körbchen legen konnte. Nein, der Osterhase hatte ihr etwas ganz und gar Ekelhaftes gebracht: etwas von Klaus Bühlbecker, dem Oberschützenbruder, dem Freund ihres Mannes, dem Schultertätschler, der sie nicht schießen lassen wollte und sie behandelt hatte wie den letzten Dreck. Nicht nur an jenem Tag, als sie durchdrehte. Auch Ostermontag vor zwei Jahren hatte er ihr jovial an die Schultern gegriffen. Als Entschuldigung. Dabei grinste er, und ihr Mann Ferdinand machte hinter ihrem Rücken Faxen, sie hatte es genau gespürt. Dabei war da nichts zu entschuldigen.

Die beiden Männer hatten zusammen mit ein paar anderen vom Verein getrunken. Zu schnell, zu viel, zu durcheinander. Dann machte der Gasthof zu und Ferdinand hatte die Idee, seinen alten Partykeller zu aktivieren. »Hey«, hatte er die anderen überredet. »Kennt ihr noch den Fuchs mit den leuchtenden Augen?« Vier Männer mit rot geränderten Augen trampelten durch den frisch gewischten Flur, die Kellertreppe hinunter und tranken noch weiter – doch die halbe Kiste Krombacher reichte ihnen schon. Viel passte ohnehin nicht mehr in ihre Bäuche. Elisabeth lag längst im Bett und horchte. Schon nach einer Stunde waren alle wieder verschwunden, sie atmete auf. Ferdinand ließ sich auf die Matratze fallen und schlief sofort ein. Sein Schnarchen hielt sich in Grenzen, seine Fahne nicht. Sie nahm es hin.

Am nächsten Tag ließ sie ihn ausschlafen. War auch gut so, sie wollte in der Küche ganz in Ruhe den Sonntagsbraten vorbereiten. Die Kinder würden vorbeikommen. Und sie würde das neue Rezept ausprobieren, endlich! Sie bereitete die Gewürzmischung vor. Curry und scharfes Chili, das Ganze war richtig exotisch. Elisabeth lächelte vor sich hin. Dann ging sie in den Keller, um das Fleisch aus dem Gefrierschrank zu holen, bis zum Mittag sollte es auftauen, am frühen Abend war das Osteressen geplant. Der Braten lag im untersten Fach, in tiefgekühltem Erbrochenem.

Nie würde sie den Gestank vergessen, als sie die Schublade auftaute, um sie irgendwie sauber zu bekommen. Sie wusste nicht, warum sie sie nicht einfach in den Müll geworfen hatte. Zu sparsam, zu gewissenhaft, zu blöd war sie. Sie stand im Garten, ekelte sich, ärgerte sich und hielt einen Föhn über die Schweinerei.

Ferdinand war plötzlich hinter ihr und schrie: »Was ’n das für ’n Lärm, da kann man ja gar nicht schlafen.« Sie konnte nicht antworten. Tränen standen ihr in den Augen, sie hielt sich die Nase zu. Er drehte sich um, die Terrassentür knallte.

Als sie eine Stunde später zu ihm in die Küche kam, saß er bei einem Glas Wasser und war in Erzähllaune. »War richtig lustig gestern, Elli«, sagte er. Sie konnte ihn nicht anschauen. »Aber manche vertragen es echt nicht mehr.« Er nahm einen Schluck, lachte laut. »Der Klaus, der hat sich übergeben. Hat er mir erzählt. Bei uns unten – im Gästeklo.«

Elisabeth schüttelte den Kopf. »Nein, bei uns unten auf dem Schweinebraten.«

Welche Blutgruppe Klaus wohl hat, dachte Elisabeth, als sie den Schlüssel in das Schloss des silberglänzenden Waffenschranks steckte. Bestimmt A positiv, Schweineblut. Das, was alle haben. Die Tür schwang auf. Die Waffen standen da, als wären sie nie in ihren und nie in den Händen der Polizei gewesen. Ist ja nichts passiert, dachte sie und streichelte über das Metall des Schrotlaufs. Noch nicht.

»Noch eins?« Klaus fragte eigentlich nicht. Es war eine Feststellung. Deshalb wartete der Vereinsvorsitzende der Westbeverner Schützen auch nicht auf eine Antwort. Mario bekam sein Glas Bier, und Klaus legte einen Arm um die Schultern des Berliner Schützenkönigs.

»So, mein Lieber. Jetzt mal raus mit der Sprache. Wer kommt in den Hofstaat?«

Mario schaute dämlich. »Was 'n det?«

»Dat is wichtig!«

Mario nickte. »Okay, was muss ich tun?«

»Sag mir zuerst, wer deine Königin wird. Ich nehme mal an, deine hübsche, rassige Kollegin?«

Mario verschluckte sich am Bier. »Besser nicht. Die steht da nicht drauf.«

»Wer dann? Hast dir etwa eine unserer Dorfschönheiten ausgeguckt?« Der Griff um Marios Schulter wurde fester. Der Fotograf spürte einen Fluchtinstinkt. Doch Klaus ließ nicht locker. Im Gegenteil. Er rückte noch näher, sein

Lachen wurde noch freundschaftlicher, seine Aussprache noch feuchter. Mario war noch nicht betrunken genug, um die kleinen Tröpfchen, die in seinem Gesicht gelandet waren, ignorieren zu können. Er fand Klaus einfach nur widerlich.

»Ich kann mir aussuchen, wen ich will?«

Klaus grinste jovial. »Wenn die Dame deines Herzens einverstanden ist, kannst du jede zu deiner Königin machen.«

Mario nickte, wischte sich mit der Hand über das Gesicht und sagte: »Ich mache Elisabeth Upphoff zur Königin.«

Zack, der Arm war weg. Und Tröpfchen kamen auch keine mehr angeflogen. Klaus war sprachlos. Mario klopfte ihm auf die Schulter, eilte zur Theke, bestellte ein Glas Sekt und tänzelte zu seiner Auserwählten. Endlich konnte er einer Frau mal einen Herzenswunsch erfüllen. Und einem Arschloch eins auswischen. Ein schönes Gefühl.

Kein schönes Gefühl hatte Tim Möcke in diesem Augenblick. In seinem Bauch rumorte es schlimmer als vor einer Doppelstunde Mathe oder einem unangekündigten Englisch-Vokabeltest. Der Fotograf, der eine Mörderin aufgrund seiner Zeugenaussage überführen sollte, trank gerade mit ihr zusammen ein Glas Sekt. Jetzt tanzten sie auch noch. Ihre Hand, die in dieser seltsamen Nacht an dem Abzughahn der Jagdwaffe gelegen hatte, lag jetzt auf seiner Hüfte. Ihre Finger berührten die Jackentasche der Schützenuniform. Und in der Tasche lag Tim Möckes

Zeugenaussage mit den Beweispatronen. Der Junge rannte, rannte um sein Leben. Denn das – so war er sich hundertprozentig sicher – war ab jetzt in Gefahr.

19. Kapitel

Viktoria beobachtete zwei Fliegen, die aufeinanderhockten und brummten. Poppende Fliegen, dachte sie. Bald schon wird eine kleine, hässliche Made das Licht der Welt erblicken – oder das Dunkel der Biomülltonne. Ein gutes Gramm schwer, einen knappen Zentimeter groß – Mutter und Kind sind wohlauf. Mutter und Kind. Mutter und Kind. Viktoria konnte sich kaum konzentrieren. Sie sah Martha vor sich, alt und grau und mit gesenktem Haupt. Und in ihrem Kopf sah sie die junge Frau vor sich, die Martha einmal gewesen war. Schön, schlank, gerade und doch gebrochen. Weil das Kind in ihrem Leib starb und weil der Mann, den sie liebte, ein Kind mit einer anderen bekam. Ein Mädchen. Ein kleines, süßes, kerngesundes Mädchen mit Zöpfchen und blaugrünen Augen. Es wurde Klein Püppi genannt, weil ihre Mutter Püppi genannt wurde.

Doch die Mutter hieß eigentlich Marie und das Kind Viktoria. Und Viktoria liebte es, wenn ihr Vater ihr aus einem Taschentuch eine kleine Maus faltete und sie hüpfen ließ. »Bernie«, rief sie dann vergnügt. »Bernie! Mehr. Noch mal.«

Dass Bernie Papa war, wusste sie nicht. Bis heute. Bis jetzt.

Bis zu diesem Moment, in dem die beiden Fliegen Nachwuchs zeugten.

Marthas Haupt war noch immer gesenkt. Sie sprach mit der Tischdecke. Doch Viktoria hörte jedes Wort.

Am Tag, als Bernhard Lütkehaus Schützenkönig von Westbevern wurde, am 16. Juni 1976, wurde er untreu. Seine Frau Martha wusste es, bevor er es wusste.

Sie saß neben ihm. Der Schützenball tobte, die Musik spielte laut, die Trommeln bebten, Biergläser waren schneller leer als aufgefüllt. Martha lehnte zum dritten Mal ein Glas und einen Tanz ab, und Bernhard, König Bernhard I., wankte zur Theke. Da stand diese Frau. Klein, schwarzhaarig, aufreizend. Bei jedem Bier, das Bernhard sich holte, lächelte sie ihn an. Sie berührte seine Königskette, seine Hand, wenn sie ihm das Glas gab, sie strich sich durch die Haare. Martha zog sich ihre Strickjacke über, ihr war kalt.

Bernhard gab es irgendwann auf, seine Frau nach einem Tanz zu fragen. Er blieb an der Theke stehen, redete mit seinen Freunden, trank ein paar Schnäpse. Es war nach zwei Uhr, das Festzelt war halb leer. Ein paar Betrunkene schliefen an den Tischen.

Martha stand auf und ging zu ihrem Mann. »Ich mach mich nach Hause auf.«

Bernhard schaute kurz. Seine Augen waren glasig. »Soll ich dich bringen?«

»Nein, bin ja mit dem Rad schnell daheim. Feier du noch schön.« Ein kurzer, trockener Kuss, dann ging sie zu ihrem schwarzen Fahrrad. Sie wollte gerade aufsteigen, doch ihre Blase drückte, sie hatte den ganzen Abend

Wasser getrunken. Das Bier hatte sie heimlich mit Wasser verdünnt, Schnäpse abgelehnt. Bloß nicht zu viel Alkohol. Sie hatte es Bernhard extra noch nicht gesagt, doch ihre Tage waren ausgeblieben. Es könnte also sein … Vielleicht, vielleicht. Es könnte klappen, dieses Mal. Das Wort Baby dachte sie nicht einmal. Aber Bier lieber doch nicht. Die Blase drückte unerträglich. Martha lehnte das Fahrrad wieder an den Baum und ging zum Toilettenwagen. Eine Tür war offen, Gott sei Dank. Sie raschelte mit dem Klopapier, wollte die Brille säubern, da spürte sie einen Schmerz im Unterleib. Sie krümmte sich, der Krampf löste sich. Sie spürte die volle Blase und setzte sich. Dann sah sie das Blut auf dem Klopapier und ihr Hals wurde ganz eng. Es schien, als vibrierte der Toilettenwagen, sie verlor das Gleichgewicht, ihr wurde schwarz vor Augen, doch sie fing sich wieder. Lehnte sich zurück. Atmete. Dann hörte sie ihn stöhnen. Sie konnte seine Schuhe durch den Schlitz zwischen den Kabinen sehen. Der Toilettenwagen vibrierte tatsächlich. Martha saß mit hochgerafftem Rock auf der mit Klopapier bedeckten Klobrille, Blut tropfte aus ihrem Unterleib. Sie schlug ihren Hinterkopf gegen die Holzwand – im gleichen Takt, in dem Schützenkönig Bernhard I. die Aushilfskellnerin Marie Latell zum Höhepunkt stieß.

Viktoria war schlecht, sie wollte wegrennen. Doch sie blieb auf dem Holzstuhl in Marthas Küche sitzen und bewegte sich nicht. Ich bin zu Stein geworden, dachte sie. Ein dicker, schwerer Stein drückte auf ihren Magen, ihr Herz, ihre Stimmbänder. Sie konnte nichts tun, sich nicht rühren, nichts fragen. Dabei hätte sie es am liebsten herausgeschrien. »Was hat das alles mit mir zu tun? … Warum hat er sich erhängt?«

Dabei wusste sie die Antwort. Tief in ihrer versteinerten Seele rührte sich die Wahrheit und würde sich einen Weg bahnen. Durch ihr Herz, durch ihren Magen, durch ihre Eingeweide und in ihre Augen. Da, sie sah es. Sie fühlte es. Sie wusste es: Sie war schuld. Mama war schuld an allem. Bernhard Lütkehaus, Bernie, Papa, er hatte es nicht ertragen, dass Marie Latell ihm die Tochter genommen hatte und mit ihr wegging aus Westbevern. Lieber wollte er an einem Baum hängen und sich vom Wind hin und her schaukeln lassen, als den Schmerz zu ertragen, sein Kind nicht mehr zu sehen. Der Felsen in Viktoria bekam Risse. Es bröckelte, es rutschte, ein Erdbeben tobte in ihrem Körper. Und endlich, endlich – weinte sie. Salzige, bittere Bäche, Flüsse, Seen, ein ganzes Meer von Tränen. Um ihn.

Und um sich selbst.

Bernhard Lütkehaus war überrollt worden von der Liebe. Nicht zu Marie, die er mochte, die er gerne anfasste und mit der er gerne schlief. Nein, seine Liebe galt dieser kleinen, süßen Kröte. Diesem Mädchen, das seine Tochter war – und es nicht sein durfte. Er hatte darauf bestanden, dass Marie es geheim hielt. Denn er wusste, dass seine Frau daran verrückt werden würde. Also war er für Viktoria nur Bernie und nicht Papa. Er selbst litt am meisten darunter. Auf seinen Verkaufstouren machte er immer wieder Abstecher in die Studentenwohnung von Marie.

Wenn sie im Gasthof König kellnerte, brachte sie das Mädchen mit – und Bernhard musste an diesen Tagen immer dringend mal wieder ein kleines Bierchen trinken gehen. Dass kein Westbeverner Verdacht schöpfte, lag daran, dass Viktoria einen erfundenen Vater bekam. Über den Marie gerne meckerte.

Die Männer an der Theke meckerten mit. »Was für ein gemeiner Hund, dich einfach alleine mit Klein Püppi zu lassen.« Niemand fand es seltsam, dass Bernie so einen besonderen Draht zu ihr hatte. Alle wussten, dass er Kinder liebte und sich welche wünschte. Alle wussten, dass es bei Martha nicht klappte. Und Martha wusste, dass Viktoria die Tochter ihres Mannes war.

Aber sie sagte es nicht. Lieber ertrug sie seine Ausreden, seine liebevollen Blicke, wenn er das Kind ansah, die versteckten Babyfotos, all die Lügen und Demütigungen. Sie würde ihm auch bald ein Kind schenken, und dann hätte sie ihn wieder für sich. Nach der letzten Fehlgeburt hatte sie beschlossen, nur noch nach vorn zu schauen. Kein Baby, das nicht bei ihr bleiben wollte, würde sie mehr betrauern. Sie würde nur noch beten, dass eines bliebe.

Nachts träumte sie von seinem Kind, dem kleinen Bastard. Die Träume waren schrecklich. Sie nahm darin das Kind aus dem Kinderwagen und drückte es so fest und so lange, bis es aufhörte zu schreien. Wenn sie aufwachte, spürte sie immer noch den Hass in sich, und sie schämte sich furchtbar dafür. Manchmal ging sie an solchen Tagen in die Kirche und betete. »Lieber Gott, nimm diesen schrecklichen Hass von mir. Ich erkenne mich nicht mehr, ich will töten. Und das darf nicht sein!« Doch Gott hörte nicht auf sie. Sie hasste das fremde Kind mit Leib und Seele. Und sie wollte es töten.

Das erste Album war schon voll. Marie klebte die Fotos in der Reihenfolge ein, in der sie sie in der Kiste fand.

Die kleine Viktoria mit eins, mit zwei, mit drei. Ihre Haare waren dunkel und kräftig und wunderschön lockig. Sie selbst hatte das Studium längst abgebrochen. Aber ihr lässiges Studentenleben ging weiter. Sie trank viel Rotwein, diskutierte mit langhaarigen Sozialwissenschaftlern und schlief mit ihrem Liebhaber aus Westbevern. Sie wusste, dass sie bei Männern gut ankam, dass sie bei Bernhard gut ankam – aber eben nicht mehr. Sie wollte ihn aber ganz. Oder sie wollte das Gefühl haben, ihn ganz haben zu können. Beides gab er ihr nicht. Und so beschloss sie, die Sache ernsthaft in die Hand zu nehmen.

»Berlin mit mir und Viktoria, oder wir vergessen es.« Marie sagte es ganz nebenbei, Bernhard beobachtete gerade Viktoria, wie sie Zwiebackreste auf die Enten am Aasee warf.

»Wie, Berlin?« Seine Stimme klang noch ganz ruhig.

»Wir gehen nach Berlin. Und du kommst mit.« Sie versuchte, ganz cool zu klingen, Pokerface.

»Was soll das, Püppi?« Bernhard schaute kurz zur Seite und dann wieder auf die weglaufenden Enten.

»Du wirst dich nie von deiner Frau trennen.«

»Ja, wie schon tausend Mal besprochen. Ich kann ihr das nicht antun.«

»Musst du ja auch nicht. Bleib schön bei ihr. Bleib in deinem Scheißkaff und verkauf weiter deine Trecker…«

Bernhard lächelte bitter. Marie spürte, dass er ihr entglitt. Sie musste den Einsatz erhöhen.

»…und vergiss Viktoria.«

Bernhard stand auf. »Das kannst du nicht machen.« Viktoria schaute herüber, lachte und rief irgendetwas, dann kramte sie weiter in der Zwiebackschachtel.

Marie schaute Bernhard an. »Du weißt, dass ich es kann. Und ich weiß, dass du es auch kannst. Du willst doch nicht ewig in deinem Westbevern bleiben. Du bist doch viel mehr als Schützenverein, Bier an der Theke und Landmaschinenvertreter. Du bist doch anders, du träumst doch auch immer von einem weiten Leben ohne diese ganzen Spießergrenzen. Jetzt gebe ich dir die Chance dazu.«

»Die Chance, in einer dreckigen Stadt zu wohnen? Die Chance, meine Frau zu vernichten? Bleib mal ganz unten auf dem Boden, Marie.« Er hatte es arrogant gesagt, von oben herab. Marie riss sich zusammen, Pokerface.

»Wie du meinst. Morgen früh um 5.36 Uhr sitzen Viktoria und ich im Zug nach Osnabrück. Und von dort fahren wir direkt weiter nach Berlin. Entweder du packst deinen Koffer und steigst ein, oder du tust es nicht und sagst deiner Kleinen jetzt gleich noch Lebewohl. Es ist deine Entscheidung.«

»Das Mädchen gehört nicht nach Berlin, es gehört zu seinem Vater.«

»Zu dem es nicht einmal Papa sagen darf?« Maries Stimme wurde wackelig. »Komm mit, und sie hat endlich einen richtigen Vater.«

»Marie!« Bernhards Stimme wurde lauter.

»Um 5.36 Uhr! Du kannst entscheiden.«

»Ich … ich kann das nicht entscheiden. Nicht jetzt, einfach so. Ich kann nicht.«

»Denk darüber nach. Du hast es in der Hand. Bist du morgen früh nicht da, wird Viktoria dich vergessen müssen. Denn dann bist du für mich gestorben – und damit auch für sie.«

Viktoria kam mit ausgebreiteten Armen auf die beiden zugelaufen. Die Zöpfe flogen, sie lachte, sie fiel Bernhard um den Hals und rief: »Die Enten machen Purzelbaum im Wasser.«

Bernhard strich ihr mit seiner Hand über den Rücken und sagte. »Prima, meine Kleine. Das ist ganz prima!« Ihre Haare kitzelten sein Kinn.

»Bernie! Nicht so doll drücken.« Viktoria kicherte. »Dann krieg ich keine Luft mehr und kipp um.«

Bernhard ließ sie los. »Ich weiß. Ich krieg auch keine Luft mehr.« Dann ging er. Als er den Wagen aufschloss, hörte er noch die Stimme seiner Tochter. Sie weinte und rief: »Mama, sag Bernie, er soll nicht weggehen. Er soll hierbleiben. Bei mir und den Enten.« Er startete den Motor und fuhr los. Die Sicht war schlecht – doch für tränennasse Augen gab es keine Scheibenwischer.

20. Kapitel

Elisabeth Upphoff ertappte sich selbst dabei, dass sie fröhlich war. Sie wusste schon gar nicht mehr, wie sich das anfühlte. Ist wohl wie beim Fahrradfahren, dachte sie, das verlernt man auch nie. Sie grinste. Nicht verbittert, nicht zynisch, nein ehrlich gut gelaunt war sie. Sie konnte es nicht vor sich selbst verbergen, der Tanz mit dem komischen Vogel aus Berlin machte ihr Spaß. Nicht, dass er ein guter Tänzer war, er war eher ein begabter Flummi. Nein, es war die Musik, die sie trug, die sie leichter machte, die sie endlich einmal das ganze Elend vergessen ließ. Es war das verschmitzte Lächeln gewesen, mit dem er sie gefragt hatte, ob sie nicht im Hofstaat an seiner Seite sitzen wollte. Verschwörerisch hatte er ihr ins Ohr geflüstert: »Klaus würde sich sicher nicht freuen, wenn Sie Ja sagen und nun doch Schützenkönigin würden.« Sie hatte einfach nicken müssen, hatte das dämliche Gesicht von Kotz-Klaus gesehen, und jetzt tanzte sie und spürte endlich wieder sich selbst.

Die Gewehre lagen im Kofferraum ihres mintgrünen Corsas. Sie hatte die alte karierte Picknickdecke darüber gelegt und dieses Mal die Munition nicht vergessen. Ferdinand ist aber auch wirklich nachlässig, hatte sie gedacht, als sie die Schachteln direkt neben den Waffen entdeckt hatte. Der Corsa stand am Wegesrand gleich neben den Ponyreitern. Auch heute Nacht würde er dort stehen. Gut versteckt hinter einer Hecke. Niemand vom Schützenball wird sehen können, wie sie die Heckklappe öffnen wird. Sie wird durch die Nacht schleichen und dann ins Licht treten. Dieses Mal nüchtern und kühl und mit einer guten Absicht. Sie würde Klaus erst in die Knie zwingen, dann würde sie ihm eines ihrer Gewehre geben. Die Büchse. »Erschieß mich!«, würde sie ihm ins Ohr flüstern. Ganz leise, aber ganz bestimmt. Wenn er sich weigerte, würde sie ihm aus der anderen Waffe eine Ladung Schrot ins Gesicht feuern. Das würde sie ihm sagen. Und das würde sie allen sagen. Ferdinand würde es hören. Und sie würde sich, kurz bevor Klaus abdrückt, noch einmal zu ihm umdrehen und sagen: »Jetzt bist du mich endlich los.« Bumm!

Ein Stuhl krachte auf den Holzboden. Mario hatte zu wild getanzt. Er schrie auf und hielt sich sein Schienbein. Elisabeth musste lachen. Sie hatte schon öfter gelesen, dass viele Menschen vor ihrem sicheren Tod gelöst und fröhlich gewesen sein sollen. Wer hätte gedacht, dass sie wohl auch zu dieser Spezies gehörte?

Mario hüpfte immer noch auf einem Bein und wankte bedrohlich hin und her. Dann ging er zu Boden. Applaus von der Theke, Lachen von den benachbarten Mittänzern und ein Tusch von der Band. Alle sahen auf den langhaarigen Schützenkönig und Elisabeth, doch nur sie sah etwas Kleines, Rundes über das Parkett rollen. Sie bückte sich, hob es auf und erkannte eine schwarze Filmdose, daneben lag ein karierter Zettel. »Hier, Herr Siewers. Den

Film brauchen Sie sicher noch.« Mario lachte. Er saß inzwischen auf seinem Hintern und schüttelte seine Haare. »Erst mal, ich bin Mario. Schließlich sind wir jetzt ein Königspaar, meine Liebe. Und zweitens habe ich das letzte Mal vor einer Million Jahren mit einem Film fotografiert. Digital, you know?« Elisabeth knowte es nicht, aber sie wusste, dass etwas Interessantes in der kleinen Dose sein musste, es klapperte darin.

»Du hast sein Lächeln.« Marthas Stimme war plötzlich ganz weich.

»Ich lächle doch gar nicht«, blaffte Viktoria.

»Aber du hast es getan, als du dem kleinen Mädchen eine Maus gezaubert hast. Das hat er dir beigebracht. Er wäre ein so guter ... Er war ein so guter Vater.«

»Ein Vater, der sich vor meinen Augen erhängt hat.« Viktoria wollte ihn nicht mögen, schon gar nicht lieben oder um ihn trauern. »Wenn ich es richtig verstanden habe, konnte er sich einfach nicht entscheiden. Er wollte mich nicht verlieren, wollte aber auch nicht mitkommen. Also hat er Schluss gemacht, statt in den Zug zu steigen.«

»Ja, er hat Schluss gemacht.« Martha schaute Viktoria mit sanften Augen an.

Viktoria fühlte sich wieder wie Viktoria. Sie wurde wütend. »Er hat sich verpisst. Hat einfach einen Strick um seinen Hals gelegt und alle Menschen, die ihn liebten, unglücklich gemacht.«

»Ja, er hat alle unglücklich gemacht.« Martha klang immer noch sanft.

Viktoria wurde noch wütender. »Was ist mit Ihnen? Sie

müssen doch wütend gewesen sein auf ihn. Er betrügt Sie, kriegt mit einer andern ein Kind, und dann erhängt er sich in Ihrem Garten – damit Sie das Bild auch nie aus Ihrem Kopf bekommen. So wie ich. So wie meine Mutter. Er wollte in unsere Hirne, er wollte sich unsterblich machen. Und ich krieg ihn jetzt nicht mehr raus. Verdammte Scheiße.«

Martha zuckte zusammen. »Es tut mir leid.«

»Wieso tut es Ihnen leid? Er ist schuld. Er hat Schluss gemacht, er hat uns als letzten Gruß seine Leiche präsentiert. Gute Fahrt nach Berlin, tut mir leid, dass ich nicht winken kann.«

Martha stand auf und schlurfte langsam in einen Raum neben der Küche. Viktoria hörte eine Schublade, hörte die Bodendielen knarzen, und dann sah sie die Fotos in Marthas Hand. Martha legte sie ganz vorsichtig vor Viktoria auf den Tisch. Eines neben das andere. Viktoria erkannte ihn sofort. Bernie. Er hielt sie im Arm, es muss kurz nach der Geburt gewesen sein, so klein war sie da noch. Sie an seiner Hand. Im Hintergrund ein See. Dann keine Landschaft, sondern nur zwei Gesichter. Ihres und seines, Wange an Wange, Lachen an Lachen. Martha tippte mit dem Finger auf das Bild. »Sein Lächeln, sag ich doch.«

Viktoria nickte, sprechen konnte sie nicht. Sie strich mit dem Zeigefinger über die Fotos.

»Er hat Schluss gemacht«, sagte Martha. »Aber nicht mit sich selber. Mit mir.«

Viktoria schaute die Alte an.

Martha senkte den Blick und sagte: »Deshalb habe ich ihn gestoßen.«

Elisabeth Upphoff setzte sich an einen der Biertische und schüttete den Inhalt der kleinen Dose auf die weiße Papiertischdecke. Sie wusste sofort, was sie vor sich hatte. Die kleinen Kügelchen waren Munition. Was sollte das? Sie faltete den Zettel, der offensichtlich vorher um die Dose gewickelt worden war, auseinander. *Zeugenaussage von Tim Möcke*, stand da. Das ist der kleine Frechdachs mit den süßen Locken, dachte sie. Der, der hier vorhin aus dem Zelt gerast ist. Könnte auch mal ein bisschen an seiner Schönschrift arbeiten. Elisabeth las. Und sie begriff. Sie tastete in ihrer Handtasche nach dem Autoschlüssel. Als sie aufstand, sah sie Tim Möckes Eltern beim Foxtrott. Der Junge ist allein zu Hause, dachte sie. Der arme Junge.

Sie hatte sich die Ohren zugehalten. Nichts hören wollte sie von dem, was er sagte. Nichts. Doch Bernhard Lütkehaus nahm in jener Nacht vor fast dreißig Jahren die Hände seiner Frau und hielt sie ganz fest.

»Martha, versteh doch. Ich habe ein Kind und ich kann es nicht alleine lassen.«

»Ich weiß, dass du ein Kind hast.«

»Du weißt …?«

»Für wie dämlich hältst du mich?« Martha riss sich von ihm los. »Ich habe es von Anfang an gewusst. Ich wusste es schon, als ihr es gemacht habt.«

Bernhard starrte sie an. »Du hast nichts gesagt. Wie konntest du, wie hast du …?«

»Wie ich es ertragen habe? Gar nicht! Aber ich bin deine Frau und du bist mein Mann, und daran ändert auch so eine Schlampe nichts. Und auch kein Bastard. Ich hätte es töten sollen, dieses kleine Ding. Ich hätte es tun können, doch leider habe ich es schlafen lassen im Kinderwagen, den diese Püppi hier ständig rumkutschiert hat und einfach so stehen ließ. Hinterm Gasthaus, während sie sich an der Theke von den Männern hat anglotzen lassen. Ich hatte meine Hand schon an dem kleinen Hals – und ich hätte so gerne zugedrückt, so gerne. Jetzt werde ich dafür bestraft, dass ich den Bastard am Leben gelassen habe.«

»Viktoria ist kein Bastard! Sie ist meine Tochter.« Bernhard wurde laut.

»O ja. O ja. Wie gut ich das weiß. Jeden Tag, jede Nacht, jede Sekunde denke ich an nichts anderes.« Martha schrie jetzt auch. »Aber ich denke auch an die Kinder, die ich verloren habe. Die ich nicht bei mir halten konnte. Die deine Kinder waren. Du hast sie ja gleich vergessen.«

»Das stimmt nicht. Aber sie sind nun einmal nicht da.«

»Ja, weil ich nicht in der Lage bin, ein Baby auszutragen.«

»Hör auf damit.« Bernhard griff wieder nach den Händen seiner Frau.

»Womit soll ich aufhören? Zu trauern?«

»Natürlich muss man trauern, wenn man etwas verloren hat. Aber diese Babys, die waren doch nie da. Die haben dich nie angelächelt.«

»Aber dieser kleine Bastard, der lächelt dich an.«

Bernhard sah Martha an. So hatte er sie noch nie angeschaut. So kalt, so entschlossen. Er drehte sich um und zog den Koffer aus der Ecke des Dachbodens heraus. Staub wirbelte auf, Martha sah die einzelnen Körnchen tanzen. Das durfte nicht passieren. Er konnte nicht weggehen. Sie hatte es drei Jahre lang ausgehalten, dass er sie betrog. Sie hatte es jetzt wieder ausgehalten, die Angst, dass sie das Baby verlor. Doch es lebte, man konnte sogar schon ihren kleinen Bauch sehen, doch keiner hatte es gemerkt. Sie hatte es versteckt, ihr Wunder, das nun doch heranwuchs. Und jetzt wollte er gehen.

»Es wird alles gut werden«, sagte sie. Bernhard klopfte auf den Koffer, noch mehr Staub wirbelte auf.

»Nein, Martha. Ich gehe. Ich will raus, ich will weg. Ich kann nicht mehr, ich will mich um mein Kind kümmern.«

»Das kannst du auch hier tun.«

»Was redest du?« Bernhard hielt den Koffer in seiner rechten Hand und wollte damit an Martha vorbei zur kleinen Dachluke. Sie stellte sich ihm in den Weg. »Fünfter Monat, hier, man kann es schon sehen.« Sie streichelte ihren Bauch. Bernhard schob sie zur Seite. »Unser Baby wird dich brauchen.« Sie versuchte ihn festzuhalten, doch er machte sich los. Bernhard drehte sich um, um die steile Ausklapptreppe hinabzusteigen, der Koffer stand am Rand des Abgangs. »Martha, das Baby braucht mich nicht. Es wird doch sowieso wieder nicht geboren.«

Genau eine Sekunde, nachdem Bernhard Lütkehaus das gesagt hatte, schlug sein Hinterkopf auf die Kante der Eichenkommode im ersten Stock seines Hauses. Der Koffer stand noch auf dem Dachboden darüber. Martha schaute auf ihre zitternden Hände. Es war still.

Tim Möcke war erleichtert. Seine Eltern waren endlich wieder da. Sie hatten dreimal geklingelt, das taten sie immer. Er auch. Es war wie ein Zeichen zwischen ihnen. Dreimal klingeln hieß »Hallihallo, wir sind's« oder »Huhu, ich bin's«. Er saß im Wohnzimmer auf dem großen Fernsehsessel. Mit *Deutschland sucht den Superstar* hatte er sich abgelenkt. Von der Lebensgefahr, die ihn bedrohte. Seine Zeugenaussage war eindeutig in die falschen Hände geraten. Wenn der Fotograf mit der Amokläuferin unter einer Decke steckte, wer weiß, was passieren würde, wenn sie den Zettel lasen. Immerhin war seine Zeugenaussage belastend für Elisabeth Upphoff. Denn so wie es aussah, waren die Gewehre doch geladen gewesen. Sie hätte in jener Nacht die Schützenbrüder niedermetzeln können – und jetzt konnte sie es mit ihm tun. Tim Möcke, der Junge, der zu viel wusste. Er hatte sich unter die Decke gekuschelt und wartete auf das Klackern des Schlosses. Doch es war still. Hatten sie etwa den Schlüssel vergessen?

Vorsichtig schlich er zur Wohnzimmertür. Durch einen kleinen Spalt lugte er in den Flur, an dessen Ende die Haustür mit den Milchglasscheiben war. Er sah einen Schatten. Einen. Nicht zwei. Der Schatten bewegte sich, und plötzlich klopfte es.

»Tim, bist du da? Ich habe was für dich, komm doch mal.«

Die Angst verwandelte sich in Trotz. Pah, dachte Tim. Für wie doof hält die mich? Er hatte die Stimme von Elisabeth Upphoff erkannt. Und jetzt wollte sie ihn an die Tür locken, damit er sie hereinließ. Niemals!

»Tim, hör zu!«

Er wollte nicht, doch er hörte zu.

»Ich weiß, was du da gesehen hast in dieser unglückseligen Nacht. Du bist ein toller Zeuge. Und ich bin dir so dankbar.«

Dankbar, das verstand Tim nun doch wieder nicht. Immerhin hatte er etwas gesehen, was Elisabeths Tat sehr viel böser aussehen ließ, als es alle glaubten. Er rührte sich nicht.

»Tim. Ich werfe dir jetzt was durch den Briefschlitz. Als kleines Dankeschön und als Entschädigung für alles. Du hast dir sicher viele Gedanken gemacht und vielleicht ja auch Angst gehabt. Vor mir. Aber glaube mir, ich bin dir einfach nur dankbar.«

Er glaubte ihr nicht. Es klapperte, und eine CD fiel auf die Flurfliesen. »Da steht Peter Fox drauf«, sagte sie. »Kennst du den?« Tim nickte im Dunkeln, aber er sagte nichts. Die überrumpelt mich nicht, dachte er. Und: Geil, Peter Fox.

»Hab ich vorhin bei der Tombola gewonnen. Du warst doch auch da, oder?« Stille. »Ich werde jetzt fahren. Es wäre toll, wenn du deinen Eltern vielleicht nichts von der Munition erzählen würdest.«

Ha, da ist also die versteckte Drohung, dachte Tim. Dann hörte er die Autotür. Der mintgrüne Corsa startete. Tim Möcke kroch wie ein Soldat durch den Flur und griff nach der CD. Fünf Minuten später klingelte es dreimal an der Tür. Doch Tim Möcke hörte nichts mehr.

21. Kapitel

»Sie haben ihn gestoßen?« Viktoria erwachte aus ihrer Starre.

Martha nickte.

»Kein Selbstmord?«

Martha schüttelte den Kopf.

»Also habe ich nur geträumt? Von dem Baum und von ihm an diesem Baum?«

Martha schüttelte wieder den Kopf. »Ich wollte, dass ihr davon träumt. Euer ganzes Leben lang solltet ihr ihn so sehen. Tot. Ich wusste, wann der Zug kommen würde, und ich hatte genug Zeit. Deine Mutter sollte denken, dass sie ihn umgebracht hat. Sie ganz alleine. Und es stimmte ja auch. Sie war schuld, sie. Ich, ich habe ihn nur gestoßen.«

Viktoria schaute sich Martha an. Sie war zwar nicht klein, aber einen erwachsenen Mann an einen Baum zu hängen, das würde sie nicht schaffen. »Wie …?«

Martha lächelte beinahe: »Wie ich es geschafft habe? Kein Problem, mein Mann war schließlich Landmaschinenhändler. Und mit dem kleinen McCormick kann ich umgehen.«

Viktorias Kopf fühlte sich an wie eine Festplatte, die gerade neu geladen wurde. Bunte, seltsame Bilder flimmerten vor ihrem inneren Auge. Martha, mit kleinem Babybauch und rotem Trecker. Sie zieht den Toten an seinen Füßen erst die Treppe herunter und dann vor die Hintertür zum Garten. Dann senkt sie die Frontladerschaufel so, dass sie die Leiche hineinrollen kann. Sie geht in den Keller, sucht ein Seil. Dann tuckert sie mit dem kleinen roten Traktor zum Baum, die Frontladerschaufel ist oben, Bernhards Beine ragen über den Rand. Sie holt die Leiter, die sie sonst zum Apfelpflücken benutzt, und stellt sie an den Baum, klettert hoch und bindet das Seil fest. Die Schlinge legt sie um den Hals ihres toten Mannes. Sie singt dabei ein Wiegenlied. »La, le, lu, nur der Mann im Mond schaut zu.« Dann steigt sie wieder auf den Trecker, senkt die Frontladerschaufel ganz langsam und setzt rückwärts. Sie stellt den Traktor im Schuppen ab und setzt sich danach ans Küchenfenster. Noch eine gute Stunde, dann wird der Frühzug vorbeifahren. »Großer Gott«, Martha faltet die Hände und schaut in die Nacht. »Mach, dass sie sich ans Fenster setzt.«

»Sie wollten uns verfluchen!«

»Ich wollte, dass deine Mutter ihres Lebens nicht mehr froh wird, dass sie das Bild der eigenen Schuld nie wieder loswird.«

»Hat geklappt. Auch bei mir. Ich war ja so ein böses, dreijähriges Mädchen und habe es verdient, dass man mich fertigmacht.« Viktoria wollte aufstehen, doch sie blieb sitzen. »Wo wir schon einmal beim Thema Schuld sind: Wie lebt es sich so als Mörderin?«

Martha antwortete nicht.

»Wo ist er jetzt eigentlich? Liegt er wirklich auf dem Urnenfriedhof in Münster, oder haben Sie ihn hier irgendwo vergraben? War bestimmt nicht einfach, so ein großes Loch auszuheben. Sein Grab dürfte um einiges größer sein als das Ihres Babys.«

Martha saß mit einem Ruck gerade, sie starrte Viktoria an. »Was weißt du von dem Grab?«

Viktoria zeigte nach draußen. »Dass es dort ist, unter dem Frauenmantel.«

Martha stand auf und ging um den Tisch herum zu Viktoria. Es sah so aus, als wolle sie ihre Hände um deren Hals legen, doch sie hob sie nur kurz und verzweifelt an und kniete dann nieder. Sie umklammerte Viktorias Knie und schluchzte. »Es ist zu spät gekommen. Dieses kleine, süße Ding. Mit seinem Mündchen, das ihn anlächeln sollte, mit seinen Händchen, die er halten sollte. Es ist gekommen. Sein Kind. Es war alles da, alles dran. Die Nase, sogar ein paar blonde Haare, die aber erst noch rot waren von dem Blut. Ich habe es trocken gerieben, nicht mit Stroh wie bei den Kälbchen, ein ganz weiches Handtuch habe ich genommen.«

Martha ließ Viktoria los. Sie hockte immer noch auf dem Fußboden, versunken in die Vergangenheit. Dann stand sie mühsam auf, ging zur Anrichte und zog die Holzschublade auf. »Hier, damit habe ich die Nabelschnur durchgeschnitten.«

Viktoria zuckte zurück, Martha hielt ihr ein kleines, scharfes Küchenmesser entgegen. Sie kam näher.

»Doch mein Kätzchen war zu spät, sein Papa war längst weggegangen. So lange hat es mich warten lassen, zu lange hat es mich warten lassen. Deshalb musste es sterben.

Deshalb. Armes kleines Kätzchen! Es hat gar nicht geschrien, war ganz still.«

Viktoria stand auf und ließ das Messer in Marthas Händen nicht aus den Augen. »Ich habe es vergraben, dort, wo auch sein Papa einmal lag. Ein Bett aus Muttererde habe ich ihm gemacht, es wird jetzt beschützt vom Frauenmantel.«

»Es war eine Totgeburt«, sagte Viktoria.

Martha schüttelte den Kopf. »Ich habe gemacht, dass es tot ist. Ich.«

»Es war eine Totgeburt.«

»Es hat so traurig ausgesehen, weil ich ihm den Vater genommen habe. Ich habe es gedrückt, ganz fest. Und da hat es nicht geatmet. Es hat nicht geatmet.«

»Es war eine Totgeburt. Sie konnten nichts dafür.«

»Ich konnte, nein, doch, ich konnte dafür. Ich habe gemacht, dass es nicht strampelt.« Das Messer lag immer noch in ihrer Hand. Viktoria ging jetzt auf sie zu, streckte ihre Hand aus.

»Sie konnten nichts dafür. Das Kind war noch zu klein, als es geboren wurde. Es war nicht lebensfähig.«

»Ja, es war so klein. So unendlich klein. Aber alles dran, der Mund, die Hände, ganz kleine Fingernägel. Es wollte mich nicht als Mutter. Da bin ich wütend geworden. Ich habe es geschüttelt, damit es endlich atmet. Doch es hat die Luft angehalten.«

»Sie haben es nicht getötet, es war schon tot.« Viktoria nahm das Messer. »Sie haben es nicht getötet, es war schon tot.« Sie sagte es noch drei, vier Mal. Und endlich, endlich schienen die Worte bei Martha anzukommen. Sie setzte sich auf den Küchenstuhl und sagte nichts mehr. Viktoria legte das Messer zurück in die Schublade. Sie sprach langsam und ganz deutlich wie eine Lehrerin. »Kai Westmark und ich haben die Knochen Ihres Kindes gefunden, und wir haben sie von einem Experten untersuchen lassen. Das Kind war noch gar nicht lebensfähig, als es auf die Welt kam, es war wahrscheinlich erst in der vierundzwanzigsten Woche.«

Martha schüttelte heftig den Kopf. »Alles war dran!«

»Ja, sicher, aber Sie haben es nicht getötet. Sie trifft keine Schuld.«

»Keine Schuld? Ich bin eine Mörderin. Ich habe zwei Kindern den Vater genommen.«

Viktoria wusste, dass es keinen Zweck mehr hatte. Sie trat an die Tür zum Garten und schaute hinaus. »Wo liegt er?«

»Dein Vater?«

Viktoria nickte. »Wo haben Sie ihn begraben?«

Elisabeth Upphoff nahm ihr Mikrofasertuch und rieb damit über die Merkel 202. Richtig teuer war der grünweiße Lappen gewesen, dazu noch die Reinigungspaste und das Trockentuch. Fast einhundert Euro. Sie hatte es Ferdinand nie gesagt, warum ihn aufregen. Dabei war sie nicht die Einzige, die beim Verkaufsabend das Portemonnaie gezückt hatte. Ihre Nachbarin Anke hatte geladen und vorgeführt, wie man ganz ohne Spülmittel blitzblanke Fenster bekommen konnte – vorausgesetzt, man hatte das geniale Mikrofasertuch. Und das Trockentuch. Und die Reinigungspaste – falls man mal die Dunstabzugshaube sauber machen wollte. Die Technik war es, worauf es ankam. Mit der rechten Hand schlüpfte man in den Wischlappen, der wie ein Handschuh ohne Finger aussah, mit der linken hielt man das Trockentuch. Kreisende Bewegungen rechts, danach kreisende Bewegungen links – und schwupp waren Fliegendreck und Staub und fettige Fingerabdrücke verschwunden. Es sah so leicht aus, und Elisabeth träumte sich in eine Welt ohne Putzstress und Hausfrauenfrust. Doch irgendwie ging es dann doch nicht von alleine, und ihre Schulter tat nach dem Fensterputzen in kreisenden Bewegungen mit dem patentierten Saubermach-Handschuh genauso weh wie in der Zeit, als sie noch klassisch flitschte. Doch jetzt war sie froh, das Tuch zu haben. Ein bisschen Wasser darauf, ein bisschen gerieben hier und da, das Supersaug-Handtuch hinterher – und die Gewehre sahen aus, als wäre nichts gewesen.

Nachdem auch die Sauer 80 aussah wie neu, stellte sie die Waffen zurück in den Schrank. Die Flinte links, die Büchse rechts. Sie schloss ab, zog den Schlüssel ab und legte ihn zurück in die unterste Schublade des Gefrierschranks.

Dann ging sie nach oben. Mit ganz leichten Schritten.

Sie musste die Dusche ein paar Minuten laufen lassen, bevor das Wasser richtig heiß wurde. Genug Zeit, ihren Rock und die Bluse in die Waschmaschine zu legen. Schonwaschgang, dreißig Grad, die Trommel begann sich zu drehen.

Sie stieg in die Duschwanne, ließ sich das heiße Wasser über das Gesicht und die Haare laufen. Alles wird sauber, dachte sie, alles wird neu. Sie schloss die Augen, genoss die Hitze, die ihren ganzen Körper erfüllte. Als sie ihre eingeschäumten Haare auswusch, dachte sie noch einmal kurz an die Locken von Tim Möcke.

Dann trocknete sie sich ab, föhnte sich und zog den langen roten Rock mit der schwarzen Wickelbluse an. Ich bin eine Schützenkönigin, dachte sie und lachte ihr Spiegelbild an.

Martha trat neben Viktoria.

Sie ist so dünn, dachte Viktoria. Wie ein Gespenst. Ein Geist, der Schuldgefühle erleidet und andere dazu verdammt. Ein Quälgeist.

Martha deutete in die Richtung des Kindergrabes. »Dort lag er, dein Vater. Doch er fand keine Ruhe. Spukte durch das Haus, flüsterte mir ins Ohr, dass ich ihn rausholen solle. Dr. Westmark hat mir geholfen, ihn zu befreien. Es war keine leichte Arbeit. Aber der Doktor war stärker, als man denken würde. Er kann gut mit einem Spaten umgehen. Und mit dem ganzen Papierkram auch«

»Wieso hat der Doktor das alles gemacht? Der falsche Totenschein, das Vertuschen, die Umbettung der Leiche?«

»Ich weiß nicht. Ich glaube, er hatte ein schlechtes Gewissen, wegen Tommi …«

»Tommi?« Viktoria verstand nichts.

»Thomas, so hätten wir unser erstes Kind genannt, doch es sollte ja nicht kommen. Ich war damals bei Dr. Westmark und hatte ihm erzählt, dass es mir nicht gut ginge und dass ich ein schlechtes Gefühl hätte. Und er hat gesagt, das sei völlig normal, wenn man schwanger sei und zudem noch bald heiraten würde. Ich sollte mir keine Sorgen machen, hat er gesagt. Ich solle einfach so weitermachen wie bisher, ich sei ja schließlich nicht krank. Und dann war plötzlich all das Blut da. Und Tommi war weg. Das tat dem Doktor leid.«

Viktoria nickte. »Und dann hat er Ihnen geholfen, den Toten auszugraben.«

»Ja. Ich war wegen meiner Albträume und der Schlaflosigkeit zu ihm gegangen, und er war ganz nett. Ich war richtig verdreht damals. Er half mir, und ich hatte ihm ja auch nicht erzählt, dass ich Bernhard gestoßen habe. Ich habe gesagt, er hätte am Baum gehangen am Morgen – und er verstand, dass ich nicht wollte, dass die Leute hier davon erführen. Sich selbst richten, das geht doch nicht.«

»Das ist Sünde«, sagte Viktoria.

Martha nickte. »Blut war ja auch nicht zu sehen. Der Bernhard war so hingefallen, dass das Genick einfach mitten durchbrach. Knacks. Also schrieb der Doktor etwas anderes auf den Totenschein und sorgte für die Umbettung nach Münster, damit ich keinen Ärger mit den Behörden oder der Polizei bekam. Im Totensack haben sie ihn in den Leichenwagen gepackt, der Doktor und der Mann vom Bestattungsinstitut. In aller Herrgottsfrühe, damit ihn niemand so sieht.«

Viktoria öffnete die Tür nach draußen. Es war dunkel, aber noch sehr warm. Sie atmete tief ein. Schuld, dachte sie. Was ist das eigentlich? Würde im *Berliner Express* Bernhard das Opfer sein oder Martha, ihre Mutter oder sie selbst? Sie wusste es nicht mehr. Wie würde die Zeile lauten? FALSCHER SELBSTMORD AN DEN GLEISEN. Oder: MARTHA DAS MÖRDERMONSTER. Oder: KLEINER ROTER TRAKTOR IN MORD VERWICKELT. Berlin war so weit weg. Es duftete nach Rosen. Viktoria holte tief Luft.

Die Alte trat neben sie. »Du hast sein Lächeln«, sagte sie noch einmal.

Viktoria drückte Marthas schlanke Hand. Sie ist so zart, dachte sie. Zart, aber stark genug, um meinen Vater in den Tod zu schubsen.

»Du Schlampe«, Marie Latell schimpfte mit sich selbst. Natürlich hatte sie kein Paketklebeband in ihrer Wohnung. Wozu auch. Hatte sie überhaupt schon einmal ein Paket verschickt? Aber irgendwo musste doch die alte Wolle liegen, mit der sie sich einmal eine Stola stricken wollte. Lila war sie, das wusste sie genau, doch wo sie war, keine Ahnung. Sie kramte. Und fluchte. Und fand sie schließlich in einer Tüte neben der Waschmaschine. Sie war nun mal unordentlich, daran konnte sie nichts mehr ändern. Aber die Kiste, die sie für Viktoria gepackt hatte, die sollte ordentlich sein. Sie wickelte die Wolle um den Karton und machte oben eine große Schleife. Die Pappdeckel wurden so nach unten gehalten, der Inhalt der Kiste blieb verborgen. Doch nur ein kleines Zupfen an dem einen Stück Faden, und – tatatataaaaa – das Geheimnis wäre gelüftet, der Schatz gehoben. Marie hockte auf dem Dielenfußboden und rauchte. Sie verrenkte sich beinahe ihren Halswirbel, um an den Volumenregler ihrer Anlage zu kommen, und drehte die Musik lauter. Doris Day sang »Que sera sera«. Marie kritzelte mit einem alten Lippenstift »Für dich, meine traurige Tochter« auf die Seite des Kartons. Dann ließ sie sich nach hinten auf den flauschigen Teppich fallen und schloss die Augen.

Sie stellte sich vor, wie Viktoria die lila Wollschleife öffnen und endlich alles über ihren Vater erfahren würde. Marie hatte die Sachen gut sortiert. Die Fotos, die Geburtsurkunde, Viktorias erste Schuhe, ihren ersten Strampler, das Märchenbuch, das Bernhard ihr kurz vor seinem Tod geschenkt – und aus dem Marie nie vorgelesen hatte. Sie hätte es nicht ertragen. Bernhard musste damals ausgelöscht werden, endgültig. Denn mit jedem Gedanken an ihn krallte sich ihr Schuldgefühl in ihrem Hals und ihrem Magen fest. Sie konnte nicht mehr atmen, nichts mehr essen, nicht mehr leben mit dieser Schuld. Also weg damit. Weg mit den Erinnerungen. Weg mit dem Selbstmord. Weg mit Viktorias Vater. Es gab ihn nicht. Und so konnte er auch nicht gestorben sein, weil sie ihn unter Druck gesetzt hatte. Aus Eitelkeit. Oder vielleicht doch aus Liebe?

Marie hielt die Augen immer noch geschlossen. Und sie sah sich und Viktoria auf dem Küchentisch. Im Radio lief auch damals ihr Lieblingslied. Doris Days »Que sera«. Mutter und Tochter tanzten im Kreis herum wie der Plattenteller, der sich drehte und drehte. Hand in Hand, strahlende Augen. Viktoria war gerade fünf oder sechs, und sie lachte, sie lachte, sie lachte. So fröhlich hatte Marie ihr Kind sehr selten gesehen, und so lachte sie mit, sang mit und wirbelte mit ihr über den Tisch. Viktoria kicherte, drehte sich schneller und verlor das Gleichgewicht. Sie fiel rückwärts von der Kiefernplatte, auf der noch ein eingetrockneter Rest der Müslimilch klebte. Ihr Hinterkopf knallte auf die Küchenfliesen.

Marie hatte nie vergessen, was sie dachte, als sie das Mädchen dort liegen sah. Mit diesem Entsetzen im Blick. Bernie hätte sie aufgefangen, dachte sie. Und: Ich bin schuld. Sie blieb auf dem Tisch stehen und starrte ihre Tochter an, bewegte sich keinen Millimeter wie eine steinerne Statue. Viktoria lag am Boden und sah ihrer Statuen-Mama ernst in die Augen. Dann stand sie auf und ging in ihr Zimmer. Sie vergoss nicht eine einzige Träne. Sie tanzte nie wieder mit ihrer Mutter.

22. Kapitel

Die Flinte links, die Büchse rechts. Ferdinand starrte auf die Waffen. Seine Augen fixierten die Gewehre, als könne er sie damit umtauschen. Doch sosehr er auch starrte und fixierte – die Flinte stand links, die Büchse rechts, und damit war klar: Elisabeth hatte die Gewehre genommen und wieder weggestellt. Falsch herum. Und wieder bekam er diese Angst, die sich direkt in seinen Nacken setzte. Verdammte Kreuzschmerzen, dachte er und beschloss, dass es nun genug sei. Er räusperte sich und machte sich auf den Weg nach oben. Es half nun nichts mehr, sein Schweigen hatte ihn ja nicht weitergebracht. Er würde seine Klappe aufmachen, er würde seine Frau fragen müssen, was sie getan hatte.

Als er die Badezimmertür öffnete, kam ihm eine Wolke tropisches Klima entgegen. Elisabeth bemerkte ihn gar nicht, sie konzentrierte sich auf ihre Wimpern im Spiegelbild, das Radio lief. Ein Nachrichtensprecher sagte: »Vorsicht auf der A1, eine Kühlschranktür auf der Fahrbahn.«

»Heute Morgen lagen Spanngurte auf der A43, dann liefen Schweine herum und jetzt noch eine Kühlschranktür – wie zum Teufel kommt das ganze Zeug auf die Autobahn?« Ferdinand fiel kein anderer Einstieg ein.

Elisabeth fuhr herum, ein schwarzer Strich Wimperntusche lief über ihre Wange. »Hast du mich erschreckt.« Sie schauten sich an. Eine Sekunde, zwei. »Vielleicht ist ja ein Müllwagen mit einem Viehtransporter zusammengestoßen.« Elisabeth lächelte vorsichtig.

»Also, ich… ich wollte… Mein Gott, der rote Rock passt dir immer noch?«

»Nein. Wieder.«

»Wie, wieder?« Ferdinand verstand nicht.

»Ich habe abgenommen. Keinen Hunger. Weißt schon, wegen dieser Sache.«

Ferdinand nickte und schaute auf seine Hände. »Siehst gut aus.«

Elisabeth ging einen Schritt auf ihn zu. »Ich weiß, was du für mich getan hast.«

»Ich?«

»Du hast die Munition genommen. Damals, ich meine, an diesem Abend, als ich durchgedreht bin. Du hast die Polizei getäuscht. Du hast dafür gesorgt, dass ich harmloser aussah, als ich es war.«

»Und?« Ferdinand schaute seine Frau direkt an. »Bist du harmlos?«

»Jetzt ja. Jetzt endlich wieder, ja.« Sie ging noch einen Schritt auf ihren Mann zu.

Er wich zurück. »Du warst wieder bei den Waffen.«

Sie nickte.

»Und?« Er wollte streng klingen, klang aber ängstlich.

»Nichts und.« Elisabeth gab Ferdinand einen fröhlichen Kuss auf den Mund und stupste ihn in den Bauch. »Es ist alles in Ordnung. Ich habe sie nur geputzt.« Ferdinand glaubte ihr nicht. Doch sie roch so gut und sein

Kreuz tat auch gar nicht weh, als er sie auf seinen Armen nach nebenan ins Schlafzimmer trug.

»Tim, Tim, Tiiiiiiim…« Tim Möckes Mutter Britta war langsam sauer. Wo hatte der Junge sich nur versteckt? Sie und ihr Mann waren nur kurz beim Schützenball gewesen, ein oder zwei Stunden, ein paar Tänze lang. Tim wollte diese Castingshow gucken und dann alleine ins Bett gehen. Doch dort lag er nicht. Der Fernseher war aus und nirgends war Licht.

»Tim Möcke – du bist kein Osterei. Also komm raus!« Tims Vater klang noch fröhlich, er hatte vier Bier getrunken. Normalerweise klingelten sie immer dreimal und begrüßten sich dann gegenseitig. Doch dieses Mal blieb alles still. Sie schalteten das Licht im Flur, in der Küche, im Wohnzimmer und in seinem Schlafzimmer an.

»Tim, komm raus!« Britta Möckes Stimme hallte die Kellertreppe herunter. Keine Antwort. Sie spürte ihren Puls am Hals. »Ich suche draußen!« Sie riss die Terrassentür auf und stolperte durch den Garten. Im Mondlicht erkannte sie die Umrisse des Spielhäuschens, in dem Tim nur noch selten spielte. Sie öffnete die Tür, sah den Holzfußboden, ein paar Poster an der Wand. Es raschelte. »Tim, verdammt. Wieso hast du dich hier…« Eine Katze strich um ihre Beine. Der Puls ihrer Halsschlagader klopfte einen Lambada-Rhythmus. Tim! Tim! Tim! Sie konnte nur noch den Namen denken. Sie rannte zurück ins Haus. O Gott, wo ist mein Junge? »Tim!«

Marie Latell zuckte. Sie hatte gerade geträumt, dass sie an einer Steilküste stand und einen Schritt zu weit gegangen war, da sendete ihr Unterbewusstsein einen elektrischen Schlag an ihr rechtes Bein, dessen Muskeln sich reflexartig zusammenzogen. Zack, war sie wach. Doris Day sang nicht mehr, und es wurde langsam etwas kühl auf dem Fußboden. Mir ist schlecht, dachte sie. Ich bin aus Blei, dachte sie. Die Schuld hat mich wieder in ihren Krallen, dachte sie und schleppte sich ins Badezimmer. Sie ließ heißes Wasser in die Wanne laufen und tauchte ein. Die Sachen sind sortiert, Viktoria wird alles erfahren, und ich muss nie wieder lügen. Ein großer Zeh ragte aus dem Schaum hervor, und es schien, als zeigte er auf die Ablage am Wannenende. Dort stand ihr pinkfarbener Rasierer. Rosa und blutrot – welche Farbe ergibt das, dachte Marie Latell, als sie nach ihm griff.

Tims Mutter hätte ihrem Mann am liebsten die Faust ins Gesicht gerammt. Er saß im Wohnzimmer und grinste sie an, als sie atemlos aus dem Garten gerannt kam. »Tim ist weg«, keuchte sie. »Kapierst du das nicht?!« Sie zitterte vor Wut.

Ihr Mann sah sie unschuldig an. »Er ist doch hier.« Tims Vater saß auf dem Sofa und zeigte hinter die Lehne. Dort hockte sein Sohn auf dem Teppich und hatte Kopfhörer auf den Ohren. Er war im Sitzen eingeschlafen, der Volumenregler war fast bis zum Anschlag aufgedreht, und als seine Mutter ganz vorsichtig die Kopfhörer abnahm, hörte sie eine Männerstimme singen: »Guten Morgen, Berlin, du kannst so schön hässlich sein.«

Sie trug ihren großen Jungen nach oben, ihr Puls klopfte jetzt im gemütlichen Wiener-Walzer-Takt. Tims Vater stellte den CD-Player aus, den Fernseher an und hob eine kleine Plastikhülle vom Fußboden auf. Peter Fox stand darauf.

Auf den Dielen bildete sich eine hässliche Pfütze. Nicht rosa, nicht rot – sie war einfach nur nass. Marie Latell stand splitternackt in ihrem Wohnzimmer und zitterte. Sie griff mit feuchten Händen nach dem Handy und tippte Michaels Nummer ein. »Hey, Psychologe, kannst du mich therapieren kommen?« Marie wollte verrucht klingen, doch sie klang verzweifelt.

»Sofort?«

Sie nickte, ohne etwas zu sagen.

Michael verstand auch so. »Bin gleich da.«

»Bin nackt.«

»Na, umso besser.«

Beide legten auf. Marie sah das Briefsymbol auf dem Display und öffnete die letzte Kurzmitteilung: »B. nicht erhängt. Er war schon tot. Mehr bald, Viktoria.« Marie hinterließ ihre nassen Fußstapfen hüpfend wie ein Frosch auf dem Weg in die Küche. Dort lagen die Pflaster und Verbände in dem neuen Erste-Hilfe-Kasten, den sie immer noch nicht gegen den längst abgelaufenen in ihrem Auto ausgetauscht hatte. Sie ließ das Handtuch, das sie sich um ihr linkes Handgelenk geschlungen hatte, zu Boden gleiten. Dann wickelte sie einen Verband um den blutigen Schnitt.

Nicos Mutter legte ihre kühle Hand auf seine glühende Stirn.

Er öffnete die Augen und schaute sie an. Ängstlich wie ein kleiner Junge, aber nicht fiebrig, sondern klar. »Mama.«

Sie nickte nur, und in ihrem Blick lag so viel Liebe, wie sie nur Mütter in sich tragen können.

»Mama ...«

Sie nahm seine Hand.

»Ich war es.«

Sie drückte seine Hand. »Ich weiß«, sagte sie. »Aber schlaf jetzt, ich kümmere mich um alles.« Nicos Augen fielen zu. Seine Mutter blieb noch ein paar Minuten sitzen, ihre Tränen fielen auf seine Bettdecke. Dann ging sie zum Telefon im Flur. Sie wählte die Nummer der Kriminalpolizei.

Es dauerte nicht lange und Helmut Fischer, der Leiter der Soko Sarah, stand mit einem jungen Kollegen, den Nicos Mutter nicht kannte, vor ihrer Wohnungstür. Sie öffnete schweigend, nickte den Beamten nur zu und deutete ins Wohnzimmer. Sie zeigte aufs Sofa und ging in die Küche. Auf einem Tablett standen Kaffeetassen, Zuckerschälchen und Milch in einer kleinen Kanne. Sie stellte die Kaffeekanne dazu und trug alles zum Couchtisch.

Helmut Fischer räusperte sich. »Frau Füller, Sie haben gesagt, Nico hat ...«

Nicos Mutter goss den Kaffee in die Tassen. »Nico schläft. Er hat Fieber, kein richtiges, aber die Stirn ist heiß. Es wäre nett, wenn er erst noch ein bisschen ausruhen könnte. Danach wird er Ihnen sicher erzählen, wie er Sarah... ich meine, wie Sarah ums Leben kam.« Sie setzte sich auf die vordere Kante des Sessels. »Bis dahin möchte ich Ihnen etwas gestehen.«

Fischer sah sie an. Er wartete einfach.

»Ich habe Ihnen damals nicht gesagt, dass mein Sohn ohne Jacke und Handschuhe nach Hause gekommen ist – in jener Nacht. Er war völlig durchgefroren; ich habe ihn in die heiße Badewanne gesetzt, ich dachte, er sei einfach unterkühlt. Die Jacke sei ihm geklaut worden, hatte er mir gesagt. Aber als am nächsten Tag die Polizei mit dieser schrecklichen Nachricht vor der Tür stand, war ich mir nicht mehr so sicher, ob Nico da die Wahrheit gesagt hatte.« Sie machte eine kleine Pause. Atmete tief ein und aus. »Doch dann hat die Zeitung ja von diesem seltsamen Brief geschrieben, in dem ein anderer die Tat gestanden hat. Die Reporter vom *Express* waren sich ganz sicher, dass der Brief nur vom Mörder sein konnte. Und ich weiß, dass Nico eine andere Schrift hat. Ehrlich gesagt, war ich glücklich, dass es diese Ratte gab. Mein Nico konnte es ja auch nicht gewesen sein, dachte ich.« Sie stand noch einmal auf und holte einen fehlenden Löffel. Die Polizisten schauten ihr nach.

»Doch irgendwas in mir hat wohl geahnt, dass es anders war. Ich habe seit Sarahs Tod keine Nacht mehr ohne Albtraum schlafen können. Und mein Sohn auch nicht. Ich höre ihn weinen, wenn ich wach liege, doch ich kann ihn nicht trösten. Seit einem halben Jahr kann ich ihn nicht trösten.« Sie atmete tief durch, unterdrückte ihre Tränen. »Er hat auch schon vorher manchmal geweint –

als Sarah noch lebte. Ich mochte sie nicht. Sie war seltsam und machte ihn nicht glücklich. Wegen ihr hat er geweint, da bin ich sicher. Sie guckte ja auch immer nach anderen Jungs.«

Sie nahm einen Schluck Kaffee. Dann schaute sie die beiden Männer ihr gegenüber an. »Möchten Sie vielleicht ein paar Plätzchen dazu?«

Beide schüttelten den Kopf.

»Ein paar Minuten lassen Sie ihn noch schlafen, oder?«

Die Beamten schauten sich an. Sie hatten so lange nach der Wahrheit gesucht, jetzt kam es auch nicht mehr darauf an. »Ich nehme ein paar Plätzchen«, sagte Helmut Fischer. Und dann warteten die drei darauf, dass der Junge aufwachte, der Sarah mit einem Stein erschlagen hatte, weil er so unendlich wütend und gekränkt und unglücklich darüber war, dass sie sich in einen anderen verliebt hatte. Sie warteten darauf, dass er ihnen erzählte, wie er Sarah in der Silvesternacht überreden wollte, bei ihm zu bleiben. Er hatte sie angefleht, gebettelt – und sie hatte ihn einfach angelacht. Ihm wie einem dummen Jungen über die Haare gestreichelt und gesagt: »Ach, Nico. Du weißt doch gar nicht, was Liebe ist.«

»Aber du, du weißt es.« Er packte sie am Arm. Doch seine dicken Handschuhe rutschten an ihrer Winterjacke ab.

»Ja. Jetzt weiß ich es.«

»Ah, dein Neuer zeigt es dir jetzt. Die großen Gefühle und den ganzen Schwachsinn. Er findet wahrscheinlich auch deine Musik toll.«

Er spürte, dass er sie damit traf. Sie stapfte davon. Er

stand am Ufer des Müggelsees und trat wütend gegen die Steine, die dort lagen. Und plötzlich stand sie wieder vor ihm. Aufreizend blickte sie ihn an, lächelte sogar. Er spürte, wie ihm warm ums Herz wurde. Sarah würde doch bei ihm bleiben. Sie würde den anderen vergessen. Würde zurückkommen. Sie kam näher. Schmiegte sich an ihn. Er schlang seine Arme um sie, atmete tief ein, roch ihr Parfum.

Sie schaute ihm direkt in seine Augen, küsste ihn und ging dann einen Schritt zurück. »Ach ja«, sagte sie und grinste. »Ich hatte fast schon vergessen, wie mies deine Küsse schmecken. *Fuck you*, Nico.« Dann hatte sie ihren Handschuh ausgezogen und ihm den Mittelfinger gezeigt. Sie drehte sich um und stolzierte davon.

Nico starrte auf die Steine, gegen die er vorhin noch getreten hatte, er nahm den mit den meisten Kanten in die Hand. Und er rannte los. Während er auf sie einschlug, brüllte er: »Halt die Klappe! Halt die Klappe!«

Doch Sarah wurde nicht ruhig. Sie hielt nicht die Klappe. Sie schrie, sie gab diese schrecklichen Laute von sich.

Er wollte das nicht hören, er schlug fester, er sah das Blut, er sah ihren zarten Nacken, die Haare, das Blut, das in ihren Haaren war, auf ihrem Nacken. Sie fiel. Sie schwieg.

»Hey, Majestät. Wie regiert es sich so?« Viktoria setzte sich neben Mario.

»Mann, Victory. Ich dachte schon, alle haben mich verlassen. Siehst ein bisschen blass aus. Geht's dir nicht gut?«

»Doch, doch. Sehr gut.« Viktoria griff nach Marios Bier. Er schlug ihr freundschaftlich auf die Finger. »Nix da, das ist schon schal. Der König wird sich deiner annehmen und dir höchstpersönlich ein frisches besorgen.« Mario verschwand Richtung Tresen, Viktoria lehnte sich zurück. Sie fühlte sich wie nach einem Saunatag. Der ganze Dreck war ausgeschwitzt. Was blieb, war eine träge, aber reine Mattigkeit. Sie gähnte.

»Na, bist du jetzt die Ersatzkönigin?« Kai stand neben ihr. Sein Lächeln war immer noch bezaubernd.

»Wieso Ersatzkönigin? Wer ist denn die richtige?« Sie deutete auf den Stuhl neben sich.

Kai setzte sich. »Ich dachte, das hättest du eingefädelt, damit du auch was zu schreiben kriegst für deinen Artikel.«

»Nee, hab nix eingefädelt. Wir berichten doch nur über die Wahrheit.« Sie grinste schief. »Also wer ist die Queen?«

»Elisabeth!«

»Ich meinte nicht die englische.«

»Schon klar. Ich meinte Elisabeth Upphoff.«

Viktoria haute sich vor Vergnügen auf die Schenkel. »Das ist 'n Ding! Wo ist sie denn jetzt?«

»Da!« Kai zeigte zum Eingang des Zelts. Dort stand eine Frau mit rotem Rock und schwarzer Bluse, daneben ein stämmiger Mann in schwarzer Hose und rotem Kopf. Ehepaar Upphoff, Hand in Hand.

Viktoria blinzelte. »Kai, kneif mich mal!«

»Gerne.« Er zwickte ihr in die Wange. »Du hast keine Fata Morgana, ich sehe die beiden auch in trauter Zweisamkeit.«

»Tja, ein Happy End also. Schön.«

»Für deinen Text …«

»Nein, für Elisabeth.«

»Und für dich?«

»Mal sehen.« Viktoria lächelte. »Stehe ja nicht so auf Kitsch.«

»Auf was dann?«

Sie zuckte mit den Schultern. »Keine Ahnung.«

Kai wollte es trotzdem wissen: »Gab es bei euch früher auch Poesiealben?«

»Klar. Aber ich fand die Dinger immer schon doof.«

»Schade, da konnte man schnell sehr viel über andere Menschen erfahren.«

»Ach ja, was denn zum Beispiel?«

»Na, zum Beispiel sehr wichtige persönliche Vorlieben. Welche Farbe ist deine Lieblingsfarbe?«

»Schwarz!«

»Lieblingszahl?«

»Null!«

»Hobbys?«

»Leichenfledderei.« Das Spiel machte ihr langsam Spaß. Jetzt war sie an der Reihe: »Lieblingsessen?«

»Schnitzel mit Pommes.« Kai grinste.

»Deine Lieblingskrankheit, Herr Doktor?«

»Nymphomanie!«

»Lieblingsmedizin?«

»Du?«

Ups, hatte er das tatsächlich gesagt? Viktoria wollte schnell wieder zurück aufs unschuldige Poesiealbumsniveau. Eine harmlose Frage musste also her.

»Ähm. Was liest du gerade?«

»*Gefährliche Geliebte.*«

Sie zuckte zusammen. Wie lange hatte sie nicht mehr an Konstantin gedacht – und an ihr vorgetäuschtes Leseinteresse. Sie ließ sich nichts anmerken und fragte: »Und? Wie findest du es?«

»Super. Und du?«

»Ich finde es furchtbar.« Viktoria lachte. Es war ganz leicht gewesen, es zuzugeben.

»Jetzt wieder ich.« Kai dachte nach.

»Lieblingstier?«

»Ich liebe Mäuse«, sagte sie. »Fast schon immer.«

Mario kam zurück zum Tisch. Er stellte das Glas vor Viktoria ab und gab seines achselzuckend Kai. Dann machte er sich erneut zum Tresen auf, um für sich selbst zu sorgen.

Viktoria lehnte sich über den Tisch und nahm sich Marios Kamera. Sie öffnete das Fach, in dem der Speicherchip lag, zog ihn ganz vorsichtig heraus und bat Kai um sein Feuerzeug. »Kai, wusstest du, dass unsere Zeitung zu achtzig Prozent nur aus Fotos besteht? Ohne Bild, keine Story.«

Kai schaute neugierig. »Ist das so?«

»Ja.« Viktoria grinste. Mit spitzen Fingern hielt sie den Chip in die kleine Flamme. Das Plastik begann zu schmelzen, sie spürte die Hitze. Lächelnd ließ sie die Speicherkarte in ihr Bier fallen. »Gelöscht«, sagte sie, als die geschmolzenen vier Gigabyte auf den Grund des Glases sanken.

Kai starrte sie an. »Wie, ist das hier nicht alles Stoff genug für dich gewesen?«

»O doch. Mehr als genug.«

»Und?«

»Die ganze Geschichte ist …« Sie schaute Richtung Tombola-Stand, an dem sich Lokalreporter Gregor gerade Notizen machte. »… Privatsache.« Dann nahm sie Kais Bier und ließ es Schluck für Schluck ihre trockene Kehle hinunterlaufen. »Ah«, sagte sie und rülpste.

Kai erhob sich und hielt ihr den rechten Arm hin: »Tanzen?«

Sie nickte, ließ sich zur Tanzfläche führen und tanzte. Einfach so. Es war ihr egal, welche Schuhe sie trug, dass der Sound mies war und dass sie das, was sie da tat, ganz und gar nicht konnte. Sie trat auf Kais Füße, sie legte ihren Kopf an seine Schulter und summte dabei »Que sera sera, what ever will be will be«. Es klang krumm und schief – und absolut richtig.

Ich danke Birgit Hasselbusch dafür, dass sie Schicksal gespielt hat, Gabriella Engelmann für ihre Tatortfantasien, Lars Schultze-Kossack für den kühlen Kopf, Blanvalet für das Vertrauen, dem Schützenverein Westbevern-Vadrup für schöne Kindheitserinnerungen an der Vogelstange, meinem Vater für das Geschichtenerzählen, meiner Mutter für ihre wunderbare Gabe, in Büchern zu versinken, Acki, Gregor und Stefan für meine unvergessene Lehrzeit bei der M.Z., der verrückten B.Z. für alle Möglichkeiten und Unmöglichkeiten (Ja, Totti, ich vermisse euch). Und natürlich: Juppe, Simon und Jakob – für die himmlische Erdung.